# 八月黍成

宁 雨◎著

花山文艺出版社

河北·石家庄

图书在版编目（ＣＩＰ）数据

八月黍成 / 宁雨著. -- 石家庄：花山文艺出版社，2023.10
ISBN 978-7-5511-0528-6

Ⅰ．①八… Ⅱ．①宁… Ⅲ．①散文集－中国－当代
Ⅳ．①I267

中国国家版本馆CIP数据核字(2023)第214048号

书　　名：八月黍成
　　　　　Ba Yue Shu Cheng
著　　者：宁　雨
责任编辑：郝卫国
责任校对：杨丽英
封面设计：王爱芹
出版发行：花山文艺出版社（邮政编码：050061）
　　　　　（河北省石家庄市友谊北大街330号）
销售热线：0311-88643299 / 96 / 17
印　　刷：北京一鑫印务有限责任公司
经　　销：新华书店
开　　本：880毫米×1230毫米　1/32
印　　张：10.375
字　　数：210千字
版　　次：2023年10月第1版
　　　　　2023年10月第1次印刷
书　　号：ISBN 978-7-5511-0528-6
定　　价：58.00元

# 自　序

　　至芒种，气温跳着脚朝上蹿，稍慢一步，就耽误了麦子黄熟，耽误了稻田插秧。

　　这几天，连续37℃高温，我与一帮文友一头扎进太行深处的涉县老区采风，翻山越岭、走村串巷，脑子里装了太多东西，兴奋得不行，也是真累。返程，盘算着甫一回家先把自己扔床上睡个饱，手机嘀嘀响了，是母亲叫我，让下了火车赶紧过去陪她，保姆要回老家休假。到母亲那里，已困得俩眼皮只开一条缝，惦记着得给她老人家洗脚剪趾甲，赶紧用最后一点儿意志力去开了热水器，找了指甲刀。终于伺候母亲睡了，又接到一位文友商量事情的电话，回了两位同事衔接工作的微信留言，脑袋沉得几乎支不住，却无论如何睡不着了。芒种嘛，忙种，也忙收；忙东，也忙西。这是我要写这篇序言时的日常，也是我生活的日常。

　　啰唆如此，无非想告诉读者朋友，我的生活状态跟普通人没什么两样。如果说有那么一点儿不同，就是始终没有放下对写作的热爱，像一个山地农民一样，不断在庸常生活的缝隙里围堰、填石、找土，建造起一块块巴掌大的梯田，然后谨遵节令耕、耢、耩、锄、管、收。我珍惜四季的馈赠，冬天，把雪水小心翼翼收集在瘠薄的土层下，夏天，把雨水

1

精心贮存在可靠的水窖里。每当有驴子和山雀经过，就捡拾起它们的粪便，也捡拾起它们的言语和脚印。偶闲暇，可能会对着一株圪针草端详半天，或对着一枚小黑脸青豆的紫色花发愣。

也许，您该哂笑我的薄田里有黍、有粟、有菽、有稻、有麻，甚至还有丛生的杂草，过于驳杂。对此，我也反复思量，甚至心怀不安，但终归释怀。驳杂，更接近于自然的秩序，它也是散文写作最本真的状态。少了题材的规整，却最大程度保持了情感的新鲜、情绪的饱满。驳杂，亦指向宽阔和丰富。少了刻意的谋划，却最大程度保持了内心的自由。由杂而专，专而又专，终归于杂，就如同"看山是山，看山不是山，看山还是山"，这是修炼的境界说，也是散文写作的规律说，是所谓必然王国和自由王国。是否有打破这个规律的可能，直接在"杂"中生长开去，杂而博，杂而深，杂而美，蹚出一条万溪归海的别样道路，十几年来，我好像是一直沿着这样看似容易实则不讨好的路径摸索，愚笨地担当着一个文学山民的职责。我也向往着散文的汪洋恣肆、摇曳多姿；希望自己一段时间里的写作，集合起来是一座色彩缤纷的百禾园。也许，不久之后的另一段时间，我也会去从事专一地域、专一题材的创作，像一个旱碱麦专业户或蜜薯专业户那样。当然，我不会为长期种植小杂粮而愧悔。

这些年，我杂七杂八读了一些书、一些文章，读甚于写。做职业编辑的原因，读得最多的是作者来稿，其次是自由选择的书，比如口味、气味契合的小说、散文和"杂书"。最快乐的是读杂书，农业、历史、地理、气象、建筑、饮食、心理，随意打开一本，很快就能够进入一种特别干净畅快的心境，暂忘生活里的各种窘迫和烦忧。有时，我围绕某一个专题阅读。这跟我的写作理念有关。我可以放任题材选择的自由，遵从内心，遵从灵感的召唤，但绝不愿意放任自己种下的任何一棵庄稼"前言不搭后语"地苟且生长。像尊敬土地和时令的农民一样，我要为一颗萌动的种子选择最合适的温度、肥力和播种的土壤、播种的深度；为那些伸枝展叶的庄稼追肥、培土、拿虫，打掉疯枝，疏掉过于稠密的幼果。这时候，专业的阅读，就相当于拜师学艺，相当于对既有生活经验和生命体验的助燃。也许，为了几十个字、三两句话，读了几万字十几万字，但这的确值得。自己心里透彻了，写作便有了底气、胆气和志气。

我的作品以散文为主，于是有人给贴了散文作家的标签。对此，我不拒绝，这激励我在写作中更加珍惜羽毛，经常梳洗、整理，甚至必要的时候忍痛"换羽"，以保持干净、朴素、自然之本色。但不囿于这个标签，我尝试了长篇小说、传记文学、报告文学、评论、诗歌和小小说的写作，有圆有扁，有成有败，有酸有甜，并且将一路尝试下去。每一个写作者，一定有一片最适宜自己的疆域，但文学体裁之间并无固定的界桩，"跨界"探索抑或冒险，对于写作品质多有助益。因此，我愿意始终保持少年意气。

关于这本集子本身，想说的只有一点：它是从我那些薄田里的十年收成中挑拣出来的。至于挑拣的标准，只能说也是遵从了当时的内心，真挚、热烈，就像这芒种时节田野的色彩一般浑然。我把它们像种子一样挑拣出来，重新种植在这个集子里，默默存了某种不十分确定的期冀。

犹记得出版上一部散文集时，我在序言里命名了一种独属于我的酒，叫作"女儿蓝"，并且用作了书名。这部集子，取名《八月黍成》。《八月黍成》，亦是其中一篇散文的名字。它记录了东方人类起源地之———泥河湾腹地大田洼村村民在脱贫攻坚中全新的生存境遇和生活向往。而其中关于黍子这种古老植物数千年间种植、饮食地理变迁的暗线，则隐含着对于农耕文明的思索和追问。思想，是文章的气血。气血充盈，元气贯通，则文章庶几可成。这是我的又一点愚念。

"八月黍成，可为酎酒。"几千年前，每逢八月，先民们用新打下的黍子酿制美酒，享祀祖先。我愿继续以文为酿，对万物存敬畏，对来路存感恩，雅正而鲜明，诙谐而宽和，浸一缕酒魂，唤醒生命之神采。

是为序。

宁　雨

2023 年 6 月 10 日

农历四月二十三　芒种第五天

# 目录

八月黍成

2

第一辑

八月黍成

# 八月黍成

## 一

一棵黍子。

其实，它只是这块黍田无数棵黍子中的一员，阴差阳错被播在垄头，而最先受到我的关注。这片田地，是挂在小长梁顶上的台地，当地人也称为塬，海拔有 999 米。在地势平坦的华北平原向坝区过渡地带，999 米，也是颇引人瞩目的一个高度了。这样一个海拔高度，竟如此繁茂地生长着这些迥异于我家乡冀中平原的禾稼。

塬，按词典的解释，是我国西北高原地区因流水冲刷而形成的一种地貌，呈台状，四周陡峭，顶上平坦。这里，却属华北地区河北阳原境内的黄土高原。大田洼村老村长周老汉对我说，塬上最趁的就是土，田里黄土厚度至少六丈六，可惜命里缺水。只要老天能给下几场雨，黍子、山药、小杂粮，都能长得欢实。

农历七月，是塬上的好季节。天蓝，云白，风轻。站在田野，即便我这个比一棵黍子高不了多少的矮个儿女子，也

3

能望见远处黛色的阴山余脉，近处坡梁下面丝绸般缠扎在大滩上的桑干河，桑干河边饮水的棕色马、大黑骡，以及西山上云朵一般飘动的群羊。看到这般风景，内心荡起一串串温暖的涟漪，温暖到有些微微的疼痛。

第一眼便遇到一棵正在扬花的黍子，不知是一种天意，还是一个偶然。

近两年总喜欢琢磨植物的进化史，尤其着迷《诗经》里的植物。黍和稷，在《诗经》所涉植物中，几乎是出现频率最高的，用现在时髦话说，是"热词"。考古学研究表明，包括桑干河上游阳原、蔚县在内的华北地区，是黍的原产地，年代距今 1 万年至 8700 年，这至少比《诗经》的年代要再向前推 6000 年。1 万年前，泥河湾盆地桑干河两岸，正生活着全新世人类，他们制作出大量顺手的石头工具，农畜并作。聪明的先民率先"驯化"了一种植物，并且命名为"黍"。煮饭用它，酿酒用它，祭祀也用它。黍，成为泥河湾农耕文明始作的象征。

到了公元 2016 年，塬上人家的粮，最最要紧的，还是黍子。小长梁一带，散落着大田洼、小田洼、东谷坨、大井头、小井头、油房、岑家湾、柳沟等大大小小的村庄。因"泥河湾地层"而闻名的泥河湾村，则坐落于稍远的桑干河右岸。村庄无论大小，洼坪、河下、深山、山腰梯田，每一户人家都会记得在春天里择一片最肥沃的黄土地，一遍又一遍地精耕，撒下厚厚的农家肥，趁一场细雨去播下心爱的黍子。

细小的黍种，枕着布谷鸟的叫声酣眠，一夜之间吸饱水分，挓挲出针鼻儿大的白根。又几天朗朗的日头照着，杏黄风软软地吹着，小小的嫩绿的芽头倏地拱出地皮儿。不要多少时日，黍苗开始在暗夜里咔嚓咔嚓地拔节，孕穗。塬上的老汉和女子们，走在河湾、坡道上，一仰头，一低头，满眼的青绿替换了一冬天单调的土黄，出口气儿都是无比顺畅的。一地黍苗，如同自家青葱的儿女。

大田洼的老祝，最爱在黍子扬花的七月天气，沟沟梁梁到处逛荡。他说他喜欢黍花的香味，每天往后沟里走着，看看古堡，看看古堡中的葵花、玉米、山药，闻闻黍花香，可以省下二两酒。老祝是塬上公认的酒仙儿，每天不喝酒就打不起精神。他从后沟逛回村子，俨然是喝过酒的，脸色酡红，目光炯炯。有人说老祝跟黍神有缘分，他是跟黍神一块儿喝酒了。

我也皱起鼻子嗅，却没老祝吹乎得那么香。问村中女子，她们也觉得黍子花儿不香。如果说黍花真的有香气，也是最清淡的香，清淡到连最灵敏的鼻子都无从捕捉。黍子开花，不是让人闻香的，如同一个好看的女子，眉眼身段长开了，就要为人妻，为人母，踏踏实实过日子。黍子开花，只是为了秀穗、结实。

# 二

"八月黍成，可为酎酒。"《诗经》时代的黍子，用来酿制美酒，享祀祖先。塬上，不知道从哪个朝代便丢失了酿造黍酒的传统。人们爱黍子，是因为迷恋那一口香香的黏黏的黄糕。

黄糕，是用黍米面蒸的。家家户户的午饭，都离不了一盆热腾腾的糕。一天不吃糕，就好似一天没吃饭，心里头空落落的。秋天打下的黍子，被女子送到磨坊去碾米磨面。黍米色泽灿黄，越是好的黍米，就越黄，完全跟太阳一个成色。黄黄的黍米是有香气的，温和的、新鲜的黍米香。这香气，外人也许闻不到，但泥河湾的百姓人人闻得真切。一捧新米的香气，能逗引出一腔湿漉漉的口水。

"三十里的莜面四十里的糕，十里的荞面累断腰，累断腰。"原本一句顺口溜儿，82 岁的羊倌儿老汉硬生生给哼成了桑干河独有的腔腔调调。老祝在坡梁上逛荡，一到快晌午，就会听到老羊倌儿的调调。那调调好像专门提醒他，该回村里给 90 岁的奶奶和 18 岁的儿子做饭了。午饭，照例是一顿黄糕炖大菜。奶奶牙口不好，胃口不好，但每天离不了糕，一顿午饭要满满一小碗瓷实实的黄糕。好在塬上人吃黄糕是不嚼的，祖上传下的规矩，用筷子撕扯一块，蘸一蘸熬好的土豆茄子豆角大菜汤，送进嘴里，咕嘟一下顺嗓子眼儿就到了肚里。

一方水土养一方人，塬上人吃糕，算是一例。不过，作为一种拥有万年历史的古老农作物，黍子养育的又何止这泥河湾的塬上人家。夏商周时期，黍的身影曾遍及大半个中国。汉代以后，中华文明与世界各大文明之间实现前所未有的交流和交融，农作物的种植清单也急剧更新。但黄河以北大部分地区，仍以旱作农业为主导。及至20世纪80年代，水田在广袤的北方平原已不算什么稀罕。随着水浇地面积的扩大，黍子、大麦，甚至高粱、谷子，才飞快退出主要大田作物的序列。我问一些年纪轻的孩子，何为黍，何为稷？他们只会翻着字典说，黍、稷都是庄稼，散穗者为黍，实穗者为稷。至于黍、稷何滋何味，则是完全陌生的、毫不相干的，远不如一杯珍珠奶茶、一份哈根达斯来得亲近。

数千年前沿着泥河湾人迁徙、繁衍的路线，一路向南攻城略地过黄河跨淮河的黍子，只用了不到30年时间，便给飞速发展的水浇田逼退到原初的出发地。而今，以黍子为大田主导作物的地方已经非常稀少。但泥河湾人，像祖先一样爱着黍子，并以之为主粮。

耐人寻味的是，黍子这种农作物在华北广大地区向北撤退的路线，跟告别贫困的地理分界线有着惊人的相似。贫困，又与干旱缺水等恶劣的自然条件如影随形。在2015年国家公布的贫困县名单中，河北省北部的张家口市占十个，包括泥河湾遗址群所在的阳原和蔚县。

泥河湾盆地的庄稼人，是数着一场一场雨过日子的。就说发现 11700 年前全新世人类遗址的大田洼乡，十几个村庄，几乎个个严重缺水。饥渴的黄土地，与生性耐旱的黍子却相宜。黍子播种期间，正是桑干河上游地区降水最金贵的时候。有点儿潮气就能生根发芽，黍子让庄稼人心中坚定着年复一年播种的希望。再差劲儿的年景，只要一片黍子地还有收成，这沟沟坡坡就能养活人。

扶贫干部老郝在工作日志中记载着这样一件事，小长梁以南 10 公里的南柏山中有个漫坡村，家家都要赶着毛驴到村东 5 公里开外的深沟蓄水池里驮水吃。6 年前的冬天，一个老汉到处找驴驮水用的木架子，生生给冻死了。大田洼村，20 世纪 90 年代才有了第一眼机井。现在，这眼井已经不符合饮用水标准，只能用来浇地。于是，大田洼 4070 亩耕地中，罕见地有了 200 亩水田。2014 年，乡里利用上级支持的资金在小长梁河下深沟打了一眼新井，管道入户定时供水，村里人幸福坏了。一位老汉逢人便说："新来的王书记，把水送到家里，相当于帮我养了一个能挑水的儿子！"

"帮着挑水的儿子"政府给养了，自家养活的儿子却"跑"了。在大田洼村里待了两天，没碰到一个年轻的后生、女子。到阳原县城、到张家口市，甚至远赴北上广等一线大城市打工，在大田洼乡、在阳原县已是普遍现象。年轻人一走，一年两年不回一趟家，混得有点儿模样的，携父母子女举家搬迁。大井头村 2015 年底在籍人口 172 户 383 人，常住人口却只有 98 户 195 人。

地方穷，养不住人。当了多年村主任的周老汉卸任了，还在为村里忙前忙后。他说，大田洼村 2015 年的人均收入是 2650 元，达到 2850 元就算脱贫出列。

2650 元，还不足一线城市一个新毕业大学生月薪的一半。

早起糊糊中午糕，黑下里一锅炒山药。这听起来合辙押韵的日子，被塬上的年轻人厌倦了、嫌弃了。黍子和人之间，出现了一个"你退我进"的现象：当黍子全面退守回一万年前出发的原点，塬上的后生小子，却坚定地告别了养育了世代祖先、又养育着他们这代人的黍田和黄糕饭。


三


吃惯了黄糕的塬上人，也许无暇思考人与黍的进退史。这片土地，作为"东方人类的故乡"，却得到全世界越来越多的关注。

一个世纪之前，泥河湾村还是桑干河畔一座不出名的村庄，人家不足百户。1924 年，随着美国地质学家巴尔博的到来，"泥河湾"三个字逐渐被赋予了不同寻常的意义。80 多年来，相关领域的专家学者在东西长 82 公里、南北宽 27 公里的桑干河两岸区域内，发现了含有早期人类文化遗存的遗址 80 多处，出土古人类化石、动物化石和各种石器数万件。

这些文物几乎记录了从旧石器时代至新石器时代发展演变的全部过程。小长梁遗址作为我国古人类活动最北端的见证，被镌刻在中华世纪坛的青铜甬道上。

2001年，泥河湾遗址群列为第五批全国重点文物保护单位；2002年，泥河湾列为国家级自然保护区。泥河湾考古遗址公园正在建设中，一座东方人祖的大型石雕高高伫立于中心广场。

小长梁，总有一批又一批的游人前来寻根、祭拜。远道而来者，在完成一个虔诚的仪式之后，往往愿意到附近的村庄走一走，到沟里捡上一两块石头，甚至在坡梁上剜下一块泥土，用干净的丝帕或白纸包裹好带回家。在大田洼村街上，我跟一个女子闲聊。我问她，有没有游客想到你家里吃饭？她连说，有的，有的。今年春天，四个背包客敲开她家门，央求给做一顿最地道的农家饭。于是，黄糕蘸大菜，第一次作为招待外地游客的饭食端上桌。那些吃惯大米白面的嗓子眼儿，对付一块粗糙的黄糕十二分不习惯，但还是学着主人的样子咕嘟一下咽到肚里。似乎，一顿塬上人家的黄糕饭，才结结实实拉近了寻根者与人类祖先的距离。

老实说，一棵黍子、一块黄糕的历史，对于第四纪的早期人类史，实在短暂得不足挂齿。因此，一顿寻根的黄糕饭，实难以接通数百万年前先祖的气息。而作为一个土生土长的泥河湾子民，黍文化史中却有割不断的血脉。

在小长梁间的村村落落，跟一个老汉谈起泥河湾遗址，他表现出不了解、不关心，我一点儿都不见怪。他更关心的，是一季黍子、玉米和杏扁的收成。还有，美丽乡村建设、退耕还林、精准扶贫，自家能有哪些好处。抑或，哪个考古队要来，他们是不是要在当地招募帮忙挖土的人，以及在考古现场打工，一天能挣到多少钱。当独特而丰厚的文化遗存遭遇物质的极度贫瘠，普普通通的庄稼人，似乎少了一点儿对先祖、对根的热情，多了一些现实和庸常。这，正是塬上人朴实敦厚的性情所在。

## 四

七月里，嘎啦嘎啦的响雷惊动了一棵黍子的美梦。

大田洼村几个老汉站在二云家理发馆门口，一边吸烟一边打望着凤凰山那边滚过来的黑云，看上去情绪蛮好。杏干儿上市，黍子扬花，这场雨来得正是时候。

老汉们嘴里埋怨着"穷，养不住人哩"。问他们，要不要像年轻人一样搬出这个塬不再回来，一个个马上摇头，拨浪鼓一般。

大田洼往南深山区的朝阳山沟村，村上有个抗战老兵，已经98岁，参加过两次国庆阅兵，国家每个月都给发补助。老兵的儿女在外地工作，接他走，他却死活不干。老人家身子骨硬朗，还能下地侍弄庄稼，种几垄黍子、一片山药。闲来无事，搬个小马扎，坐在院门口看着对面的大山，一口接一口地吸烟。他与家乡的青山，相看两不厌，就算是死了，也要跟列祖列宗一块儿埋到大山里头。

这些老一辈的泥河湾农民，恋土，恋家，恋黄糕。许多人入土之前，灵堂里的供享都少不得一碗糕。

宁老汉 70 多岁，光棍一个，终身未娶，现如今在中心学校看大门。老汉的家，在大田洼村东头儿，夯土垒的院墙，夯土堆的窑屋，木格门窗，门上大红纸糊的对子，窗上大红纸剪的窗花儿。前院养鸡养狗，后院种菜栽花。一个红彤彤的大南瓜趴在地上，像老汉待客的笑脸，憨厚、笃定。

论日子过得精致，在这塬上，宁老汉绝对数不上。但老人家过日子的心气儿，连精打细算的女子都很佩服。日子，当然要好，好了还想好。可这份好里，永远离不开那个心气儿。心气儿足了，孬日子也能往好里过，心气儿没了，好日子也过不出个好。自打年轻人一个接一个往出走，打工，在城里定居，村子里越来越清静了。清静得人心惶惶的。太清静，女子过日子的心气儿就往下塌。走过后街，往宁老汉的窑屋和小院瞅上一眼，老母鸡领着一群小鸡仔安闲地溜达呢；过一会儿，再瞅一眼，一架眉豆已经爬满墙头。脸红，心虚。儿女双全的人，咋还不如一个光杆老爷们儿？

老李家兄弟，也是过日子的好手。老大和老三，一家一个大院套，前后相连，一水儿新房，外墙瓷砖到顶，屋里纤尘不染。老大家院子里栽大苹果、香水梨，老三家屋前一大丛明艳的菊花，两畦正在卖花花儿线的玉米棒子。两家的孩

子都在外地工作、读书。老大两口儿带着 4 岁小孙女，种 10
亩地打一份零工。老三家春天里刚给闺女、姑爷办完喜事，
喜房里彩练灯笼福字剪纸，一派喜气。孩子回家办婚事，办
完又走了。老三家女子每日里打扫着，就盼一双小燕常回老
巢住住。

滋味越来越寡淡的日子，因为理发店的二云起了一些变
化。二云的娘家在大田洼，婆家在小田洼。自打学了理发，
她就不再把心思放在田地里，而是专心一意开起理发馆。开
理发馆需要人气，大田洼是乡政府所在地，人口多，热闹。
干脆，二云租了大街边两间房子，开店兼休息。小时候耍高
跷的底子，打十七岁开始跳舞，无论什么舞式对二云来说都
是小菜一碟。自己跳不过瘾，拉扯着村里的女子们一块儿
跳。早起熬糊糊之前跳，晚上吃了炘山药蛋之后又跳。不经
意间，二云舞蹈队就红火起来了。庄稼人天性爱热闹。腊月
里赶大集买窗花，正月里耍社火、打树花，秋天打完黍子蒸
下头锅黄糕，还有口梆子、二人台。这些年，村里人口越来
越少，红火耍不起来了。二云舞蹈队，也是人们的一个宽心
事儿。

塬上女子不欺生，一个个又大方、又纯朴。她们跟我唠
叨：现在国家号召美丽乡村建设，又派干部精准扶贫呀。这
村也美了，贫也脱了，到底能不能把年轻人的心再拴回来？
年轻人的心回不来，都是白瞎。

# 五

老祝还是一天到晚在后沟泡着。他逢人便嚷嚷，今年黍花开得格外香，秋后必定好收成。没人在意他的疯话，大家都忙活着，忙着到考古队打工，忙着一日三餐，忙着找二云学跳舞。

见我对黍子感兴趣，老祝像是找到了知己。他邀请我八月再来，吃一顿新黍面蒸的黄糕。八月，该是黍子的节日了。一捆捆穗头饱满的黍个儿，被骡车、驴车运送到村边的打谷场上。老汉牵着大牲口，大牲口拉着碌碡转圈轧场。"吁，哦，吁吁，哦哦"的呼喊声，是人和牲口之间最默契的交谈。吆喝牲口的间隙，嘴里随便哼几句口梆子、信天游也是要得。小调和吆喝声，交织着，飘荡着，绕过场边的白杨树，一直飘到沟对面的南山梁，飘到南山梁上棉垛子似的云里。

大田洼的打谷场，静静的，碌碡安卧在场边，等待秋收的节气。最后的农耕图画，还存续于塬上的八月。而一棵黍子的命运，却该到达新的拐点了。

八月黍成

# 第五十九号地

## 七 步 之 契

向西是七步，向南也是七步。你看仔细了吧，没问题的话，咱们再量下一块地。

老曹，那个微微发福的中年男人扭头跟我说话，左眼眉老是朝上拧。我不知道他这种丈量土地的办法是跟谁学来的，好玩倒是蛮好玩。大侦探福尔摩斯以七步之法破案，大才子曹植七步成萁豆之诗，我却马上要签署一纸七步之契。

那天，是七九的第六天，交雨水节气。阳光好得不像话，尚未出正月，许多人已经甩了厚厚的羽绒服，直接穿起衬衣。就在那片好得不像话的阳光地里，我在一张比衬衣还薄的土地出租合同上签下自己的名字。合同是制式的，三个空白的地方分别填写地块编号、大小以及承租者姓名。主家的名字早就填好了，手写的，应该是复印了很多份，复印机的墨不好，字迹已经不甚清楚。

其实，主家的签名字迹是否清楚已经不重要，跟我签合同的是那个微微发福的中年男人，主家的代理人。此刻，主

*15*

家在哪儿，在干什么，是地太多种不过来，还是去打工、做买卖了，我无从知道。重要的是，我拥有了一块名叫"第五十九号地"的土地使用权。自打交了 800 块钱的租金，把一纸合同揣进随身的蓝色小皮包里，我就拥有了眼前这 50 平方米土地的一年耕作权。至于是种土豆玉米南瓜茄子，还是栽花种草养蚂蚱喂蚯蚓，全凭我做主。

这里是市郊，从家出发走高架桥不足 15 分钟车程。交通便利，寸土寸金。目力所及的更远处，都盖起了大大小小的楼盘。冬天刚到尾声，离树木泛绿还有一段时日，站在第五十九号地的地头，就好似站在一个巨大而空阔的天井里。据说，这个几十亩大的"天井"，也在城市规划的红线之内，原本是被一家政府部门相中要盖机关大楼的，因为手续没办完就换了领导，新领导有新打算，事情也就搁置下来。征地的事情一搁置，村里的人们难免七慌八慌的，搞不清该种庄稼还是箍菜棚，栽果树还是栽树秧子。脑袋瓜儿灵光的老曹站出来，从一家一户手中把地租下，打出"开心农场"的牌子，顺风顺水做起土地流转的"二道贩子"。或许这个男人也读过《七步诗》吧，或者没读过，他只是从过去烧柴做饭的经验中体会到豆和其之间的煎熬之苦，他依此揣摩透了市郊农民与土地之间的那层爱恨情仇。他站出来，以一个拯救者的姿态，主家不必再为这块早晚要被征用的土地而忧心忡忡。它就那么轻轻流转了一下，大家拿到了一笔不薄不厚的代理费，而名义上的使用权依然以几十年不变的承诺掌握在自己手中。土地则轻轻转身，变脸"开心农场"，获取了一种新的身份确认。

"向西是七步，向南也是七步。"老曹以他的方式把"天井"切割为一个又一个正方形，以正方形为单位发包，每个正方形按25平方米计。他说他一步就是0.75米，七步保证5米有余，经过反复测量的，比拉皮尺还准，比卫星定位也差不到哪里，保准谁跟他打交道都吃不了亏，要说世界上有吃亏这件事，那个吃亏的人也只能是他自己。他说他从农户里拿到这些地的时候，那可丁是丁卯是卯的，哪怕一拃宽、一头发丝宽的余量也没有。现在，一小片一小片往外包，要留田头地脚，要留沟渠，要留过道儿，每个地块还得多给一两平方米的。里外里算下来，差大发了。这地还有少一半没租出去，赔本赚吆喝早成定局。也就是他老曹，一想到地要荒自己的心先慌了，心软，就算赔本赚吆喝也得给地找来靠谱的主儿种着。自打盘古开天地，这地就是要种的，这天就是管播云布雨的，这人就是靠种地吃饭的。让地荒着，天理不容。

我把那纸合同揣进包包里，本来根本不必抄理眼前这个饶舌的男人。对于饶舌的男人，我从来没有半分的兴趣。可是，当我揣起合同，忽然之间心情大好，好得就像这个雨水节气的天空，绸缎般湛蓝柔软，能够消融余冬之寒，能够包容这个微微发福的被大家称为老曹的中年男人的喋喋不休。我竟然当上地主了；不对，我不是地主，十辈子、一百辈子也不是。自打父亲把我的户口从泊庄起出，由农业转为非农业，我已经与农民的身份一拍两散。这两年，村里耕地和宅基地确权，任何头发丝宽的土地，都和我的名字无半点儿沾染。没想到，我还能以租赁的办法，成为开心农场的农场主，一个拥有 50 平方米土地耕作权的女农场主。

头脑被太阳晒得晕乎乎的，大概田野也被太阳晒得晕乎乎的，鼻息里莫名其妙的尽是牛奶拌蜜的味道，这是春回大地的味道，这样的气味让我微醺。我感觉自己心底有一头快乐的小妖在笑，哂笑、坏笑、傻笑、搔首弄姿地笑、电光石火般地笑。

老曹还站在我对面说话，他的左眼眉始终没有停止过一次又一次的上扬，嘴角也明显有了唾液的沫痕。他还在诉说他的苦衷、他的好心，显然，已经不是对着我一个人，而是对着那所有转给他土地的农户，所有从他手里包下土地立志要做农场主的城里人，甚至就是对着眼前这些被他分割成一小片、一小片的土地本身。我猜测，这个男人在成为商人之前，一定在农村待过，甚至当过农民，跟土地有着无数条撇不清的瓜葛。这一点，他居然跟我是一样的。

七步之契。一年为期。我居然笑出了声。我知道其实是心底有头小妖在笑，她已经长大了。

# 菜　把　式

清明。

我播种的白南瓜和阿维斯97－5架豆王已经齐苗。南瓜
的荚瓣大大的，像鼓乐班子里胖墩墩的大钹，表现欲超强，
似乎想为整个春天代言，尽管它只是个配角。而架豆苗的荚
瓣却很瘦很瘦，穷庙里和尚自己刻的木鱼似的，寒碜的外
表，并不妨碍其为慈悲恪尽职守。我知道，无论肥瘦，几场
粗风细雨之后，南瓜和豆角苗都将撒开真叶，噌噌噌往上蹿
着舒蔓长身子。

与南瓜、架豆王同一天下种的，还有20粒油葵，一畦
上海四月慢宽帮油菜、一畦小茴香、一畦黄瓜、一畦菜心、
一畦牛角辣椒、一畦西红柿。还有两畦白地，我打算等天再
暖些，种樱桃萝卜和黄秋葵。播种的那天晚上，我几乎一夜
未眠。累，累过了头，浑身上下没有一块骨头一块肉不是疼
的。不疼的，只有脑袋。不仅不疼，还挺舒坦，丝毫没有困
意，每一根神经都是支棱的，如同晨露中的嫩苗，正做着一
个又一个水灵灵的美梦。

50平方米的第五十九号地，我的开心农场，被我按比例
微缩到一张A4纸上并且以厘米为单位进行规划布局，然后
消耗整整20个夜晚在网上恶补农技知识。我庄严地召开家
庭新闻发布会，承诺这一年当中，我的开心农场将为全家餐

*19*

桌提供绝对纯正的绿色菜蔬，绝对不施化肥、不打农药。条件嘛，所有人业余时间都得听从本农场主征召，召之即来，来之肯干，哪怕汗流浃背、被太阳晒成黑老鸹脸，也在所不辞。可惜，言者谆谆，听者尔尔，只有母亲表示可以做我的技术顾问。妹妹说，没时间响应我的征召，并声言在农村时干农活儿早累毁了，对开心农场不感兴趣。弟弟也不帮忙，他说他的庄稼就是他的宝贝女儿，女儿好好学习天天向上，考个好高中、好大学才是正理。

把南瓜和架豆出苗的喜讯报告母亲时，她正在阳台上侍弄那几盆旱荷花。母亲当然更想在花盆里种菜，她种过韭菜，韭菜长得像三毛，又细又稀又黄；种过辣椒，光开花不结果；种过豌豆苗，长出两三片真叶就蔫巴了。屡试屡败，大大挫伤了她在居民楼上弄菜园子的积极性。她改弦易辙，养花种草，修身养性。母亲的心里一定是痒痒的，大好的阳台，落地窗，十天中有五天洒满阳光，就算是雾霾天，那个霾挡在玻璃外头，屋子里照样是亮亮堂堂的，这样的地方不能种庄稼那样看起来到底有点儿粗笨的东西也就算了，竟然连比花儿都俊几分的菜也不能种，唉！

母亲有菜把式情结。这情结，起源于她老公爹，我爷爷。爷爷家里曾拥有祖传的大片土地，从小到大却没怎么握过锄把子。他的个人履历简单得不能再简单，在旧中国的私塾念书，在解放区的新学堂教书。后来，爷爷给下放回村里当农民。谁也想不到，爷爷下放改造，好教师的名册上少了一人，队里却收获了一个远近闻名的菜把式。生产队里种园子的菜把式，是农民这个职业中最体面的工种，就像科学家中会造宇宙飞船的，像医生中会搞试管婴儿的。母亲常常这么讲起爷爷种菜的事。她说：好的菜把式，都是天生的，能遗传，俗话说龙生龙凤生凤老鼠的儿子会打洞。你爷爷那时候凭什么一到菜园子就能种菜，他之前根本没种过地，应该什么也不会啊，可他偏偏就很内行，因为你老爷爷、你老老爷爷，还有你老老爷爷的爷爷，都种菜呀。你爷爷没出生的时候，老祖宗就把种菜的本事种到他的血液里去了。所以，你爷爷用手抓一抓园子里的土，一看，一捻，一闻，就知道哪片更合适种北瓜，哪片更合适栽茄子，哪片跟茴香脾性投合，哪片能让小葱生得安逸。别看同一块菜园子，这个畦里的土跟挨着一个畦脾气就不一样，你拧着它的脾气种菜，长不？当然长，但长跟长不一样，你摸准地的脾气，种子种下去，眼瞅着就长，那北瓜，一个叶一个瓜，一棵能结二三十个，又大又面又香甜，地跟种子不合，别扭透顶，种一葫芦打一瓢，那是见真招儿，可不是说着玩儿的。还有啊，什么时辰种，什么天气栽，什么时间浇园，什么时间耪地，说道儿多着呢。你爷爷，会给地相面，也会给天相面。他种菜，让全村的老少爷们儿信服。

我跟母亲开玩笑，埋怨她不该起早贪黑供我上学，不然，我就不会是一个二把刀的作家，而是天底下最牛的菜把式。龙生龙凤生凤，菜把式家应该祖辈做菜把式。母亲骂我没良心，她说，种菜这手艺，跟你三爷给人看嗓子一样，传男不传女。我说，我偏要做个菜把式给你看看，信不信由你。

我并不想与母亲打口舌官司，而是一门心思当菜把式，种出一水儿的好菜。小区的邻居也有不少人在市郊包了地，一到周末，小轿车鱼贯而出，直奔开心农场。有个老W，他的车里随时塞着一身菜农的行头，后备箱有短把铁锹、小锄刀、小镰刀、小耙子、小簸箕、大喷壶、小喷壶以及各种菜籽。他的早晨从菜地开始，晚课在菜地结束，中间最好的时光当然贡献给单位的工作，从不蹉跎一分一秒。我也越来越疯魔，自信不是受了老W的刺激，而是骨血深处某种力量的复活。

天气一天天热起来。南瓜、秋黄瓜、苦瓜、架豆角等藤类菜蔬爬满了架，招摇的大喇叭花、又谦逊又傲娇的小黄花、娇娇俏俏的小紫花，阳光一照，如化了油彩，远远观之，赏心悦目，颇有舞台效果。土蜂、蜜蜂、胡蜂、黑白底子撒白花的大蝴蝶、呆头呆脑的小粉蛾，嘤嘤嗡嗡，翩翩翔落，一派祥和。跟邻家商量好，南瓜架子搭在两个地块之间的水渠和甬道上，高高拱起如廊洞，长的圆的红的绿的嫩瓜娃子垂吊着，煞是好看。设若不在乎菜田里蒸腾的空气，以及随风飘忽的粪肥味道，找个小凳坐在瓜廊下看书品茶，也未必不可。

我是从未在菜园品茶看书的。三五天得空去一次，满眼满手全是活计。布满微刺的秋黄瓜叶子太密了，比青纱帐还藏人，人在架下劳作，对面寻不着。一棵用来生瓜的黄瓜秧，是不需要这么多叶子的，空耗肥力，不透风，还容易闹白斑病。于是，整个的夏天，都要给黄瓜疏叶子。西红柿的秧子齐腰深，温温顺顺的，等人疼惜。果子一嘟噜一串，慢慢膨大变白，每一串都有两三斤重。这个时候，很怕大风大雨。得给它们固架子，让每一串果穗妥帖安稳。豆角藤蔓，看似文弱，却淘气得乱爬，须坚定地绳法处置。最难缠的是菜虫、蛺蝶、粉蛾，安了灭杀灯，也是无济于事。还有满地草眼，坏坏的捣蛋族，一次不清理，再去园子，定给你铺展一地荒蛮。虫子祸害菜，这是任谁也知道的，草欺负起小菜苗来却杀人不动刀枪。照理说，万物平等，彼此都在生物链条之上，适者生存便好。此刻，我站在一个菜把式的立场，必得为所种下的菜蔬而大开杀戒。蔓草、马齿苋、三棱草、墩草、小蓟、泥胡菜、苦地丁、野茄子，这些喜欢的植物，也是每见必诛，有多少殒命在小婴儿期，总不下百万十万。我不肯给菜田用药。除草诛虫总是小罪，药是会被土地吸收的，慢性中毒，等于谋杀万物之母。

　　数不清的夜晚，天彻底黑下来，黑到不能劳作。在菜田里直起身子，虫鸣四野。慢慢地，虫声没下去，有一种更低沉更宽厚的声音，从大地的身体中缓缓而来，温柔敦厚，绵延不休。我周身的血液急速地流动着，头脑灵光。我的先祖、我的父辈，与地母的魂魄一起拥抱我。

# 自　产　户

　　自产户，这词儿在我们街是专属于大兰子的，为了跟那些每天到批发市场拉菜的菜店儿区分，他们叫她自产户。自产户大兰子的菜都是她们夫妻俩自己种的。自己种的菜，头天下晚儿摘，第二天早起卖，新鲜，还便宜。

　　大兰子50来岁，高高壮壮的，黑红脸膛洒满雀斑，肉眼泡儿老是有点儿肿，一口邯郸普通话，开口老是笑眯眯的，露俩酒窝，瞅着喜兴。她在西边市郊一个村子租地种菜，不下7亩地，两口子种，有两个大棚，剩下的裸种，早冬和开春临时箍点小拱棚。我第一次听说他们俩人侍弄7亩菜地，唬了一跳，种菜不比种庄稼那样省心，可以机耕机播机收，现在又有了无人机喷洒农药、除草剂，多懒的人也能干，到了麦秋，躺在床上等着收粮食都成，或者干脆在手机上等着收卖粮款。但大兰子不行，她几乎跟我一样，是固守着祖先传下来的笨办法种菜，人工掘地、平地、耢地，一寸一寸开沟育苗，一棵苗一棵苗上肥。是否老天每日多赏赐给他们几个时辰？7亩地，白菜豆角芹菜灰子白花菜西红柿黄瓜丝瓜冬瓜北瓜菩苤油菜生菜莴笋油麦茼蒿，粗菜细菜，大秧小苗，林林总总百万大军，两个人就算是披星戴月，怎么服侍得来？

　　为了买红叶菩苤（其实是甜菜）菜秧儿，有次我开着车沿着村间小路左寻右找，终在一片模样打远看起来一样一样的菜棚间找到了老三的家。老三跟大兰子一样，是外来户租地，他在党校高铁桥一带的早市很有名。显然，他比大兰子头脑灵光，大冬天搭暖棚育菜秧，一开春，像我这样搞开心农场的人，肠子一痒痒，想种菜，他的秧子就拉到了早市上。茶盅大一个塑料盆育一棵苦瓜秧能卖到两三块钱，大红袍茄子秧卖一块钱一株。大家都买老三的菜秧，心里又着实觉得这家伙心黑。到了老三的家，还没买菩莲苗，自己先后悔自己的小肚鸡肠了。老三一家四口就住在一间泥土糊成的菜棚里，昏昏暗暗的，凡是空闲地儿都放着育苗钵，有盘炉子，看样子是连取暖带烧饭，靠北一大溜儿床铺，铺盖都没叠，俩十来岁的孩子就着一盏瓦数很低的灯泡写作业。老三这是把菜当孩子养，把孩子当菜养了。

大兰子不卖菜秧。清明前后，裸地能种菜的时候，她已经开着电三轮大清早的出现在我们街上。她的第一批菜是西葫芦、羊角葱，捎带卖去年存的大白菜。又过几天，她就开始卖茴子白了。谷雨之前的茴子白不打药，炒出来又脆又香。她半车菜往往刚七点就卖完了。西葫芦、茴子白这么早就上市，当然大兰子也是冬天里生火育秧的。她还有黄瓜、西红柿、架芸豆"白不老"，都箍了大棚。棚是最简单的那种，没有暖气，冬天不行。大兰子也是跟菜苗住在一个屋檐下吗？从打去了老三家，我也想去大兰子那里瞅瞅。

有事没事，我总到她的菜车旁转一转，买一点儿菜，跟

*25*

她搭讪一会儿。我第一次种菜就敢种十月底才能采收的晚芸豆，就是从她那里取的经。我从赵陵铺大集买了菜花苗栽下，没塌秧儿，直接扎根儿展叶，蓝绿蓝绿的，稀罕人。大兰子说，别美得太早，四月中还会来一场地霜。果然，结结实实的菜，突然降温，半下午就蔫儿了。入伏，我慌慌着买菜籽墁白菜秧子，大兰子说，着啥急，庄儿里气温高，二伏尾巴上再下种不迟。我听她的，差三天交三伏才播种。结果，那些下种早的农场主，白菜不是烂根就是烧心，我家的菜越冷越长，瓷实、出菜，甜丝丝的，好吃。

我家的日本风铃冬瓜长疯了，一叶一瓜，而且根本不是菜籽说明书上说的只长到一两斤大。眨眼不见，就跟小孩儿头那么大了，再三五天，赛过一个老式瓷枕了。不得已，我每次去园子，都得用塑料绳结个简单的网子，给它吊起来。黄瓜、南瓜、辣椒，也比赛着疯。硕果累累，一点儿都不夸张。我要育苗，要拔草，要整枝打杈，还要采摘，要跟嗜血的蚊虫周旋。摘菜，从最初的享受，变成了劳作之外的负担。丈夫开玩笑说，你已经忘记了种菜的初衷，本末颠倒，以劳作为目的了。

摘下的菜吃不完，得琢磨着及时送出去，亲戚、朋友，一袋一袋分装好。趁夜，一路开车，一路打电话，当起送菜工。我妹妹家吃我种的秋黄瓜都吃烦了。送菜，成了一个烧脑工程。我心血来潮，差点儿把几个风铃冬瓜给大兰子搬去卖，终是没敢。大兰子人敞亮，给谁称菜，秤头都高高的，芫荽、尖椒，顺带就给你搭上一把儿。她知道我有个开心农场，问她技术，只要不太忙，总是讲得很耐心。

有一回，刚讲了怎么给胡萝卜提苗，她忽然兜头问我租一块开心农场多少钱，跑一回开心农场烧多少油，我一愣神，马上照实回答。答了，心里又虚得厉害。我自己也算过一笔账，跟头咕噜一年下来，光跑路的油钱就快够家里买菜了。加上菜籽、菜秧，水费、电费，耽误写稿的时间，里里外外的，不敢想。再见到大兰子，就感觉她厚道朴实的笑容，并不那么真实、简单了，她的笑里有话儿——我这纯属吃饱撑的，没事找事。

今年春天，因为疫情，许多人不再玩开心农场了。我开悟得早，几年前已经金盆洗手。第五十九号地的记忆，竟恍若蜃景。

大兰子还是每天来我们街上卖菜，天光一白，她的电蹦蹦车紧跟着就出现了。十二桶黄瓜、两桶芸豆角、一桶西红柿、一桶茄子、五把苣荬、六捆小葱、八绺茼蒿，深绿浅红，威风凛凛围着电蹦蹦摆半圈儿。大兰子家菜地已经被现代化的家庭农场、蔬菜基地包围，她租的地，主家也打算收回去参加村里组织的流转。流转比直租划算，有底金，有分红，还可以到租地公司打工，一水三浪，吸引人呢。

大兰子也在考虑是改行还是到蔬菜基地当学徒。高科技，瓶瓶罐罐的，无土栽培，机械育秧，种菜的老手艺不灵了。

# 一座仓架的信仰

## 一

雾给山浸得奶绿，远近之间顽童般地泼赖、缠绕。

人在绿中，绿在雾中，宛临仙境。

应是黄昏了，我却在阜平西部大山里这个叫作面盆沟的地方，失却时间感。

有风来。风撩起轻曼的雾纱，不远处那个仓架的细节便在我的眼眸里清晰起来。那是座木制的、有点儿高大、有点儿威风、有点儿年代感的仓架。只有简易斜顶和底座，数根原木棍子支撑、四围以树枝编织篱栏的仓架，目下正在空置，却是那般安逸，左侧溪水淙淙，右侧一脉细细的油路，油路的边缘杂花野草纷披。沿着蜿蜒的油路往上，仍然是溪是树，是草是花。

驱车经过太行高速城南庄出口，在山坳里兜兜转转，我早就瞄上了山里这种简单而奇特的"建筑"。

在村口，在一条小径的转折处，在一处盛开着卷丹百合或小锦葵的大石头旁，在农家小院最显要的位置，总能发现一座仓架，谜一样地矗立着，素简而尊贵。

## 二

一位老伯告诉我，阜平山里，家家户户有在仓架里屯粮的习惯。往前数上三四十年，一座装满粮食的仓架，就是一户中等人家的半边家财。闺女说婆家，第一条要打探清楚小伙子家有几个仓架，仓架里的粮食满当不满当。

九山半水半分田。几十年，几百年，上千年，石头缝里开荒种地，好不容易围堰整出锅盖大一片地，大雨山洪一冲，一寸也留不下。种地不顶事，粮食金贵，盛粮食的仓架也被神一样侍奉着。

穷则穷矣，阜平的仓架，如阜平的人心一样，总是敞亮的。建在最显眼的位置，有没有粮食，有多少粮食，一眼便知。

阜平人不畏穷。这里，诞生了中国北方第一个红色政权，建立起中国第一个敌后抗日根据地。一个人口不足九万的县域，硬生生创造了养活九万多子弟兵的人间奇迹。

1941 年秋天，战事打到最艰苦的时候。聂荣臻率万余人与日军华北派遣军总司令冈村宁次的十万兵力周旋，经过几天几夜巧妙穿插，跳出包围圈，来到一个名叫常家渠的小山村里。为了不暴露目标，一律不烧火做饭，连电台也停止联络。常家渠仅有几户人家，一下子集结上万人，吃饭是个大问题。乡亲们倒光了箱笼里的存米，掰尽了屋顶瓜秧上大大小小的南瓜，收尽了山腰上鲜嫩的苞米，刨光了房前屋后的地瓜。男女老幼背着、挑着、抬着、提着，送到战士们面前，塞进干部的手中。万人大军在常家渠隐蔽五天五夜，终于成功突围。

边区军民，在无数手无粒米的日子，不仅创造了"吃"的智慧，更结下与粮食有关的深情厚谊。

"树叶训令"的故事，让我泪水盈眶。1942年，阜平遭遇大旱。树叶、树皮，成为山里最好的粮食。当时，村里的青壮年都奔赴前线参军抗战，留下步履蹒跚的老人和骨瘦如柴的孩童。为了让老人和孩子采树叶方便，聂荣臻发布命令：村庄周围十五里之内，不许部队采树叶。将士们宁可饿着肚子，也不与百姓争食。七十多年过去，"树叶训令"依然口口相传。

在吕正操写的《冀中回忆录》里，记载了聂荣臻这样一段话："开展敌后游记战争，光靠山是不行的，首先要靠人民群众。就说大山吧，如果山里没有群众，山路又很窄，敌人把山路一堵，我们根本不能坚持，不用说别的，吃的问题就没办法解决，没有群众供养我们，难道能吃石头？"

聂荣臻把阜平当作自己的故乡。生前，每每提及阜平，他总是眼含热泪。"阜平不富，死不瞑目。"

# 三

香炉石村，面盆沟里几十个小山村中的一个。

村子里只剩下一户人家。确切地说，刘秉林是最后一次回来小住的。晚饭已经做得，小玻璃盅子里刚刚斟满酒。锅灶盘在院子里，俯首绿溪，抬眼青山。84 岁的老人家，喜欢把锅台当餐桌，小板凳一坐，慢悠悠的，吹着山风，喝上几盅。

前年，在易地扶贫安置点，刘秉林家分到宽敞明亮的新居。吃住不愁，看病有保障卡。正大食品公司的扶贫车间，就在小区附近。车间的活计，主要是砸核桃仁，年龄不限制，连他这个八旬老翁一天都能挣个二三十。去年，他家正式脱贫出列，小日子过得一天比一天滋润。

刘秉林家的大镜框里，藏着三件宝贝。一张 1964 年县里给他发的优秀护林员奖状，一张 1976 年公社发的"学理论干革命"奖状，还有一张，则是 2008 年汶川地震交纳特殊党费的证书。他的老伴儿王香开给我找老照片，无意间翻出来这些，却谦虚着，不想让看。她说，家里也没啥值钱东西，这些奖状、证书，还有 2014 年的建档立卡贫困户材料、2019 年的脱贫出列明白纸，就是留给后人的传家宝。

刘秉林年轻时当过护林员、团支书、支部书记，管过村里的牛马驴羊、粮仓林场，除了天上飞的，这村里的大事小情，只要上级和乡亲靠给的，能掏十分力，绝不掏九分九。

1963 年，他凭着一把好力气，硬是跟大山借够了石头，垒起一溜儿五间石头房。垒房子，生儿子，养孙子，过日子。除了一份干部的担当，刘秉林也有着一份普通人的梦想。可到他撂下村支书的担子，日子也没好起来。20 世纪 80 年代，村里有关系、有本事的年轻人，争着抢着往外走。刘秉林的儿子、女儿也先后翻过驼梁山，到山西投奔亲戚打零工。四口之家变两口，空空荡荡的房子、院子，空得让人心慌。

　　奋斗了一辈子，没多收几穗子。刘秉林一家的苦恼，代表了阜平山里多数人家的苦恼。

　　到了 21 世纪前十年，国家的搬迁安置政策来了。人挪活，拔穷根。刘秉林明白，心跟明镜似的，他双手赞成。

　　这面盆沟，在胭脂河上游。顺沟而上，穿越云花溪谷，连接河北平山和山西五台。花如团，溪如翠，随便一棵野生植物都是草药。县里请来的专家说，这条沟谷，是老天爷赐给阜平的"金谷银沟"。绿水青山就是金山银山。

　　跟大家伙儿一样，当眼睛不再只盯着仓架、盯着种地打转转，心里瞬间豁然。据说，香炉石老村提升改造建民宿的计划已经提上日程。刘秉林寻思，他的老石头房子，说不准能被相中。

三

　　一场骤雨后，流经阜平县城的大沙河顿时欢腾。天刚放亮，桥下早市已经热闹起来。水灵灵的红枣、肥嘟嘟的梨子、硕大的南瓜、大堆的青玉米、新鲜的香菇、嫩生生的地瓜叶，挤挤挨挨，夺人眼目。走过一个个摊子，清甜而丰腴的初秋气息，沁人心脾。

"俺家这是水果枣，可脆可甜。你有空，去俺家园子摘也行。给，这是电话，也有微信二维码。"卖红枣的妹子，生一双水灵灵的大眼睛。看她那又欢喜又实诚的笑眼，你想拒绝她递过来的纸片都不行。

若非公干时间紧张，我真想到妹子的枣园去看看。俗话说，七月十五枣红圈，八月十五枣落杆。处暑节气，正是枣林盛时。青红相间的枣子缀满枝头，看一眼心里都是舒展的。何况，生长在阜平老区的大枣，又有不同寻常的意义。每到冬天，我都会买这里的干枣，煮粥、蒸馍、沏茶。水果枣，还真是第一次听说，抓在手里几颗，长长圆圆的，玛瑙翡翠一般，着实让人欢喜。

阜平朋友说，这里开早市，可有年头了。赶早卖东西的，都是附近村民。如今越来越多的农产品，都在网上卖，或者合作社、园区直接走了大宗。早市，越来越像个展台。山里出产了什么新花样，这里马上就能买到。比如这水果枣，就是专为发展采摘游引进嫁接的新品种。"枣子，在阜平农林产业中，已经不是大姐大。阜平老乡菇、大道玉露香梨、黑崖沟大樱桃、吴王口硒鸽才是新网红。"

2012年深冬，习近平总书记冒雪到阜平深山访贫问苦。

全国决战决胜脱贫攻坚的号角从这里吹响。阜平二百一十多个贫困村、十万余贫困人口，参与到一场前所未有的拔穷根战争。

搬迁安置、产业扶贫、生态扶贫、教育扶贫、金融扶贫、兜底保障，好思路洞然开阔，好干劲汩汩而来。

刘东云，一个"80后"小伙儿。当过兵，见过世面。转业后，他一咬牙，一跺脚，把户口留在村里，人却一竿子扎到县城，卖工艺礼品、婚庆用品。摸爬滚打几年，娶妻生娃，买私家车，小日子打了翻身仗。2011年底，他当选面盆村支部书记。这次，他把小家抛在县城，把买卖抛给媳妇。他要与乡亲们一起，跟贫穷的日子来一场大搏击。电话里聊起村里事，刘东云说自己做的这点儿事，根本就是马尾拴豆腐，提不起来。远的不说，就说村里扶贫干部，哪个都比自己吃苦更多。

不忘初心，自然下得辛苦。跟阜平人打交道，我很多次被他们浑身上下散发出的那股子拼劲所感动。

步出早市，转弯登上彩虹桥。河水潺潺东流，水草给阳光打上一道道柔软的金色。对岸，一幢幢拔地而起的居民楼，是易地扶贫搬迁安置工程阜东新区。

大沙河两岸，曾是当年子弟兵的演兵场。此刻，秋阳初照，微风拂面，阔朗，静谧。

# 阳光下的虞美人

在一帧帧照片上，我重读那些虞美人花。

照片拍摄于阳原县古泥河湾盆地的一个小旅馆院子里。院子四周全是庄稼地，野蔓草顺着铁篱花格探进院子里，生出活泼的花穗。清晨五点刚过，太阳已经爬上东山梁，为远处的村庄、树木和庄稼地笼起一层金色雾霭。眼前的空气却透亮，池塘里鱼刚刚醒来，汩汩的水声、苞谷地里看渠人的咳嗽声，也顺着透明的空气探进院子里。

地面涌起微微的风，虞美人的枝叶、花朵顺着风的方向轻摇曼舞。她们纤碧的花茎高高低低，闪烁着茸茸的光泽，桃红、水红、淡粉、粉色又晕着白边的花瓣，轻盈盈跳荡着蕊影，蜜蜂在花间飞停，恍若醉仙。

泥河湾，真是摄影者的天堂。温厚结实的黄土层，自然形成的沟壑和台地，迎风挺立的白杨树，甚至独立垄头的一棵黍子，一株长成老侏儒的供佛杏，皆可构成雄浑、厚重、苍凉之美。许许多多背包客，甚至专门冲着村庄里那些失修的黄泥墙、颓圮的老门楼、坍塌的老窑洞而来。而在两次踏足这片土地之后，我忽然发现，仅仅有这些还很不够，至少

35

是片面的、浅薄的。

我照片中的虞美人花，是小旅馆的老板亲手所植。老板是阳原当地人，夫妻俩搭档开店，老汉儿管账管扫院子管清理垃圾管买菜，女子则负责客房厨房兼传菜跑堂儿，忙得不亦乐乎。去年深秋，不知从哪里淘换了一包虞美人种子，老板便在院子里最好的位置清出一片地，开畦，撒粪，平整，按照别人的经验，在小雪时分小心翼翼下种。见我不停拍照，老板凑过来拉呱儿：你看，花开得好哩。我连忙伸出大拇指：开得好哩！你经管得好哩！

据说，虞美人的种子非常细小，发芽难，幼苗成活更难，经管一畦花，简直就像伺候一群挑食、多病、难养的孩子。在泥河湾这样冬季极寒、干旱少雨的地方，在一个不起眼的小旅馆院落里，居然盛开着如此曼妙的名贵花卉，真得算个奇迹。粗粝的黄土，粗糙的庄户人家旅馆，与纤弱精巧、热情奔放的虞美人花，形成如此强烈的对比。发现虞美人花畦的那一瞬，有什么东西在我心尖上飘忽而过，想要抓住它，却又空无所有。

距离虞美人花旅馆不远，是大田洼村，我们单位的精准脱贫帮扶点。头一次采访，第一书记是老相，去年期满，云旺接力。同事们悄悄议论，去大田洼办事，提老相和云旺他们工作队，忒灵验。这回，我还真试验了一把。大田洼是个大村，从西到东走上一个来回，将近十里。天将黑时，累得几乎迈不开双腿，正巧村里一位老汉儿骑电动三轮从凤凰山

八月黍成

下来，我赶忙搭讪，自报家门说是"老相的同事"，他二话没说，妥妥地把我拉到村西头乡政府。老相在这里待了两年，村里老少爷们儿果然跟他有交情。

大田洼村中央有个臭水坑，那次入户走访，赶上下大雨，老相他们带我绕行。那时，已经有改造规划。这次来，臭水沟变成文化广场。一群刚放学的孩子，在这里玩石头剪子布，见我拍照，嘿嘿笑着逃开，露出可爱的豁牙。他们有的六岁、有的七岁，读一年级和二年级，都是打工留守子女。广场北边一户人家，门楣上白底红字镶嵌着"吉祥如意"。我以手机镜头仰角拍摄，"吉祥如意"四个字刚好与广场边上老柳树青翠的枝梢，相触在一片飘动的白色云朵里。

云旺介绍我认识了老王。他是脱贫出列但继续享受帮扶政策户，膝下三个子女，大儿子读高中，老二是个女儿，在塬下另一个村庄读寄宿制小学，老三在大田洼上幼儿园。老王的妻子长年在外打工，她的工资是家庭重要收入来源。在家留守的老王也不轻松，照顾三个子女，也照顾塬上的六七亩地，种大杏扁儿，晒手工杏干儿，有时去考古现场打个零工。老王现在遇到了发愁事，用他的话说，被磨盘压了手。他的发愁事，云旺早对我说了，他也替老王发愁——老王家读六年级的闺女，这两三年不长个儿，不知是啥怪毛病。孩子读书好好的，能吃能喝，就是个子蹿不起来。恰巧我在省城大医院有相熟的专家，云旺托我联系。我开玩笑说，这是

"公事私办"。当然，这样的"私"，多一点儿无妨。大田洼村的脱贫帮扶联盟，就是云旺联络他的故友新朋成立起来的。有能力，有公德心，"私力量"聚合起来，能办大事。

虞美人花旅馆，是个新农村建设的产业示范点。大田洼村帮扶联盟，也办起花卉大棚。我发现，塬上人几乎家家有养花的喜好。从外地淘换来的虞美人花与庄户院里寻常的对叶菊、西番莲、酸浆果，门楼上的门神花、吊挂，玻璃窗上的剪纸窗花，一起组成泥河湾人当下生活中的另一种物象。它们或惊艳超拔或平凡质朴，总归是属于生活的现场，在贫瘠的土地上生长出来，自自然然，你中有我，我中有你。一朵花中，隐藏了人生的多态、复杂况味，我从中读到一点儿苦苦甜甜的东西，也读到了一点幽默、狡黠、释怀、和解、和谐的聪慧。

虞美人花，以独特的质感和姿态，征服过世界上许多大画家的画笔。因为项羽和虞姬的故事，还衍生出悲情而美丽的身世传说。在大词人李煜的手中，它成为一个著名的词牌。但我更爱其另一个名字——舞草，并为自己的组照命名《阳光下的舞者》。

# 大苇洼的鸟和面花

我深深地屏住呼吸，压抑着心跳的速度。但我无法压抑心跳的分贝，恐怕那激烈的鸣鼓般的声音，跟随手中相机镜头的方向一路跑出去，惊动了小水洼里那些悠闲自在的精灵。那些，应该准确地称作六只。三只泊在前几天刚刚退水的黄泥滩上，舒缓地踱步；三只，在与泥滩相接的浅水中，亮翅，引颈，轻舞。仲夏的上午，阳光含含糊糊的，却蛮有热度，淡白的光线洒落在水面上、苇子叶上，也在水中画出精灵们修长而纤细的美腿、妙曼的身材、尖而长的喙。

我之所以称它们为精灵，首先我得老实承认，这是一种我从未见过的鸟，更不知其姓甚名谁。但并非不知道姓甚名谁的鸟，就能够被我拿出精灵两个字来私授封号。精灵，在我的词库里是有着严格的使用尺度的。那一刻，作为大苇洼里陌生的闯入者，我的心一下子就被另一种陌生的种群、陌生的环境给惊着了。端然，祥宁，优雅，纤丽，妩媚，婆娑，这些词全部相加也无法描摹出那样的美来。美腿朱红，翅膀黑亮，胸羽雪白，就是这样美好的六只鸟，它们停泊在淡的水、青的苇、黄的岸、蓝的天之间，将五行、五色之奥义尽收。

后来，听著名散文家、在大苇洼里生活写作了几十年的张华北先生说，我称之为精灵的鸟，真实姓名是黑翅长脚鹬。这是一种旅鸟，分布于世界上近百个国家和地区。每年四五月份迁来中国北方繁殖地，到秋后携儿带女大规模南徙。沧州南大港大洼湿地，是黑翅长脚鹬之乡，当地人管它们叫"红脚娘子"。大苇洼里的小鱼小虾、胖胖的蚱蜢、鲜嫩的螺蛳，都是红脚娘子最喜爱的美食，浩瀚无边的苇荡，一个连一个的水洼河汊，刚好供它们坐窝、游戏、恋爱、孵育。

张华北曾经长期观察红脚娘子的生活，他的散文《大洼美鹬》上了《人民日报》，被无数网站转载。这让大苇洼的名声跟着红脚娘子轻盈的舞姿一起，舞到了更广阔的天地，也让属于全世界的旅鸟黑翅长脚鹬跟大洼更紧密地绑定在一起。就如同我第一次发现这黑白红分明的精灵的一瞬，浅的水，青的风，黄的滩，蓝的天，那么不容置疑地在同一帧风景里烙刻于脑际。其实，因着张华北一支妙笔而声名远播的，哪里止于黑翅长脚鹬。大洼的苇、大洼的鱼、大洼的蝗、大洼的雀、大洼的人、大洼的美食，甚至于大洼里盛产的黑脚大蚊子，皆无数次成为他笔下的主角。一片濒临渤海湾的湿地，大苇洼，就这样与一个喜欢大苇洼的善良文人结下不解之缘。

有人私下跟我透露，张华北不是大苇洼本地人，他祖籍四川，几十年前跟随家人一起来大苇洼的南大港农场讨生活。对此，我轻轻一笑，因为我马上想起了黑翅长脚鹬。那些美丽的红脚娘子，也不是大苇洼的鸟呀！可是，它们就是那样痴情地爱上大苇洼，年年开春，呼朋唤友，老幼相携，几千里几万里奔向这片开阔的、浩瀚的湿地，把生命里最庄严、最重要的繁衍环节，交付给这个值得信赖、值得依靠的所在。

跟红脚娘子一样，把大苇洼作为重要迁徙地的旅鸟，有17目45科262种。丹顶鹤、白鹳、金雕、大天鹅、白枕鹤、灰鹤、豆雁、中白鹭、鹗鹰、绿头鸭，无论国家一二级保护珍稀鸟，还是不在册的布衣白丁，据说张华北讲起大苇洼的鸟，可以三天三夜不吃饭，一直开着话匣子。

跟作家张华北一样，长途跋涉来大苇洼讨生活的，还有成千上万的异乡人。跟那些年年迁徙的旅鸟不同，他们来到大苇洼，便坚定地留下来，生活劳作，娶媳妇聘闺女，生子生孙，把这里作为定居的家园。据地方志记载，自明朝燕王朱棣以"靖难"诛奸、入京"扫碑"为名，大肆杀戮当地土著民，导致土地荒芜、人烟稀少。永乐二年，大批穷苦人自山西洪洞迁徙至此。而洪洞大移民之后，数百年间，又有多少人循着海腥的滋味，逆着海风的声音来到大洼立足生根、开枝散叶，并无详细的记述。迁驻者与大苇洼一起，饱经战乱和自然灾害之苦。他们住芦苇罩顶的泥房子，以鱼虾和黄须菜充饥果腹，习惯了以大苇洼的水土养人，以大苇洼的风俗活人，而逢年过节，又请出从千里之外的故乡一路背过来的祖宗的灵位，以祖先之礼制虔诚地向神灵祭拜、向苍天祈福。可以说，是黄土文明和沿海湿地文明不断地相互融合，相互碰撞，成就了今天大洼的文化，还有今天的大洼人。

在大洼民俗馆，面对一副叫作面花模子的藏品，我久久不肯移步。面花模子，是大洼女人制作面花所不能少的工具。作为藏品，那模子一定有年纪了。原本的木色起了厚厚的包浆，温润、慈祥，深凿的凹槽中阴刻花纹也早不见早年刀锋的锐利，低眉顺眼的模样，仿佛老婆婆脸上花朵般的皱纹。这样一副模子，它"磕"出的面花，该是多么有生活、有故事。

是的，大洼人制作面花过程中，将发好的面在模子里印花儿的工序叫"磕"面花，就如同他们管茫茫的大洼叫大草洼或大苇洼，管最小的小虾叫虾丝，管炖小鱼叫熬小鱼。磕面花的面，是盐碱瘠薄的大洼特产的小麦磨成。这样的麦子，靠天收，也不施化肥和农药，亩产只有二三百斤，产量低，做出的面食却分外筋道，麦香浓郁。老年间，生活清苦，素常日子大洼人是舍不得吃白面的。省下的白面，到年根下或逢婚娶，才郑重地拿出来，发面，做面花，作为祭天祭地祭祖宗的供品，作为招待宾朋的上等美食。因此，面花，在大苇洼的诸多食物中，便有了最强的仪式感，蕴藏了最多的文化内涵。

面花模子的图案很多，有盛开的牡丹、硕大的寿桃、多福的石榴，但最具大洼表情的，是鱼和鸟。那是按照大洼人的审美原则抽象化了的鱼和鸟。在这样的模子里磕出的面花，蒸出的花馍，鸟丰腴，鱼肥美，完全模糊了大苇洼生灵们的百种姿态、千种脾性，但它们分明又栩栩如生，仿佛可以随着刚揭开锅时的白色蒸汽扑啦啦起飞，回到清甜的水洼，回到葳蕤的苇草间。

在大苇洼人的心里，鱼是大洼的富产，鸟是大洼的精魂。他们把对大洼的爱，对大洼的虔诚，一刀一刀雕刻在有着信仰意味的面花模子里，潜藏于各种隆重的仪式之中。代表这种爱和虔诚的，还有大洼人对湿地环境保护的自觉追求。南大港湿地，2002年被河北省人民政府批准为省级自然保护区，2003年纳入国家重要湿地名录，2005年被中国野生动物保护协会授予"黑翅长脚鹬之乡"称号，2006年加入东亚—澳大利亚迁徙鸟类保护网络。大洼人的日子富裕了，大洼里来来往往的生灵们，不管是定居的鱼虾，还是年年迁徙的旅鸟，都受到格外的眷顾。

好几年之前就晓得大洼面花，因为我朋友的家乡就在大苇洼。每年过完春节回石，她都要带一兜面花来给我拜个晚年儿。也是好几年之前，作家张华北的名字就跟着他的散文集《蓝天飞来丹顶鹤》一起如雷贯耳。而此次大洼行，邂逅大洼精灵黑翅长脚鹬，再次品尝面花，品读面花模子，还有张华北的散文作品，却有了一种全然不同的感觉，那是一种神魂通彻之感，是对一片洼子、一种文化、一种理想的朝圣。

　　一方水土养一方人，一方水土也养一方的鱼、一方的鸟、一方的生灵。大苇洼，以敞亮的、包容的胸怀，为洼里的一切生灵赐福，也将养着大洼人、大洼里一切物种的襟抱和情感。

八月黍成

# 清凌凌的胭脂河

## 一

这深秋的雨，真像群顽皮的小姑娘，淅淅沥沥哼唱着小调，漫山漫坡地奔跑跳跃。

雨中的城南庄小镇，人家儿稍门上的大红福字更显得鲜亮。小径上的一对大白鹅也给洗得更干净了，排着队从一片树林里走出来，气定神闲的，它们知道自己很萌，很招人待见。

我的住所旁边，是镇里一个叫新房的小村，与晋察冀边区革命纪念馆相向坐落，距离不超过两百米。村庄不大，也就几十户人家，东一杈西一枝的水泥小路，串起新屋旧房并列的胡同，诸如邸家胡同、王家胡同、李家胡同。无论新旧，这里的房院都拾掇得挺各节（整齐之意），家家户户开着几簇秀气的秋菊或草花茉莉。晨雨中，村庄安逸而静气。偶尔驶出一辆摩托车，青年摩托手穿着大红的雨披子，像一朵雨中飘飞的花。

王家胡同口停着辆崭新的白色城市越野车，车后身儿却是一处花格窗、带出厦廊柱的旧民房。房子有年头不住人了，但那窗格、廊柱的气韵犹在。一位早起的老汉溜达过来跟我搭话。我说是来纪念馆参加活动的，他就不再见外，眉目中透出和气。城南庄人对纪念馆的事格外热情，老汉也如是。

似乎看穿了我的好奇心，老汉说，老房子，是分给他兄弟的，兄弟一家子在外工作安家了。车是老汉儿子家前年才添的。老汉姓王，70多岁，高个子，黑脸膛，就住旧民房旁边的新院里。那院子是相连的两处，分属于他的两个儿子。一水儿青砖粉墙，高大而宽敞，安着空调、太阳能。见他笑悠悠的不厌烦我这个陌生人，便与他多拉了几句。老汉两儿一女都已成家立业，大儿子在新疆开运输车，二儿子在北京干建筑，六个孙辈都还在念书，大孙子刚刚考取成都的研究生。我问老汉跟着哪个孩子住，他说一直跟着二儿子家。又笑么呵儿地补充道，你看我这体格，好着呢，平时帮孩子们拾掇拾掇地里的庄稼，一年也在周边工地里打三四个月的工，每天挣一百多块，一个人花不清。

我打算穿过村子，去看看那条著名的胭脂河。按照王老汉的指点，一路和着细雨的节拍朝南边走，一路探看庄户人家的房舍、门楼、对联，还有小篱笆墙里闪出来的西红柿棵子、眉豆架。村街并不长，三走两走的，就出了村子。坡两边是庄稼、菜园，苞谷、红薯、萝卜、白菜、北瓜，所有庄稼植物都清凌凌的，让人心里跟着清亮。两只正在对唱的白鹅，迈动优雅的红蹼，要做我的向导。

## 二

"十年驻马胭脂河，抗日反顽除万恶。我来共话艰难史，人民事业壮北岳。"这是陈毅赠聂荣臻，赞扬他开辟晋察冀根据地的诗作。沿着秋雨中的河流漫步，想起它，眼里心里便有了一份对于岁月的共情。

胭脂河，多美的名字。据说，这条河的沿岸曾出产一种稻米，叫胭脂米。胭脂米煮的粥，不光颜色好，还有一股子爽利的清甜。阜平多山少地，上苍却独独把鱼米乡的气质赋予这条河。1938年晋察冀边区政府在阜平成立，军区司令部设在城南庄。从此，胭脂河便拥有了全新的使命和意义。

胭脂河的名字，是神交已久的。在孙犁《山地回忆》、仓夷《新式的婚礼》《冬学》等名篇中，我已经跟前辈们一起记住了这山地间的河流、故事，以及故事中那些可爱的人们：那个在河边因为洗脸、洗菜与孙犁犟嘴的女孩子；那个邀请仓夷给大家讲讲政治课的十五岁冬学小先生；那热闹的、拥挤着参观集体新式婚礼的人们……胭脂河养育过多少晋察冀的军民，恐怕只有那些过往的涛声说得清。有多少人经过胭脂河，就一定有多少条如诗如画、如泣如诉、如歌如咏的胭脂河，流淌在他们心间。

斯人已往，胭脂河的波涛青春依然。恍惚地，清脆的流

47

水声中，我听到小姑娘问青年的孙犁："（袜子）保你穿三年，能打败日本不？"关于打败日本和打败日本之后的漫长岁月，孙犁先生和他笔下的小姑娘，也是参与者和见证者。阜平八年脱贫攻坚和乡村振兴的新时代，则由王老汉和崭新的城南庄替他们经历了。在王老汉那双和善的眼睛里，在村庄随处可见的红福字和小草花中，真真地写着当下给岁月的答卷。

因着参加陈勃、顾棣红色摄影艺术成就暨收藏展，有缘见到展览嘉宾、《大眼睛》作者解海龙。"大眼睛"的原型不在河北，但从拍摄"大眼睛"的 1991 年开始，解海龙与希望工程结缘，与河北许多地方结缘，当然也包括革命老区阜平。把镜头聚焦孩子，聚焦脱贫攻坚，聚焦乡村振兴，一个摄影家每年都到一个老地方，每次记下的却都是新故事。从孙犁、仓夷笔下的冬学，到解海龙镜头中的希望小学，这当中所承载的时代巨变，多么值得细细体察和思索。而从孙犁、仓夷到解海龙，文艺人自己所走过的路，所担当的文艺传承，也多么值得体察和思考啊！

在展览现场，面对顾老亲笔撰写的 400 多本中国红色摄影日志，我不由得双眼湿润。那么艰难的战争岁月，这一秒活着，下一秒就有可能牺牲，没有谁给一个十几岁的摄影战士下达"记录"的命令，可他就是那么自觉地一笔一画、详详细细开始自己的观察、整理和记录。这一记，就是 70 多年。这 400 多本日志，仅是他所进行的海量文献资料记录、整理的一部分。以一己之力,进行中国战争摄影史的保护光大、梳理赓续,只这一个方面的成就和功德,就堪称楷模。

作为阜平走出的中国红色摄影双星传奇,陈勃、顾棣也上过当年的冬学。当然,他们比一般冬学毕业的人更幸运,他们赶上了沙飞、石少华和《晋察冀画报》,赶上了画报社开办的摄影班,一种以照相机为武器培养摄影战士的"艺术冬学"。少年许国,青春离家。他们以一生的奋斗,实践着当年胭脂河沿岸各村冬学里诵读的誓约:"中国人,爱中国!"

"中国人,爱中国!"现在,这声音,也在我的心里激起无限的力量。

## 三

我给阜平文友发微信:"我到胭脂河了,你的菜先生呢?"他很快回复:"菜先生在对岸的蔬菜基地呢。"《胭脂河畔菜先生》是他写的一篇报告文学。其实,"菜先生"不是某一个人,而是一群人,一个很雄壮的队伍。胭脂河畔的冷温大棚和露地菜,实行传统土作与现代科技相结合,有机栽培,在县商务局帮助下安装了农产品追溯系统,特菜专供北京、石家庄、保定等大中城市。文友张金刚,就是一个跟"菜先生"缘分很深的人。他不仅写下了大量记录阜平脱贫攻坚的优秀作品,还编辑着县里的文学刊物《枣花》,参与策划组织了若干个摄影展览，经管着一个专门在网上为老乡义务售卖农产品的"香菜团"。文友们给他起了一个绰号，"金刚葫芦娃"，他也乐得承认。每次见到这个金刚葫芦娃，他的眼神里总是充盈着满格的活力。"文艺人能干的事很多呢！"张金刚这么说。

## 四

从胭脂河边蹚回新房村，雨已慢慢停歇。不大的广场边，一位中年人开着新式垃圾车装运垃圾。一边干活儿，一边跟一个老哥有一搭无一搭聊天。他们告诉我，村里的街道卫生、垃圾处理早就跟城镇一样了。难怪，家家户户看着那么各节、讲究。

老哥六十出头年纪，姓李，跟中年人比起来，更显得精明干练。听说我是石家庄来的，马上跟我拉呱儿开了他在石家庄的亲戚，又指给我看他家新装饰的大门楼。门楼左手画着"喜鹊登枝"，右手画着"松鹤延年"，粉墙黑漆大门，贴着两个大大的双喜字，着实又喜兴又气派。老哥禁不住我的夸奖，悄声透露，当年，他家小院里曾住过八路军的"大领导"。怕我不信，把我请进家门，拿出村里发的"红色宅院"牌匾。李老哥说："我家赶上了当年的土地革命，也赶上了改革开放，现如今又赶上乡村振兴。这日子，就如同芝麻开花——节节高。"他家闺女毕业后留在外头工作，儿子也在外边读大学，房子根本住不过来，正打算着拾掇拾掇，开个红色宅院里的乡村旅馆。

告别李老哥，再次遇到王老汉。一回生，二回熟。提起村里的红色老宅，老汉亦颇为自豪。"你知道著名的'五一口号'吧？1948年毛主席亲自修改的'五一口号'23条，就是从我们村发出的！""有'中华民族解放万岁'的'五一口号'？""对，对！你知道得还真不少。"1948年城南庄会议期间，《晋察冀日报》编辑部正在新房村，近水楼台，成为发布"五一口号"的第一家报纸。新房，这个小山村，也增添了一个令祖祖辈辈为之自豪的红色文化资本。

细雨初歇，村里村外弥漫着庄稼和林果的清芬。葡萄园、枣园、梨园、栗园、核桃园迷人的甜香，随胭脂河的风飘进辽阔的山野，飘进每一个人的心田。

第二辑

小街叙事

# 杜鹃清供

　　买卖人家以求财为上。不少店铺，都供着财神爷。有的老板性格敞亮，或镀金或彩塑的财神，在进门显耀处搭起神位，四时香火侍奉；有的老板，含蓄、忸怩，把关公爷藏在角角儿里，把李诡祖戳在收银台背后的旮旯中。我这人生性警觉，逢事脑神经老往岔道上去绕弯弯儿。逛店，见人家供着财神，内心就升起那么一点儿抵触的意思。俗话说，买的不如卖的精，何况，他还请了神仙做帮手，定然要一锱一铢跟我算计的。

　　阿梅的店铺没有供神。她的店是卖门窗的，门窗仿照实景陈列，店里格外"窗明几净"。除了安置妥帖的门窗，照例有个简单的柜台，柜台上一沓名片，一台连接着商场大系统的台式电脑。快过节了，店里搞促销，所以进店最显眼的位置，整整齐齐码放着驼绒被、电饭煲等礼品，旁边是"买赠"的大红招贴画。我跟阿梅很快就谈妥了一个单子，先下了几百块钱的定，约好过一两天付全款。阿梅说，姐，有赠品，家用小菜车或酸奶机，你挑。我对待店家赠品的态度，等于对待他们供奉的财神，内里是不领情的。不过，既然已经谈了单，圈套早晚也要心甘情愿钻进去，不若把小恩小惠领回家，反正不领人家也不再有别的让利。可能见我犹犹豫豫的，不走，也不去挑赠品，阿梅两只眼睛笑笑地看着我：姐，你喜欢花儿吗？她的手指引着我的目光，一直到靠北墙的一方矮桌。

矮桌，墨色玻璃罩面，一左一右各设一个象牙白的皮沙发。桌上摆一只广口白玻璃大花瓶，瓶里大大的一束插花。说是插花，却没有一朵开了的花，甚至连一个咧开嘴儿的花菁葵都没有。这样的清供，在书房里，是雅的；在店铺，则显得有些清简。矮桌沙发，是店里待客谈生意的地方。大型家居广场里的店，如今都很讲究，或清雅，或豪华，总有一个体面的空间留给客户小坐，茶果、点心甚至还有热咖啡。像阿梅家的瓶插，这样既不华贵也不妍美，无所寓意，顶多让人看起来有些奇奇怪怪的瓶插，几乎是绝无仅有的。

"这是杜鹃。能开花儿的。"阿梅请我坐在沙发上，她自己却站着，只把身子矮下去，脸庞几乎要贴到瓶插细细黑黑的枝条上。她说，杜鹃是请东北朋友用快递小包寄来的，给父母家里也插了一瓶，已经开了，满枝子的花，要多美有多美。可惜店里没供暖气，忒冷，这瓶儿都俩星期了，还没开的意思。

要多美有多美，到底是多美呢？关于审美心理，有一个现象：审美期待的魔力，有时大于现实审美。对于女人尤甚。阿梅一句"要多美有多美"，竟让我满心愿意地接受了她小恩小惠的赠品，一束干枯的、黑黢黢的花枝。因为这一束枝条，阿梅似乎真的跟我亲近了几分，再喊姐的时候，便少了点儿职业惯性。她说，她不是老板，她只是老板雇的店长。送我的杜鹃，是她特地求了老板同意，刚刚订购的，一共就十束，派送完就完了。

我以单车载一束杜鹃花枝回家的时候，天色已完全黑下来。刮了半日的风终于倦了，雾霾尽散，灯光照彻的天穹，居然有几粒星子顽皮地眨着眼睛。我从"要多美有多美"的梦里惊醒，忽觉得有一阵奇香的芳踪四散。阿梅叮嘱我，杜鹃瓶插之前，要先修剪，将入水的部分斜着剪出茬口，这样吸水量大，花枝很容易就能吸收充足的水分。阿梅还叮嘱我，早点儿来交全款，争取赶上家居广场的节庆大惠购，能打个折上折。

偏偏我是不喜欢凑热闹的。阿梅说的大惠购，在我看来不过是商家另外的圈套，吸引消费者来凑人气、冲业绩，好跟供应商去讨价还价，返点获利。我明知自己总会是某个商业圈套里的一只羊，却愿意尽力躲在一边，急惶惶上班下班，慢悠悠养育一瓶杜鹃清供。一天一天睁了眼睛，又闭了眼睛，杜鹃细细黑黑的枝条柔软起来，原本焦干的叶片舒展开并且一点点油润了，黑米粒样的花箐葜一夜一夜努着劲儿膨开，终而努出一线胭脂红的媚。这样的日子，有一种迷茫的温馨，在心底舒卷，让我对生活中的苟且种种暂时性失忆。

在一本地理学杂志上，读到过关于东北杜鹃的报道。报道说，这种杜鹃是杜鹃科亚科，又叫满山红，分布在黑龙江、吉林和内蒙古东部、辽宁东部山区以及大小兴安岭，多见于落叶松林、桦树林下或边缘。有桦树生长的地方，三米之内必有杜鹃。一乔一灌，相依相随，成为植物界的浪漫传奇。一场森林大火之后，最先修复的植被就是杜鹃。初春时节，高山的冰雪尚未消融，杜鹃便迎寒绽放，漫山遍野一派火红。而当林木浓密到一定程度，杜鹃群落会自动消失。

杜鹃这一繁衍规律，真让人着迷。空闲时，我常常守在杜鹃瓶插旁边，一待就是个把小时。当瓶插枝头绽开几朵羞涩的粉脸，我决定马上去找阿梅，把单子的全款如数交上。虽然我想不清楚，或者根本也没有认真想过，瓶插开花与完成订单之间算是一种怎样的关系。并非因与果，并非始与终。或者，我只是好奇，想看看阿梅店里的瓶插，是否已经开得"要多美有多美"。

去交款，阿梅的店却已换了店长。新店长比阿梅年轻，举手投足间透着利落、干练。我跟她打听阿梅，她说，从来没见过这么一个人，只听老板说过，原来的店长在账目上反应不甚灵敏，业绩不算很好，自己不好意思，主动走了。记得阿梅给过我一张名片，翻箱倒柜地找了一番，名片上印的电话却是店铺的。我跟阿梅之间的联系，就这么断了。除了一瓶杜鹃瓶插，努着劲儿地要满枝盛放，阿梅似乎一个梦里偶然出现过的人物，来无影，去无痕。

听阿梅提过一句，她原先在花店工作，也许她又回到花店了？阿梅说"要多美有多美"的时候，好像带点儿关外的口音，说不准她就是一个东北妹子。她为什么要特地求着老板同意，以一束不起眼的杜鹃枯枝作为拉拢顾客的赠品呢？她的十束杜鹃花插都赠完了吧？如果都赠完，说明她至少谈拢了十个单子，再说，还有驼绒被、电饭煲这样的甜蜜武器。一周多的时间里，阿梅能拿下十个二十个订单，也说不定。若往坏里想想，她也许只拿到了我这一个单，还是只交了定金的。

　　阿梅的店里，不，是阿梅供职过的店里，待客的矮几上，杜鹃瓶插已经撤了。墨色玻璃罩面的桌子，正空着。

# 拨打的号码不存在

　　我在拨打一个"8"打头、"56"结束的电话号码，一遍又一遍。这个号码很久不用，生疏了，我怕拨错，眼睛直直地盯着键盘，一个键一个键按下去，把全身的力气都灌进了负责按键的右手拇指上，缓慢，滞重。听筒中是同样的结果：你拨打的号码不存在，请查证后再拨。天气回暖太快，室温太高，我鼻子头上竟然沁出了汗珠。

　　同样的大年初四，同样的上午，在这座城市的西南部，经过一座新崛起的名叫"春江花月"的高档楼盘，我去女孩乐乐家拜年。民心河刚刚化冻，岸边的迎春开始爆出鹅蛋黄色的花蕾。春江花月，楼群仪仗队般伫立在河边，真有那么几分风姿绰约的意思。乐乐的家在它身后，那里，是一眼望不到头儿的城中村二层小楼。小楼，曾是省城里别墅级的建筑，转眼，却没落为棚户区角色，城中村原住民早搬进更舒适实用的单元楼，于是，小楼成为专门用来容纳外乡人的出租屋。

　　乐乐的家，在第三个胡同西四排第一个大门楼里。巴掌大的院子，东西南北都是楼，外置楼梯、转圈晾台把房子之间勾连起来，上下出入倒很便当。五颜六色的衣服、内裤、

八月黍成

袜子、胸罩、被单、床罩，稠密地吊在铁丝拧成的晾衣绳上，旗幡一般，标示着这里人口稠密，并且女多男少、职业繁杂。

乐乐住在二楼的一个房间，门朝北开，南向朝着院子外的过道，却设了一个很开阔的窗子。屋里并没有生着炉子，也没有装暖气。不过，阳光很好，自然的温度有些清冽，但算不得寒冷。乐乐醒着，穿着玫红绒裤、红毛衣，披着被子看电视。电视上净是白花花的马赛克，我分辨了很久，到底也没搞清楚她看的什么东西。

白口罩遮住了乐乐大半张脸，只露着眉眼。眉是粗黑的蚕眉，眼睛大而圆，是那种不笑的时候也像是在笑的喜眼。十三岁的乐乐，个子大约有一米六，远远高过张小茹，那个瘦弱单薄的妈妈。她的头发很好，扎着又粗又黑的马尾辫。如果不是事先知道她得了这么重的病，如果她不戴口罩，谁看这也是个漂亮健康的小姑娘。

或许因为通过一次电话的缘故，乐乐跟我一见如故。她告诉我，从一开始学校的老师就在网上发帖求助，所以看望她的好心人没断过。有同学、老师、校长，也有她从不认识的人，爷爷、奶奶、叔叔、阿姨、小朋友。有这么多人帮她，她很开心。乐乐给我看一个小本子，本子的一面记录着她出院后每日 4 次的体温，另一面，记的是受捐的流水账，哪天什么人来家里，给了她多少钱或者什么物品，还有一些密密麻麻的电话号码。体温，是乐乐自己测量、自己记录的，她本来就是家里的"秀才"，这种有技术含量的工作，当然自己完成。记流水账，她和妈妈一拍即合。等乐乐好了，乐乐长大了，还要报答大家的！很多人帮了乐乐，却不肯留下姓名，但乐乐有办法，房东家的固定电话有来电显示，谁打来电话，她就悄悄把号码抄下来。乐乐说她可万万不能跟好心人失去联系。

去看乐乐之前，心里始终有一个结：乐乐知道她的病情吗？与乐乐和姐姐住的房间相向，在另一间同样简单但还算整洁的屋子里，同样的问题，我扔给了张小茹。我以为，以乐乐的年纪，或者不该让她知道。无论生还是死，一个十三岁的孩子，都不该去想它。小茹眼圈红了，眼泪啪嗒啪嗒的，嘴角却是平和的笑意。她说，刚开始想瞒着孩子，一个疗程下来，家里的钱花光了，只好求助。那么多人来看她，又不让她去上学，孩子心眼里知道自己病得不轻。有一天，光剩我俩在，我跟她讲，她得的是白血病。我以为她会接受不了，没想到她笑了，说，妈，我不怕，你也别怕。小茹有四个孩子：老大闺女在棉十上班，那点儿工资刚够她自个儿开销；老二闺女打零工，今天在这儿干一天，明天就不知道有没有活儿；老三乐乐最懂事，作业都是起大早写，平时放学就到摊儿上帮着卖菜或者做饭收拾家，真的没时间管她，也没注意过她有什么病啊灾的。就光想挣钱的事了，早上三四点蹬上三轮去佳农市场进菜就开始想：得多挣钱哪，哪怕每天多挣个三五毛一两块，老家还有个瘫在床上的婆婆啊。

乐乐闹病，是老师最先发现的。那天从医院回来，孩子一点儿精神都没有了，还硬撑着去帮着卖菜，一直到天大黑了。我就认着是个严重的感冒，后来检查结果出来，是白血病，我这个后悔呀。小茹声音抖得厉害，泪珠豆子一样滚落，一颗颗砸在人的心上，很疼。

跟乐乐在一起，她一直很兴奋。她靠墙坐着，跟我还有她妈妈聊天。身后那面墙上，是十几张三好学生奖状。卖菜的"第二职业"，并没有影响她念书的成绩。

乐乐，过年妈妈给做什么好吃的？咳，妈妈做饭都一个味儿。她就是个超生游击队，不会做饭，什么都不懂。乐乐的眼睛在笑，偷偷瞟了一眼旁边的小茹。不过，从我闹了病，她总给我买好吃的。瞧，我都胖了，都有小肚子了。阿姨，我妈妈她挺不容易的。每天后半夜就去上菜，要路过一个特别特别大的坡儿，我真的担心妈妈。乐乐的神态、语气，完全是个大人。听说我做过记者，她很羡慕，不住地问这问那，似乎记者是很了不起的。我也嘻嘻哈哈地逗她们娘儿俩高兴。我说，将来乐乐的病好了，上了大学，会比记者更有出息。乐乐高兴，居然噌地一下子从床上站了起来。

乐乐问我："阿姨，你说这个世界上有神仙吗?"我微笑着，反问："你说呢，丫头?"聪明的乐乐，不好意思地笑了："我们学的自然课本上说，全宇宙也没有神仙啊。什么嫦娥奔月呀，都是神话。"迟疑片刻，乐乐告诉我，前些天，有个好心人给她送来 10 元钱，劝她和妈妈信基督，说是信了基督，病就好了。昨天，有个老奶奶来了，说她之所以闹病，是因为妈妈身上住着个魔鬼。只要他们一家信了神，天天念经，不用治，病就没了。乐乐说，她不信，可妈妈信，妈妈逼她念那些东西。

　　看看瘦弱的小茹，看看乐乐，我真不知道该说什么好。只能避重就轻，我说，你一定要坚持治疗，等待合适的骨髓配型。信仰是大人的事情，你长大了，能做决定了，再考虑这个问题。我知道，那个写自己家庭地址三个字能错俩的善良母亲，是在有病乱投医。从医院回来，乐乐的治疗已经处于半停滞的状态。有个小诊所的大夫，给孩子开了些便宜的中药。他交代，这些药只有在体温不超过37℃的时候才可以用。我仔细看过乐乐的体温记录，白天的情况还不错，都不发烧，晚上的温度有点儿高，全是37℃以上。这就意味着，孩子的治疗是没有规律的、粗放的。"骨髓移植"这个词，乐乐和小茹都知道，但乐乐能不能做，做了以后又是什么结果，他们没有怎么打算过。在小茹的心里，骨髓移植等于二三十万人民币。一个一分一毛挣钱的卖菜女人，打死也不敢想，什么时候能攒够这些个银子。小茹说，好心人捐的钱，她一分也没动，都攒着等动手术用呢！我说，还是花吧，平时的治疗要紧。等找着配型，再另想办法。

　　偷偷算了算乐乐的流水账，对白血病而言，几千块钱的捐款，莫说骨髓移植，就是常规治疗，也是湿不了一层地皮的毛毛雨。我承诺乐乐母女，联系媒体和网友，共同想办法，看看能不能搭上儿童白血病基金，能不能在全国的骨髓库里找到配型，能不能获得农村基本医疗保障的支持。母女俩看着我侃侃而谈，老是在点头，满是敬重的神态。其实，我的心里怯怯的，同样是一个平头百姓，我的承诺，也似初春里的风，风向不定，缺少温度。

乐乐，是我认识的第二个白血病儿童。像她一样不幸的孩子，全国有 200 多万。白血病，不仅吞噬着花朵般的生命，而且在毁灭着原本幸福平静的家庭。知晓乐乐的情况，是在一个慈善 QQ 群里。有个肢残网友，名净水瓶儿，一直关心着乐乐，并为她募捐。后来，我没能帮乐乐募集到更多的捐款，又为生计所累，只能知难而退。

我的通讯录上，一直保留着乐乐房东家的电话。很多次清理通讯录，眼睛经过那个数字，都会停驻几秒钟，删除还是留下，心里犹疑凄楚。最终，那个电话的保留，只剩下了象征一种隐隐不甘的意义。

八年。这之间，我没再拨打过那个电话。听说，春江花月的附近，民心河两岸，又起了好几座更高档的楼盘。城市还在不断拆拆改改，我跟乐乐一家，或许就此彻底失联了。

# 城隙碎笔

## 以桑为记

　　这个城市收留我二十年之后，也收留了一棵桑树。桑树被安顿在我们小区围墙边的绿化带上。我在一篇散文里，叫它"飞来的野树"。

　　我遛弯时无意中发现，马路对过儿一座废弃的厂房边上，也有一棵野桑树。身量、相貌跟我们小区的神似。我们小区的桑树，结满桑葚；对过儿的一棵，却一个葚子也不见。莫非，桑树也有男树和女树？

　　野桑树 12 岁。树梢跟四楼平齐，身长十米开外。冠如华盖，方圆二十平方米之内绝对遮天蔽日。今年，女桑树结的葚子格外多。它长大了，天天跟对过儿的男桑树眉来眼去，或许早就过在一起了。桑树家办婚事，也不给咱发个请柬，办桌喜宴，真是不够意思。

　　五黄六月，麦黄风一吹，每天早晨树下人行道上都是一地桑葚。

　　葚子这东西挺好玩。紫红紫黑的，据说跟人的肾脏有点

八
月
黍
成

儿相似，说吃桑葚可以补肾。古人造"桑"字时，一定正在捡拾满地的葚子。"桑"字，木头之上，堆积的三个"又"，就是葚子的简笔画图。那时候，人类尚处于采集时代，农耕文明的烛光才撕开一点点光亮，向前，道阻且长。据我推断，《山海经》中透露的桑树崇拜情结说明，桑树为人类采集时代的重要奉献者。桑葚，味道甘美，可以提供糖分；桑蚕，柔软易捕捉，可以提供高蛋白；嫩桑叶，鲜嫩多汁，聊可度春荒。

有一个种族在桑林定居下来。日出而作，日落而息。他们是个善于说故事的种族，在桑林，他们说了一个故事：羲和生了太阳，天亮之前，她在桑林附近的河边给太阳洗澡。太阳洗完澡就被放在东边桑树上。后来，桑树附近形成一个以桑为记的聚落。桑树聚落的后代，以"桑梓"代指家乡。

有多少人指望着以一棵桑树为记，在多少年后落叶归根。现在，桑树却已经移民，并且成功落户本城。

不如每天捡一盘桑葚，美美享用吧。

## 领　　牙

领到牙了吗？

你家领到牙了吗？传达室师傅问。我一愣怔，然后忍不住乐。

小区居民车辆过杆电子化管理，嚷嚷了一年。一年间，私家车一天多似一天，有时候连楼宇门口都泊了车，出楼，得先跟车阵周旋一番。有的车骑跨在便道和区间路之间，稍不留神，就可能擦蹭。有一次，一辆停着的小红车尾部被顶，车主出差一周回来才发现。传达室有录像，女车主一分钟一分钟倒着看，从上午看到下午，又从下午看到后夜，看得看大门师傅都跟着她打哈欠。当她老人家意志就要崩溃时，肇事车终于出现。

火柴盒般的楼，火柴盒样的车，叠在空中，铺满地上。人把自己装在盒子里，进门出门，就是从一个静止的盒子倒腾到一个长着腿的盒子。

为控制外来的盒子进院，我们决定为合法的盒子验明正身，并且装上一颗牙，准确地说叫蓝牙。有了这颗先进的电子牙，只要它嫣然一笑，小区门口的电子杆就自动感应，轻快地升起并且在适当的时间之后自动落下。

领牙的手续在传达室办理，需要户口本、行车本和房产本。我家先生开玩笑，三本一定要不离手、不离眼，这可是咱家最重要的文件啊。我说，凭这些重要文件来决定一颗牙的合法性，这颗牙就不只是45元工本费那么简单了。

本小区居民最近见面打招呼，不再问吃饭了吗、到哪儿去之类老土的问题。最时鲜的问候语是：你家领到牙了吗？

# 街　路

俗话说，不给你点儿颜色看看，你就不知道马王爷长着三只眼。昨天晚上，这天儿，就是马王爷。今天继续。缘由，数伏了。

几天前街边贴了安民告示，市庄路中华大街至北新街段封闭施工，工期从 7 月 18 日至 8 月底。安民告示不安民，看了，心里咯噔一下子，路封了，就得绕，一绕就得多出 1 公里多的车程，且是没有树荫儿的。我的坐骑是两个轮的单车，单车，大太阳底下多骑 1000 米，人的汗毛眼就得多甩多少个汗珠子。转念一想，冬练三九，夏练三伏，咱不是正想着法子玩出汗呢吗，这是多好的机会。

临了，封闭施工开始时间延期三天。工人们倒是进场了，装移动钢板房，垒伙房，给移动钢板房底下垫的空心砖抹水泥，一点一点的，工地休息区就有了些模样。比起以前的苫布窝棚，钢板房是个进步，起码，进进出出的不用猫着腰了。可这大伏天的，钢板房要是不开空调，那不就是一个四四方方的大钢锅呀。每间房子，主机倒是安着，就是不知道怎么个开法儿，但愿时时可开吧。对了，怎么没见厕所呢，几十口子人，一个工地一待 40 多天，他们到哪里去方便？正搭建钢板房的时候，我散步路过，听到围挡内一种液体撞击搪瓷容器的声音，跟夏衍先生《包身工》中描绘的声音十分相似。过了一会儿，有个中年人提溜着裤子转到围挡外面。

天天经过的街路，从上次封闭施工重修，到现在快 10 年了。10 年，我们消遣完了一条路。光阴，也把每个人给消遣了 10 年。

记得有个夏天，这条路上开始流行烧烤。每当橘黄的街灯筛下槐叶斑驳的一地细影，半截人行道便成为欢乐大食堂。有个冬天，下了老厚的雪，我改成走班，每天傍晚，一个穿粉色羽绒服的妈妈牵着同样穿粉色羽绒服的小女儿，在雪泥里奔跑。有一个春天，一个叫王月的女孩，在这条街的行道树树疤上，画下被我命名为"树洞画"的十几幅动物、山水画。王月一度成为网红。有一个秋天，这条街要新起一个叫作华宁春天的楼盘，大拆迁，拉建筑垃圾的大卡车昼潜夜出，路的几个破洞洞上架起厚厚的钢板，我称之为路的补丁。

如果不是路面实在太烂，今年的街路还算是蛮漂亮的。当初栽的国槐都长大了，两边的行道树，树冠相接，搭起一个天然的大凉棚。进入 6 月，鹅黄的槐花一串一串缀满花枝，这条街，就是一条花街。风起，一阵槐花雨，落在人的头上、肩上，到了家，抖搂抖搂，心里也漾起一丝美美的涟漪。只是苦了清洁工，无数次花雨，无数朵落花，活计，是怎么也干不完了。

最近，街路上，我遇到一个卖白吉馍的师傅。40 多岁的样子，中等身材，人堆里挑不出来的一个普通人。可他的摊子不普通，因为他的白吉馍是有品牌的，那就是他的名字曹志远。白底红字，曹志远白吉馍，200米开外这招牌就能看得到。为了搭讪采访，我买了他一个馍。没想到，他的馍脆香，腊汁肉给的分量那叫一个足。曹先生说，他是江西人，来石家庄有年头了，主业是给大工程上做门窗。这两年，没揽到几个生意，就卖白吉馍，挣生活费。他说，家人过年都回江西，没回来。我没闹明白，一个三块钱的馍，馍和肉都用大大的料，利在哪里？曹先生做惯了老板，生活费标准是多少，靠卖馍能赚回来吗？

中午下班，赶紧蹬单车往家赶。我答应下，中午包饺子。"头伏饺子二伏面，三伏烙饼炒鸡蛋"，老辈儿传下的规矩，我不能破。天气太热了，开着冷气干活儿，汗珠子却满脸满脖子都是。其实，吃什么都没关系，要的就是一股子劲儿。就那曹先生，估计要的也是一股子劲儿。一个老板舍下身段走街练摊，没一股劲儿是不行的。

街路，也要一股子劲儿。被碾轧得破烂到家了，劲儿全泄了，就该大修。到了大修也没机会的时候，一条路就沧海桑田了。

## 借　　宿

今晚的月亮很好，圆圆的，不知谁家供在天上的玉。

小区大门外，有卖白菜的两口儿，也捎带脚儿卖萝卜。他们是行唐人，中午在自家菜地起了菜，开上三轮，100多里地奔到这城里。满满一大车菜，如今还剩下小半。冬储毛菜，青帮老叶都带着，便于晾晒储藏，每斤一毛五分钱，与四毛一斤的净菜比并不便宜多少，还是受不少人家欢迎。

我家不储菜，见了他家白胖胖的大萝卜，稀罕，就想买些，但人家已经收了秤。女人说，明天早晨再买吧，早晨我们还在这门口儿，已经有人预订白菜了。男人也凑近了一点儿，说想看看能否住这院里，找个避风的地方。

我问他们带被子没有。男人笑笑，说，没被子，有大袄什么的，凑合凑合。女人一直拿一双温和的眼睛瞧着我，几分恳求，几分卑怯。

他俩的神情，让我感觉那么熟悉。几百里地之外，我的家乡，一对对的农家夫妻，也经常有这样的神情。夫唱妇随，泰然知命。

忘记自己是要买萝卜的。我的心里一下子无原则地软下来，我想给他们帮忙。

传达室的师傅已经睡下，屋里黑着灯。但还是被我敲门敲起来了，听我一番喋喋不休地求情。

师傅面有难色。我也情知让陌生人进院过夜没什么道理，但就是犯了拗劲，迫着人家答应。您就放他们进来吧。我去跟院子管委会的领导打个招呼。我仗着与领导为邻，搞起以上压下的攻心战术。

终究，卖菜夫妇连人带车进了院子。但我并不踏实。

如果真有什么事，公安就得把咱们一块儿抓起来。进了家，我跟先生半玩笑地说。

是啊，咱是保人嘛。先生嘻嘻地笑。

我心里认定，那夫妇俩绝非坏人。肯拉着 4000 斤菜跑 100 多里地，赚个一二百块钱，还要露宿，退一万步说，就是坏人也还有可爱之处。坐在电脑前，捧一盏热茶，我还在想着那夫妇俩。想着自己小时候，跟着娘到县城的集市卖鸡蛋，也是冬天，好冷，又怕被抓资本主义尾巴。那种狼狈，一辈子忘不了。

毕竟，行唐夫妇我们一点儿不了解。我们能帮的，也只能到此为止了。楼宇门内，就有我家的地下室；楼上，屋子也很宽敞。我却没有借他们容身之地的半点儿勇气。

还没供暖，房间里也不暖和。我写东西，要穿着厚厚的棉袄。楼外，月光下的卖菜夫妇呢？也许，他们忙着买卖，连晚饭也没吃，肚子还是空的。

今夜，小人之仁，害我心神不安。我知道，我要辜负那一轮如玉的月光了。


## 蔬菜自产户

有个叫秀兰的妹子，每天装一三轮车菜蔬，早晨在我们街上来卖。街上的人，说她是蔬菜自产户。自产户的菜，新

鲜，秤上的分量足，卖得很好。一来二去，秀兰跟街里人的
关系仿若邻舍。

有时晨练完了，我顺便在她车上捎点儿菜。她不忙，就
闲聊几句。聊着，我捡菜，她称菜。她说，今年包了六亩
地，六亩地全是棚菜。我也是种过菜的人，懂得个中甘苦，
点种栽秧整枝打杈，授粉疏果拿虫施肥灌溉，都是慢工细活
计。一个人拾掇个三四分地的园子，就得终日绑在地里头，
没个闲在时候。两口子，种六亩棚菜，怎生种得过来？"种
六亩菜，雇人不？""不雇，那可雇不起。俺卖菜，他一个人
在地里拾掇。""你俩真能耐。光摘菜就得多少时间啊？"
"嗯。昨晚 10 点才吃饭。摘完，装车。再洗洗涮涮的，12
点才睡。今儿 4 点就起来了。""一天就睡 4 个钟头。""嗯，
4 个钟头。困得不行啊。那天拉着菜往市里蹽，险些睡着
了。拿个西红柿，小口小口嚼着，治瞌睡。"

秀兰住在大马村，包大马村的地。大马村到我们街，少
说也有 15 公里。起大早卖菜，还得跟时不时冒出来的城管
周旋。她很机智。"你又买了一件新衣裳？"跟我聊天，她不
怠慢别的买菜人，那是我们街上搞卫生的。"啊，买了一件
布拉吉。""布垃圾？俺不知道什么叫布垃圾！"秀兰妹子语
气里满是崇拜。搞卫生的女人脸上现出兴奋的红晕。

前些天帮朋友找红苕莙荙菜苗，跑到东营村。也是蔬菜自
产户，兄弟两个，老大种，老二卖。市场上的人，就管老二
叫"老二"，他的真实姓名，恐怕连他自己也常常忘记。老

二的家，建在菜地边上，两三间窝棚，有门，每间不过七八平方米，住着老母亲和老大、老二的妻小，一共七八口子。屋里装着电灯泡，也许 5 瓦，也许 10 瓦。我从阳光底下进去，像钻了地洞，有个失去视觉的瞬间。从东营回来，我有好几天胸闷气短。

老二兄弟俩，来自邯郸农村。秀兰妹子，也是邯郸的。邯郸，有一批农村人背井离乡，在省会郊区包地种菜。老二和他的孩子们，在东营村念书。

蔬菜自产户，跟我一样，也是这个城市的移民。有移民，方有乡愁。在他们面前，我感觉说出"乡愁"俩字，是可耻的。

## 拯 救 老 屋

这个春天，"六毛党"（弟弟要微信红包，我总发六毛钱。弟弟说，我们姐弟仨是"六毛党"）做了一件可以写入家史的大事——修缮老屋。

清明前，大爹来电话，说老屋得赶紧修，屋顶的椽子烂了好几根，靠近北山的苇箔也烂了，不修，到雨季非塌房不可。

老屋不算老，只有 46 岁。但老屋的确是老了，墙基的青砖，最先现出老迈之态，从外皮开始一点一点往里碱，那么坚硬的砖，竟成了灰面面。墙基老了，就好似人的腿不行了。每次看见老屋，我总见她颤颤巍巍的，像个行走艰难的老太太。现在，老屋的脑袋居然也不行了。

有一派意见认为，老屋反正也没人住，任她老去算了。母亲嘴上就这么说过。

还有一派意见，干脆推倒重盖。自己的宅基，盖几间房，比修缮老屋还省事。堂弟愿这么干。堂弟住我们家后院，后院曾有我们祖上留下的真正的老屋。最近 30 年，不仅那些老屋没了，经大爹和堂弟之手修造的第二代老屋也没了。他们现在住的，是从 1949 年算起的第三代房子，一应设施跟城里一样。就是没有房子上摞房子，出出进进还接着地气，比城里强。

弟弟说，我们要老屋。就算修旧比盖新还贵、还麻烦，也要老屋。我和妹妹说，是，咱们要老屋。

拯救老屋工程，三叔出任监理，堂弟代行业主职责。施工全部外包。46 年前盖老屋，三叔才二十几岁。他的职业就是盖房子。他会编苇箔，会泥瓦工，会设计，会勘察，建筑的事，全活儿。我们合族上下拆老屋盖新屋，都跟三叔商量。

立夏以后，老屋修好了。工程近尾声时，我拍了一些照片。照片存在手机上，经常翻出来看，给自己看，给朋友看。

修缮好的老屋，非常有趣。换了屋顶，换了门窗，换了电路，吊了顶子，刷了内墙，铺了地面，包了墙基。刷内墙之前，还在所有墙体上覆了泡沫板。仿佛还是那个颤颤巍巍的老太太，戴了假发，安了假牙，换了眼睛鼻子嘴，连血管也换了，膝盖换了半月板，颅骨换了 3D 打印的。

　　母亲率领妹妹和弟弟去看老屋。归来，妹妹说，老屋比原先窄憋了很多，都是吊顶铺地覆泡沫板闹的。我说，老屋从来没宽敞过，是你看高楼大厦看多了，你的眼光变了。

# 记性，漂移或重置

## 一

记性和忘性是一对冤家。对于我们村的巧姑来说，记性好简直就是从娘胎里带来的罪。巧姑记性好到什么程度？她不仅记得现在的事，记得她小时候的事、她刚出生时的事，最要命的是她记得自己胎儿时的事，更记得她上辈子发生的事。

巧姑不能够按线性时间来管理她那庞大的记忆。她老是把现在的事和儿时的事混淆，把这辈子的事和上辈子的事颠倒。除了村子里年龄最大的耕爷，几乎没有人能跟巧姑对话。一次，生产队里一群妇女有说有笑地点玉米或点棉花，天空晴好，万里无云，巧姑却忽然往家里跑，并且着急地要大家也赶快回家。她说，一场大暴雨就要来了，得赶紧着到碾棚里去弄些米面，不然连下七天七夜的雨，会让一家人无米下锅。她跑得太快了，那么胖大的身体，就像在半空里飘着跑，跟平时判若两人。耕爷说，村子里果然是下过一场七天七夜不停歇的大雨，不过那是70多年前。那时，耕爷还是个小伙子。那场雨，连天盖地，把沟沟汊汊都下满了，很多人家屋子里进了水。但从20世纪70年代之后，那样的大雨再也没见过。想想，挺吓人的。可有时候，看着白河干裂的河底，还真是盼着那么一场雨。

当然，巧姑预言的大暴雨根本连个影子也没见。回到现在时间的巧姑，像什么事情也没发生过一样，照常跟着妇女们一块儿下地干活儿，有说有笑。但过不了多久，巧姑又做出好笑的事。有一天，她不下地干活儿，也不给家里人做饭了，她去找四五岁的小孩子玩耍。她一蹦一跳的，唱着几十年前流行的儿歌，连神情也跟孩子无二。我荷姥姥正在给小妮子喂奶，巧姑咕咚咕咚跑过来，一下子扎到荷姥姥怀里，捉住一个奶子就吃。荷姥姥是个敞亮慈悲之人，素日里把整胡同所有的孩子都当成自家的孩子，尽管她自己已经有8个孩子。但这次，她着实惊着了。论辈分，巧姑和她平辈，论年龄，巧姑还大她两岁。一个又胖又壮的中年妇女斜刺里冲出来争奶吃，荷姥姥没有处理这样突发事件的经验，她吓得大脑短路，登时翻了白眼，犯了多年未发的癫痫病。

年轻人都自动疏远了巧姑，也连带疏远她的家人。在他们看来，她是个疯子，早该送精神病院了。但巧姑多数时候是正常的，她有着超乎寻常的种菜手艺。她种的豇豆角，比别人种的下菜早；她种的北瓜比别人种的好看，还格外甜糯。她说，她知道一粒种子什么时候需要睡觉、什么时候需要醒来。一旦种子睡结实了，你再怎么浇水、施肥也是醒不来的。所以，要赶到种子醒来的时候下种，要赶到种子打哈欠伸懒腰的时候，给它施肥、浇水。巧姑织的毛衣，每一件都绣着花。那些花的图案，有的跟老时候的牡丹缠枝相似，有的是仿戏出里的人物。她并没有花样子，甚至连电视也不怎么看。那些老派的花鸟人物，似乎是从她的记忆里流出来。

耕爷说，巧姑这样的人，是因为上辈子到阴曹报道之前，没喝下那碗孟婆汤。一生的光阴，需要两世为人，这是一种惩罚。巧姑的同辈人，尊耕爷，于是对巧姑有几分同情和包容。青年一代，连耕爷一块儿瞧不上。何况，在巧姑尚未进入老龄之前，耕爷就作古了。从此，疯子抑或神经病，就成了巧姑在村里的代名词。

发生在巧姑身上最惊天动地的事，是她的出走。那似乎是一个有预谋的逃离事件。城关过集。城关离我们村只有五里地，那里逢五排十过集。村中男女皆有赶集的习惯。早早起来，换了干净衣裤，或骑车子，或地下走着，买不买东西的就去集上逛一趟。那天，巧姑状态很好。她换了一件新织好的百鸟朝凤图案的毛衣，约着荷姥姥一块儿去赶集。到了集上，左挤右挤俩人就挤散了。天都黑了，荷姥姥也没找到巧姑。村里赶集的人，也都跟着找。巧姑的孩子们得了信，也到处找。后来，邻村有个人捎信来，他见到巧姑上了一辆开往山东的汽车，说是回趟老家，让家里人别惦着。巧姑的娘家就是附近另一个村。山东，是她母亲的老家。巧姑的母亲很年轻就没了，老家也就断了来往。

巧姑失踪几年，四五年吧，荷姥姥得了一种怪病。她的短时记忆严重衰退，老时候的事情却记得非常清楚。终至，她忘记了自己所有孩子的名字。她管自己的大女儿叫娘，管自己的小女儿叫姐，叫得真诚而亲切。小女儿喂她吃饭，给她洗身子，哄她睡觉，她便乖顺得像个孩子。小女儿离开一会儿，她就变得情绪暴躁，骂人，往墙上抹屎，摔碟子摔碗。

荷姥姥的儿子带着她到外边大医院瞧病。医生说，这是阿尔茨海默病中晚期，也叫老年痴呆症。目前，发病原因不详。并且，此病无法逆转。她，是我们村第一例确诊阿尔茨海默病的人。

后来，一度有人提出，巧姑或许也是个阿尔茨海默病患者。只是，她那么年轻就发病了，大家便一根筋地认定她是个疯子。


二


我的一位女性朋友有棒棒糖嗜好，见面必剥一支递我手上。她说，棒棒糖所给予的远不止于味觉享受那么简单，比如情绪的安慰、记忆的激活、思想的激荡，皆可借助果糖在口腔、食道、血液持续递送而实现。"有点儿像婴儿的奶嘴儿。当然，比奶嘴儿美妙得多。当最中间夹心部分强烈的复合味道倏然而来，我的头脑中也会迎来风暴前最耀眼的电光石火，要什么有什么，连藏匿最深的东西都从脑缝里冒了出来。"

我不相信棒棒糖的神奇。一支糖往往被我象征性地嗍几口之后就成了一个多余的道具，等再想起这回事，是因为手心里出汗黏糊糊的难受，棒棒早掉到脚底下或衣服上，我手里攥的只是少量的糖汁。

年过五秩，记性一天天减退。起初就像退潮之后的海滩，海水远去，泥沙却依然潮湿饱含水分，刚出生不久的小蟹、虾爬子，没来得及撤退的文蛤，还在泥沙中呼吸、玩耍。后来，涨潮的引力被一丝一丝抽空，泥沙中的水分被太阳和风偷偷带走，海滩干涸了，小蟹、虾爬子、文蛤的尸体跟沙粒掺杂在一起，成为大海风干的遗物。头一天刚见的人，一小时前刚读的书，几分钟前刚吃过的药，说记不得就记不得了。拍着脑壳拼命打捞，啪啪啪的轻响，打捞起的却只有水草或虾爬子的尸体。目光四处流连，头脑虚空，活像一个找不到家的人，又可怜又无辜。

小时候，我曾以记性好闻名四邻。我不敢说闻名乡里，因为关于我好记性的广告推介，主要由我姥姥完成。依我姥姥那双裹得不怎么成功的四寸金莲儿，要将外孙女的好记性推广到一个几百户人家的村子都难，更遑论全乡方圆几十公里。不过，那时我的好记性货真价实。她时常会让我帮她记住一些物件藏匿的位置，或一些事情，比如几个月前一些人跟我们借过什么东西或我们借过邻居家什么东西，上一次药王庙她是在大殿烧的香还是在后殿烧的香，上上次蒸干菜包子是用的灶屋隔板上的陈年干菜还是用的柴棚里当年晾的干菜，如此等等。我的小脑袋瓜儿，秒存秒取，让她相当满意。姥姥一高兴，常弄个棉籽油煎鸡蛋犒劳我，过了一天，她又到处找土瓦罐里缺失的一枚鸡蛋。我指着我的肚皮哈哈笑，姥姥也笑，笑得露出没有门牙的牙床，脑门上皱纹舒展像涨水的川溪。

"道阻归期晚，年加记性销。"对此，一个农家老妪和一个诗人大概感同身受。姥姥聪明，认我做她记忆的拐杖。而我的朋友，是凭借一支棒棒糖完成记忆和思考的泅渡。

我迟钝且固执，对于记性的背叛，很长一段时间里失察、麻木。早晨做饭，厨房里烟气腾腾，我习惯摘掉眼镜。摘掉，随手一放，自然放置的地方也偏不到哪里去，似乎想戴的时候，顺手一取就是。饭后一切收拾停当，拎包出门，眼镜却无论如何也找不到。餐桌、餐柜、餐厅里包暖气的木台面，厨房窗台、操作台，客厅茶几、门厅柜，厕所洗手池旁边，凡是可供我随手放眼镜的地方，哪里都不见它的芳踪。一遍一遍反复找，从厨房、餐厅到客厅、厕所，再从厕所、客厅到餐厅、厨房，反复五六次。颓唐，卧室找水喝，低头，眼镜就那么笑眯眯地躺在床头柜上的水杯旁。屡屡发生的眼镜案，我却全没放在心上。小小一副眼镜，怎配跟我伟大的记性叫板呢？

很快有了升级版。兴冲冲外出，刚下楼，是否锁了门的问题就开始魔鬼般狰狞地抓挠我的心尖尖。锁了吗？检阅所有大脑沟回，抠出一个一个细节想拼接出门前后的完整桥段，以证明门是锁了的。而可供读取的每一个细节都不能带我抵达那个手持钥匙转动锁孔将门锁定的动作。悻悻然，只好反转身体，一阶一阶地爬过五十个台阶返回我所居住的五楼。拼将浑身力气向外拽动门把手，纹丝不动，一切安然。不由得倒吸一口凉气。

向坏记性缴械投降。我开始每天不停地记流水账，工作的，生活的，读书的，写作的，气温的，气象的，无一不记。如果哪天耽搁了做笔记，我就担心那天的记忆缺失。漏掉一天的时间，那可不是闹着玩儿的，比找不到眼镜、忘记是否锁门更令我恐惧。沿着一管自由水笔的蜿蜒小路，我找到了属于自己的救命稻草。我的法子很笨，但比起姥姥和我的朋友，这个办法牢靠多了。

最近五年，记事本已积攒 26 本，以平均每本 200 页每页 150 字记，共计 78 万字。想想，既得意，又恓惶。稻草很轻，一根稻草的重量不会超过 50 克。救命稻草的重量应该重于真实的稻草。假如每个字都是一根稻草，78 万棵稻草的重量要有 39 吨之巨。有报道说，日本的艺术家钟情于田园绘画，他们在稻田里创作出了一幅巨大的迷宫。我的救命稻草，78 万棵稻草，种植在原野之上又会是怎样的情形？里边也可以埋藏三两个巨大的迷宫吧。

终有一天，我不是被自己亲手种植的救命稻草给压死就是迷失在无边无沿的稻田里。但我依然每天做日记，并且乐此不疲。

## 三

遇到三三是刚搬到这条街上不久的事。

对门邻居告诉我地道桥北边回味小吃那家油条炸得好，油饼尤其好吃，外焦里嫩，个儿还大，一个顶小区对过儿餐厅的俩。地道桥，离我们小区有二里地，中间经过一个小型的菜市、两个老居民区、一座小学，还有一个老年托管中心的废墟。跑老远的路买两张油饼，不是我的脾气。但我爱清早散步，一边散步一边观察花花草草的长势，满足一个伪植物爱好者对季节的窥伺欲。我们小区在一环边上，寸土寸金之地，处处栽满房子，成群成片的花草不好寻。恰巧，去地道桥的路边有个街边绿化带，有金柳、野山樱、桃树、珍珠梅、紫叶李、杨树、月季、蜀葵、悬铃木、苦楝树、三叶草，还有城里不常见的地黄和大蓟。惦记着这不下二十种的植物，去地道桥北买油饼儿，就成了顺道脚儿。

有一天起得有点儿晚，回味小吃店门口排起一二十人的小长龙。排了两三分钟，前边还有十多个人，大约是十一个吧。我当时挨个儿数了，盘算着超过十五个就不排了，顶多回家去下个挂面荷包蛋，也误不了上班。这时候，三三出现了。她排我前头，原本我看到的她只是一个留着披肩发的后脑勺、一个细长的身子。偏偏，她往旁边撤了一步，并且转过头来。迅速地，她的脸上现出一朵大大的笑容，一把攥住我的手，激动地几乎喊起来，呀，大姐，是你啊，怎么悄没悄地站着，也不搭理我，我是三三啊！我心道，这个美女不是认错人了吧？还是自己记性差，遇上多年不见的人却忘记了呢。不管如何，这人多眼杂的地方，先认下这飞来的妹妹吧，省得让排队无聊的家伙们看稀罕儿。谁让我的记性不靠谱，见过十次八次面，人家以为很熟络，自己却一点儿印象也没有，在我是家常便饭呢。

其实三三的动机只是想让后边的人帮着排一下队，她趁机到北边拐弯那条街上给她儿子买一笼牛肉烧卖，没想到一扭头儿碰到我这个"老熟人"，这下她更放心了。三三大长腿走得快，我望着她，偷偷翻检着自己的记忆库，试图确认到底是她认错人还是我不认人，这光景她却三蹿两跑就没影了。排到她买油条了，她却没有回来。她说的瞬间就回，我信了，刚才没有问她买啥、买多少。这下怎么办，是帮她随便带点儿，还是不管，就假装没她这回事？犹疑了片刻，我还是帮她带了一份跟我一样的，三个油饼儿，不放糖，俗称"白片儿"。买完，三三还是没回来。我想，北边那条街也不远，三三也快回来了吧？不如就在油条摊儿旁边溜达着等等她。

那天我始终没有等到三三，只好左手三个油饼儿，右手

八月黍成

三个油饼儿，悻悻归家。更不可思议的是，我从此在回味小吃店买油饼儿，再也没有遇到三三。难道说根本没有什么三三托我帮着排队这件事，是我脑袋进水了？还是三三比我记性还差，买了烧卖就忘记了买油条？或者，那个三三忽然遇到其他的紧急情况。有时候，我会猛然想起三三，感叹世事之奇。先生打趣，夫人的经历中增加了一段记忆"白片儿"。

母亲说，肯定是那个三三认错人了，你这个事不算啥，你老舅姥爷经历的事，那才好玩儿。有一回，他背着褡裢去镇上赶集，是个春天，赶集的人挺多，人们要置办农具，有的人家想相看大牲口，有的想淘换些精细的种子，好多人背着褡裢，成吊的钱儿和银子，就那么背着。你老舅姥爷在人群里走着走着，有人在背后拍他肩膀，嘿，大外甥，你一个人来赶集啦！他一扭头儿，一个花白胡子老头儿，红脸宽肩，他根本不认识。这老头儿，拉着他就朝人少的地方走，亲亲热热。到最后你老舅姥爷也没解释的机会，老头儿硬塞给他五吊钱，让他随便买玩意儿，说是多年的老亲了，见一面不容易。后来，你老舅姥爷参加八路军，住在蠡县一个村里，又碰上那老头儿，巧了，还是房东，这才捎明白根本不是啥老亲。你老舅姥爷将错就错认了表舅，解放后到天津工作了，还给那个老头儿寄过钱。

白片儿事件之后，我又遇到另一个"熟人"，也是一个女的，走对面，她热情地打招呼，哟，今天没出车啊！刚才我见你车过去，拉着活儿，原来不是你开的。我一愣神，随即纠正回自若的表情。说来，这个女人我还真见过，她就住我们家旁边小区，四五十岁了吧，打扮得挺洋气，走起路来风摆杨柳一般，不由得让人多看几眼。这是个爱漂亮的女人。好吧，为了她的漂亮，我打算认下这个出租车女司机的新身份。

# 小街叙事

## 饸饹馆

一条街分了两个岔。一个新岔，一个老岔。有一天老岔上忽然冒出个饸饹馆。饸饹馆坐东朝西，门口对着宽敞的便道，法桐树浓荫蔽日。七月天，树底下支了桌子，摆了椅子，乘凉的、遛弯的、过路的，都忍不住坐下点一碗刚出锅的饸饹尝尝。馆子一开张就闹了个满堂红。

开饸饹馆的是芳村初家三兄弟。芳村离城不足百里，说近不近，说远不远，这馆子一出手就在黄金地段租下大几十平方米的铺面，要生根开花结果的架势。我去吃了几次，那饸饹，面白，卤厚，汤清，菜鲜，果真好手艺。除了卖饸饹，他家也卖烧饼，还有几样自制的凉菜。缸炉烧饼才出炉，微黄焦脆，一层白芝麻仁诱得人汩汩地生口水。

初冬，一天冷似一天，晨练完了就想端碗连汤带面的饸饹。顺着街的老岔往北走，十几步就是初家的饸饹馆。天光刚破白，地上的物事还不分明，饸饹馆的灯火一照老远，屋里的热乎气儿也顺着门帘缝钻出来，让人心里先有了几分暖意。

太早，屋里空空的，就我这一个客。煮饸饹的大锅早就开了，锅上架着老榆木饸饹床，据说是从三兄弟的太爷爷的爷爷一直传下来的。瘦肉丝炒制的卤子，刚刚炸好的黄豆嘴儿，洗净切好的芫荽段、葱碎，装在不锈钢盆里排在灶台上。初家大哥白衣白帽站在灶前，一张脸让水汽笼了，一笑，白白的牙却见得真切。靠里屋门口是制作烧饼坯子的条案，初家二哥低头忙碌，客人进门，只望见他弯曲的后背。抹桌子跑堂是三哥的活儿，站柜的却是晚辈，大哥家没过门的儿媳。

熟店熟客，饸饹上桌前，总得唠几句。我说，你家墙上这招贴不赖，是请谁帮着弄的？三哥马上搭腔：俺整的，信不？他还一边抹着桌子。俺们老初家卖饸饹，都有100年了，老辈儿传下来的手艺、规矩，都装在心里的，还用劳驾别人？大哥正好把饸饹端来，顺手帮我加了醋点了辣油：瞅瞅咱们这饸饹条儿，去了皮的荞麦头道面压的。你说是不是比别人家的白、还比他们的吃着筋道？离开那一锅白蒙蒙的热气，他一张方脸天清地朗，额头鬓角井田纵横。

初家饸饹传到三兄弟是第六代，除了20世纪50年代末60年代初那些年，饸饹锅年年从正月初六直开到大年根儿。三兄弟的爷爷膝下四男二女，家家卖饸饹。分家时大伯家受了老牌匾，二伯家分得一口八印大锅，三伯分得村里开过饸饹馆的老屋。三兄弟的爹行四，分了最宝贝的老饸饹床子。

村里也有别家卖饸饹，无论怎么费心偷手艺，面用好面，打卤的猪肉、酱油、大料、生姜，都跟初家一样一样的，可就是做不出老初家饸饹的味道，据说，奥妙就在那个压饸饹的床子。三兄弟也曾分过家，卖饸饹的事留给老大和老三，老二独自外出闯荡卖过电料、当过小工，后来学会了打缸炉烧饼。过了几年，分过的家又合了，饭还是分着吃，饸饹却要伙着卖。他们把县城里开的饸饹摊儿撤了，直接来省城开饸饹馆。哥儿仨琢磨着，饸饹馆要是开好了，就整它几个连锁店，将来重新做个招牌，"中国初氏饸饹"。

隆冬，再去饸饹馆，却换了店面，紧邻着原来那处大铺面，还是两间进深，却逼仄得多，介绍祖传手艺的招贴也揭来重新贴过，着一层烟火气象，已经不是那么新得晃眼了。大店改小店，大概是没赚着钱或者所赚不多。平心而论，老初家的荞面饸饹，光那瘦肉丝打的卤儿、自家生的黄豆嘴儿，就比人家的摊子多花了本钱，多费了心机，10元一大碗、8元一小碗，单价上是贵着一两块钱，可把房租摊下来，利厚利薄就说不得。

挑门帘进去，初家大哥的脸还是被笼在水汽中，一笑，牙齿灿烂。二哥依然在忙着做烧饼坯子，条案摆的方向变了，一双巧手揪剂子、擀剂子、刷芝麻仁，变戏法似的，那叫一个快当。三哥在教训一个二十啷当岁的青年，嫌他围裙洗得不净，芫荽没有摘净，每挑一个毛病，都跟着一句，你不能坏了咱老初家几辈的规矩。青年本来拿着拖把拖地，住

91

了手看着他三叔，并不接话，倒是那个站柜的姑娘脸上有些挂不住。我寻思，那姑娘是青年的未婚妻。

最近，老街的饸饹馆又一家变作了两家。老大单挑儿了，老二、老三还是一块儿开买卖，把当初开张时租的大铺面又租回来了。哥儿俩店，一样的手艺，一样的价码，店门挨着店门，打擂台似的，倒也有趣。我下次去吃饸饹，准备捡一枚硬币扔出去，正面朝上就去左边店，反面朝上就去右边店。

## 修 车 摊

修自行车的师傅姓阚。街坊邻居喊他"老敢"，把阚字外边的"门"给省了。因与他媳妇谭姐的乡谊，我称呼他老哥。

老敢的摊子在十字街口东北角便道上，守着学校不远。补胎、打气、拿龙，换辐条、换里外胎、换链条、换轴承，卖车筐、卖铃铛，修锁配钥匙，外加帮人联系学生小饭桌业务，晴天卖防晒衣、雨天卖伞、冷天卖手套，诸如此类，不可尽数。用石家庄话说，老敢的手艺真沾。你扛个车架来，他能给你攒出辆整车，比原装的都禁骑。就算是赛车、电瓶车出了毛病，交给老敢收拾，那也是手到擒来。因此上，老敢在十字街一带颇有点儿名声。

当然，老敢的名声不光来自他的一双巧手，他还有更大的能耐。比如，他娶了一个有正式工作的俊俏媳妇，就是谭姐。老敢是个肢残者，右腿膝盖以下截了，装着义肢，近路他拄双拐，远点儿的道，则开一辆破旧的改装电动三轮。因为肢残，找不到合适工作，自打年轻时候，他就在大厂宿舍门口摆摊儿修自行车。谭姐如何嫁给老敢的，众说不一，只是一提起来这事，都忍不住嘬牙花子，觉得可惜了一朵水嫩嫩的鲜花。她是大厂的工人，十八九岁上大厂去招工，别人猪往前拱鸡往后刨地找门路，她没后门可找，就想试一试运气，结果，跟招工的一见面人家就拍板要下了。

厂子改制，谭姐买断工龄。两个闺女都成家了，不用他们两口子操多少心，谭姐还不到五十，干脆给老敢的摊子当起"老板娘"。

谭姐一来，补胎、打气这种技术含量不高，又得一会儿下蹲一会儿屈膝一会儿猫腰一会儿起立的活计，自然就全揽下了。老敢端坐在一个敦敦实实的大木凳上，把装着大洋铁工具箱的三轮车当靠背，凳子旁边摆一把暖壶、一个大搪瓷茶缸，面前放一架修锁配钥匙的小车床。有生意了忙一阵，赶到没事了，两眼一眯细，听京剧。听上一段儿，转身端茶缸，滋溜——咕咚，滋溜——咕咚，来两大口茶水。除非拉屎撒尿，老敢半天不动窝儿。

老哥，看美得你，当皇上呢。我路过，总要打个招呼。

老敢没答言儿，他正跟着马连良大师学唱那段《甘露寺》，摇头晃脑入了神。谭姐吐吐舌头，朝我一乐，瞅他那德行，还皇上呢。

哈哈，有我娘子相伴，我就是神仙一个。皇帝老儿，怎比得了某家——老敢睁开眼，一口京白。

玩笑归玩笑，其实，干修自行车这行，看似简单，真没两把刷子的还干不成。来修车的人，五行八作，横的硬的不说理的不要命的都有，你得先学会见风使舵、见人下菜碟。闹不好，会有人给砸摊子。修车的活儿，又脏又辛苦，依谭姐的说法，她两口子的手，就跟粪叉子似的，什么都敢抓挠。修车的盼闹天儿还怕闹天儿。一闹天儿，生意格外多。可是，天不好也真遭罪。春夏秋三季还好说，一入冬，小北风刮着，浑身冻得跟木头一般，换完一个外胎手都不知道是谁的了。谭姐一张粉脸，一冬一冬地生冻疮。老敢行，老敢不怕冻不怕晒，大木凳上一坐，不管它西北风是四级还是六级，不管它下雨还是下雪，京剧照听，茶水照喝。

有一年春天，我的单车后闸出了毛病，想推去让老敢给看看。大老远，却见摊儿前里三层外三层围了好多人，有拿照相机的，有扛摄像机的。犹豫着是否凑过去，兜头碰见给我们院儿清垃圾的老张。老张的嘴是竹筒，见谁给谁倒豆子："嘿，快去看看热闹吧，有人给老敢送了辆新轮椅，可阔了。还有好多记者采访呢，老敢成名人儿了。"当晚本市电视新闻，果然见到老敢和谭姐。有一个特写镜头，老敢坐着新轮椅，谭姐陪在身边，俩人都笑得嘴角咧到腮帮子。

第二天早晨经过他们的摊儿，我特意停下来想参观一下老敢的新轮椅。时间有点儿早，老夫妻俩还没到。第三天早晨，正好在路上碰到老敢，却还是那辆改装旧三轮车驮着那座小山样的工具箱兼售货柜。我问，老哥，新轮椅呢？老敢扭头用目光指指身后的小山，轮椅在家省着呢，我得运这个。后来，一直没见老敢的新轮椅露过脸。有人说，他一倒手就卖掉了，赚了千八百呢。谭姐悄悄对我说，那高级玩意儿，你老哥用不惯，转给楼下小五子家了，他爹半身不遂恢复期，正合用。这"转"是借，是租，是送，是卖，谭姐没说。

守着老居民区，十字街本来就热闹，老敢占金边据银角一铺排七八平方米，越是上下班的点儿越来生意，有时等着修车的挤了疙瘩，还把汽车的道给挡了，难免有人看不顺眼，恨不能城管立时把摊子取缔了才好。更多的人，则是睁一只眼闭一只眼，视若无睹或者可有可无的态度。遇上自己的单车坏了或者想就便买个什么小物件，才想起老敢和谭姐的摊子。赶上风日晴和的时候，附近的老头老太太常搬个马扎来坐了，看他们修车卖货哼京剧，扯东家长西家短。

有一阵子，老敢夫妻俩没出摊儿。有人说，大厂宿舍拆迁老敢家补偿两套房子，阔了，谁还干这个。也有人说，老敢在家太霸道，净欺负谭姐，两口子为补偿房的事闹意见，本子上都是谭姐的名字，这下现世报，她借势要跟老敢离婚。有修车的，心里一团火地找来，只能悻悻地怎么把车子推来再怎么推走。街角少了他们的摊子，忽然间清寂得有点儿慌张。

快出伏的时候，谭姐和老敢又露面了，每人添了一件带和尚领的长袖花围裙。俩人似乎都胖了不少，装扮得圆滚滚的，像两只笨笨熊。早晨出摊儿，老敢把拉着那座小山的三轮往摊儿上一停，谭姐赶忙放好大板凳，取出双拐递上。老敢拐拄地，下车，吭噔一声吭噔一声自己朝凳子那儿挪，谭姐一直眼巴巴瞅着。看老敢稳稳落了座，谭姐才忙着亮出一块新招牌：专修电瓶车，兼营小饭桌，联系出国游学。

街坊们伸脖子瞪眼：哎哟，这两口儿，厉害啊！

## 针　线　铺

刚穿俩月的运动衣，拉链坏了。同事珠珠说，给你介绍个针线铺吧，那里一切皆能化腐朽为神奇。

针线铺隐藏在铁路小区的深宅大院里，说起来离我家并不远，走上一两百米，拐进另外一条小街，沿着街北一个不太显眼的区间过道，楼后几米开外一排低矮的储物房，从西数第五间便是。它的左邻是"废品站"，右舍则挂了"疏通下水"的牌子，红底白字，油漆鲜亮。针线铺也有招牌，是块不大的废三合板，小小的儿童美术字，一共三行：改衣服，修拉链，兼营服装加工。工作时间：上午 8：30 ～ 11：30，下午 2：30 ～ 6：00。牌子的右下角留了一个联系电话，是手机号码。这样一块招牌，不事张扬，进退有据，却又处处透着主人细致的心思。

一间储物房改成的针线铺，到底能否像珠珠所吹嘘的那样，能够化腐朽为神奇，我心里没底。死马当活马医吧，这样想着，我敲了几下那个红漆剥落的窄木门。屋里应声不高，但圆润、饱满，盖过了嗒嗒嗒响着的机器。

推门，尾随而入的阳光给缝纫机旁的女人罩上一层光晕。整间屋子却是幽暗的，仿佛与门外是两个世界。机器停了，她的脚离开踏板，正扭身要站起来。女人对我浅浅一笑，眼睛看向我手里盛衣服的袋子，跟人打招呼和跟活计打招呼一气儿就完成了。我明白她是在问我需要做什么，便赶忙把衣服从袋子中抻出来，请她看拉链能不能换。临从家出来的时候，我已经想好，如果能换的话，哪怕三五十块钱也换，拉链不能用，好端端一件衣服就算是报废了，买件新的，至少也得几百。女人拿起衣服检查拉链，我偷偷瞧女人的脸，在她没开腔之前，我想早一点儿从那张脸上读出关于运动衣的判决书。

衣服三下五除二就修好了，只是换了一个拉链头儿，连工带料一共三块钱，这大大出乎我的意料。出乎我意料的，还有女人的脸，宽宽的脑门，大大的眼睛，甜美、宁和、笃定，就连眼角细细的皱纹，也妥帖而安适。

女人为什么不就便给我换一副拉链，而是简单换了一个拉链头儿？一个拉链头儿，料钱至少也得一两块钱，她一共收我三块，连一葫芦醋钱也赚不到。若是顺着我的思路，采取换拉链的方法，至少她可以赚十块到二十块。如果把活儿放下，让我第二天再取，然后伪称换过拉链，开口收我三头五十元，我也照样心满意足。可是，女人偏偏两三秒之内就做出了判决：拉链头儿松了，换一个就好。你若忙，就明天过来取；不忙的话，等十来分钟。十分钟，三块钱，这个结果，让我的脑筋一时有点儿短路。

此后，我成了针线铺的常客。

女人天生话不多，手上却麻利得出奇。等活儿的时候，我就站在旁边不碍事的地方，看她下剪子、锁边、缝纫、熨烫、挑线头。女人的手指细长、灵活，却坚定有力，剪子、尺子、顶针、机器、熨斗以及各种型号的手针，都是她的士兵、她的武器，不，是她那双手的延伸，是她身体的一部分，因为任何身外的东西，都难以让人脑调遣得如此出神入化。在此之前，我从来不敢想象，枯燥烦琐的针线活儿，还能这样富于节奏和韵律感，像音乐，像美丽的手指舞。

有一次，我去找女人为一条裙子绣个补丁花儿，忽然感觉针线铺变得亮堂了。巡视一周，发现南墙上挂了一溜儿女式布包，素色粗布料子，手绘小熊、小兔、小狗、小猫，也有花草的，格桑花、雏菊、栀子、美人梅。包包是闺女的作品，女人告诉我，孩子在读幼师，马上就毕业了，画画儿做手工，是她打小的兴趣。挂在这里，是为了出售的。我说，有巧母必有巧女。女人笑笑，手里刨食罢了，不过孩子总算是个省心的。

后来我听说，女人和她的丈夫原来都是大厂职工，厂子改制，被动员着买断了工龄，那时孩子才刚念小学。女人的公爹在铁路上退休，住着单位的老房子，房子不好，地段却在一环边上，人口密集，适合谋营生，就把楼下的储物房让出来给儿媳妇用。女人是村里最后一批"接班"变城里人的，练就一把巧手，她把储物房改成了针线铺，按时上班捎带照看公婆，按时下班回家伺候孩子做家务。十几年下来，日子紧紧巴巴，除了慢性支气管炎在换季时发作，倒也平安稳妥。

在铺子里见过一次女人的闺女，是初冬的黄昏，铁路小区动迁的消息正沸沸扬扬。女孩好看得像个卡通娃娃，细声慢语，模样和声音都像极了女人。孩子已经毕业，在幼儿园当老师，她是来跟妈妈找一种淡绿色丝线的。"像春天刚张开的柳叶那种。"女孩说，她要带着小朋友们上手工课。女人伸手从针线筐里深绿浅绿明绿暗绿的丝线里挑出一种，正是女孩想要的。

我的活计，是女人那天最后一单生意。我家和她的家有一段顺路，就想跟她做伴儿走一程。拐出小区，她却想起跟附近小诊所的中医约好，要去拔罐儿，这阵子，气管炎又犯了。我说，拔罐儿管用吗，不若吃药吧。女人咳了两声，叹口气：多少年了，就这么治着，管用不管用的，去去火吧。

前一阵子，为孩子工作急得上火了。

　　有些昏暗的路灯下，望着女人的背影移到便道上，停在中医诊所的门口，我却满脑子里想着女孩要的那种绿，"像春天刚张开的柳叶那种"。

# 细腰葫芦

## 一

约腰壶，好拗口的名字，它是李时珍那老头儿的专利。壶者，葫也。一种两头圆嘟嘟中间纤细小蛮腰的葫芦，小巧，憨顽。我直呼其细腰葫芦，直白，形象。

小半天工夫都花在了一个小葫芦身上。我要把它打磨干净，供养在书案。养个把玩葫芦，是我一直的念想。老早，我家的迎门柜上，总是养着一个葫芦的。一个离开了土地多年的老葫芦，明明是个摆设，却说是养着，是外祖母的言语。她说，葫芦离开了泥土和枝蔓，也还是活的。

立冬日。阳光洒洗之处，比平日格外亮堂。小区院墙上，逆光中地锦的红色筋脉根根鲜明，叶肉在我眼里瞬间寂灭，它只是一张植物的光学扫描片。一周之前，我的腰部也曾经有过一次透彻的扫描。当然，结合了现代信息技术的 CT，远比阳光扫描一枚地锦叶片要程序复杂。诊断报告，腰椎 L3 −4、L4 −5 椎间盘膨出，L5 −S1 椎间盘膨出伴突出，腰椎骨质增生。片子拿回家，我在灯光下研究了半天，左边两列是整条腰椎的平扫图，一节一节白骨横陈，右边五列则全是一椎一椎的特写镜头，二十五张图层层布列，森森然，生出莫名的压迫和恐惧。

医生让我一个月之内严格卧床，外加理疗、牵引和一套小燕飞康复动作。他说，你这个算是初发，还比较轻，不用动手术，保守治疗就可以了。若往严重里发展，会导致瘫痪。我当然明白瘫痪对一个活蹦乱跳的人来说是多么致命的病。但我不甘心每天20多个小时直板板躺在床上，吃喝拉撒都在床上完成，那样，岂不是一种瘫痪的临界状态。但凡我能坐着立着，就不愿意长时间地躺着；但凡能工作、能自己伺候自己，我就不想行尸一般活着，等人伺候。

此刻，我专心打磨一个细腰葫芦。说打磨有点儿含义模糊，其实我干的活计，就是给它刮皮。刮掉自然生成的一层表皮，是一个刚刚成熟从瓜秧子上摘下的葫芦脱胎换骨的起点，无论它要成为把玩葫芦、烙画葫芦、脸谱葫芦还是酒葫芦、药葫芦、瓢葫芦。有人跟我传授经验，再怎么头脸端正的葫芦，如不趁着一层青皮光洁如肤时把它刮掉，在晾干的过程中就会生出满脸满身的霉斑。哪怕小米粒大的一点儿霉斑，好好的葫芦就算破了相。打磨过的葫芦，还要经常拿在手里摩挲，这叫盘葫芦，一块好玉是盘熟的，葫芦也要盘，把人体的温度、力道、气血，通过一双手与葫芦的肌肤相亲一点一点输送给它。外祖母迎门柜上的葫芦，是她多年盘熟的。但她不说盘，她说养，供养的养。

坐在落地窗前，阳光透过玻璃像一把一把温柔的小针刀在身上游走，穿过衣裳、皮肤和血肉，如兜兜转转的旋刀，有什么东西沙沙掉落，周身酥酥痒痒的，生锈多时的腰部竟轻巧了些许。阳光之刀抚慰一个腰部出了毛病的人，我的刀子用力削刮一个等待远大前程的葫芦。

## 二

我的腰，我从不相信它也会出毛病。小时候玩倒立拿大顶，腰劲儿提着，腿面子、脚面子绷着，一待就一刻钟，稍大挑水、扛粮食布袋，几十斤上百斤的分量，丹田一口气，肩膀头和腰一起使劲儿，走起。就算今年前半年，到朋友开心农场种菜，猫着腰，点种子，拔草，间苗，施肥，浇水，我还能一口气儿干两三个小时，下蹲，立起，蹲步，猫腰，这样的动作不知重复几百回。忘了是哪一天，好像是立秋以后了，我抱着两本书爬五楼，咯噔一下，一条好腰就变成了另外一条完全陌生的坏腰。

为了适应这条疼痛的腰，我佝偻着身子走路，扶着楼梯上楼，用手抱着腿上床，尽量避免下蹲，尽量减少弯腰，尽量减少负重。总之，我小心翼翼地哄着它，忍气吞声地迁就它。我想，如此发展下去，我将不仅是换了一条腰，还会换掉整个人，脾气，秉性，行止，节奏，一路换下去，我将不我。

103

母亲几乎每天来电话，问候我的腰。是的，母亲问候我的腰，她的问候语是一成不变的，"你的腰怎么样了？"作为孩子，我应该时时关心母亲，晨昏问候安好，事情反过来，那就不对了。但我的腰坏了，我不能接受它咯噔一下背叛我这个事实，我变得沉默、懒散，敏感、挑剔，钻牛角尖。母亲知道我，她聪明地选择了问候我的腰。

中医说这腰病是湿邪内侵所至，应调理脾肾，祛湿排毒。终日蛰伏在办公室，冬有暖气，夏有空调，湿邪从何而来，不得而知。但我的骨头确乎是寒冷潮湿的，腰眼、股骨、膝盖，这些大骨节的穴隙间储满冰凉的泥水，就像初冬时分结满蚂蚱凌的沼泽。夜半，我时而被疼痛唤醒。温暖的棉被之下，我的腰眼儿深处埋着一根尖锐的冰针，再强烈的温暖也不能把它融化。

母亲自己也是一个腰疾患者，父亲也是，外祖母也是。算上我，我们这个家族，前前后后已经有四个人闹腰疼。

我们家乡管生病叫闹病，比如闹眼、闹肚子、闹感冒。父亲和外祖母在世时，还没有 CT 这物件，X 光片倒是能拍的，但整个村庄也没几个人去拍，不是致命的病，谁舍得进到那个黑洞洞的屋子拍什么 X 光片呢？人们说，腰疼不是病，疼起来要了命。此要命非彼要命，它只是形容疼的程度罢了。父亲和外祖母，各自闹了多半辈子腰，但谁也不知道他们的腰到底闹的是什么幺蛾子。父亲自己给自己诊断，在青藏高原干了 20 年，落下一条老寒腰。外祖母自己给自己诊断，年轻时坐月子没人伺候，生完孩子第二天自己洗褯子、洗衣裳，十二晌下洼浇园，埋下病根。

母亲开始腰疼的年龄，至少比我早十年。40岁上，她骑车去公社给外祖母申请烈属的补助款，把两岁的小弟和闹胃病卧床不起的外祖母扔在家，心里着火，刚出村口一个下坡急弯，车翻人倒。母亲没说摔得怎么样，疼还是不疼，她打发我从村卫生所买了几贴跌打止痛膏，该下地下地，该做饭做饭，登梯爬树到房顶晒粮，扛粮食到小杨庄磨坊磨面，没事人一样。但母亲从此离不开膏药了。腰上、肩膀上、后背上、屁股上，满世界都是膏药。她所到之处，连空气里都弥漫着股子膏药的冷香。母亲75岁，做了人生第一次CT，因为她的腰闹得更厉害了，她在电话里跟儿女们喊疼。在我印象中，母亲是极少喊疼的，四岁失怙，中年守寡，母亲像旷野里一棵孤苦的大树，百摧不折，浑身伤痛，顶天立地。她的诊断结果：腰突、骨质增生、骨刺、腰肌劳损，还有陈旧性骨伤。这个诊断，迟了整整35年。

年纪渐长，我的相貌越来越像父母亲中年时的样子，连腰疼也继承得如此完好。事实上，几十年间我一直致力于把自己塑造成为一个变异者和超越者。性情、举止、命途、视野、思维、价值判断。我一刀一刀地自我削斫、雕刻，不计成本和心力。在外人眼里，我是一个光鲜的成功者，甚至常有些炫目的鲜花和荣耀。只有我自己明白，深植于血脉的东西是不那么容易改变的。

假如拿我的 CT 片子和母亲的 CT 片子做一个医学研究的对照组，会不会有一些家族史的意义？假如外祖母的骨殖亦可以从坟茔中请出来进行一番医学扫描，三者对照，会不会有什么重要发现？这样的想法如白衣苍狗，聚散无常。

<h1 style="text-align:center">三</h1>

写意画中，葫芦的形象跟人非常接近。一个身背酒葫芦的罗汉走向茫茫雪野，乍看，就是一个大葫芦驮着一个小葫芦在飞奔。

外祖母爱葫芦，我一家人爱葫芦，南南北北的汉族人都爱葫芦。葫芦，谐音"福禄"。一个人从落草到入土，长长短短的一生，都是为福禄、为福祉而奔波。

父亲从青海调回肃宁老家时已经 41 岁了。除了一件颇有高原生活标志意义的军绿色半旧布面羊皮大衣，一条两丈多长二尺多宽的紫色细布腰围子，几乎身无长物。等待他的，是三个幼年的子女，一处四壁空空的房子，一个连围墙也垒不起的饥饿的院子。

父亲是一个大葫芦，驮着我们一群小葫芦。

我见过父亲用紫色腰围子扎他的老寒腰。他手里的力道大得很，直扎得密不透风，胸肌突起，鼻子尖上冒出一粒一粒的汗珠。上班、吃饭、睡觉之外，父亲所有的时间都用来做同一样活计，那就是建我们的院子。先是拉河泥垫院基，小白河几乎四季枯水，河底的红胶泥土不花钱，需要的只是一把子好力气。河底到堤顶是一个四十多度的堤坡，一车土足有三百多斤。父亲一个人挖泥、装车，爬坡，再走一二里地，平时一天一两趟，休息日十几趟。院子垫起后，又打土坯圈院墙，盖煤棚，盖工具房，栽树，栽花，种菜。父亲尤其喜欢果树，他栽的牛心葡萄，在我上大学二年级的时候结出第一串葡萄，他栽的柿子树在他去世那年秋天挂起满院子红灯笼。

在中华文明史的大系里，应该包括一部《国人腰疼史》。但我读书有限，到现在还没有看到这样一部书。腰疼史，也是民间的劳作史、苦难史、创造史、福祉史。

父亲只活了 51 岁。他的一条老寒腰，使尽了最后 10 年的力气。父亲走的时候，外祖母让人把养在迎门柜上的一个细腰葫芦放到骨灰盒里。"葫芦葫芦，福禄福禄，生不带来，死要带去。"外祖母的眼睛接近失明，白翳罩满浑浊的眼球，她不哭。

外祖母说，每个人都有两条腰，一条长在身上，一条长在心里。我得承认，我的腰疾有一半是从心所起。父亲走后，我情愿替父亲扮演着父亲的角色，帮衬母亲奉养祖父和外祖母，供养妹妹和弟弟读书。想起父亲扎起紫色围腰一趟一趟拉河泥的情景，他是一个真实版的约腰壶啊，他把一个中年男人无以言说的苦和疼，默默地捆扎起来，只闷头做一件事，我的心中一片血泪模糊。但我却是一个被俗世异化的葫芦，我不甘心被遮蔽，不甘心屈居人下，不甘心失败和四处碰壁，甚至不甘心人家说我性情和做派太像父亲母亲。我变得浮躁、狭隘、偏执、敏感，我往往用力过猛，却忘记老夫子教诲的过犹不及。

四

从网上学到一个治疗腰突的偏方：进行爬行训练以增加腰肌的弹性和力量，每次十五分钟，每天两次，半个月为一疗程。据说此法标本兼治。网页上有图片，教爬行的要领，中年男女四肢着地在水泥路上行进，右臂带左腿，左臂带右腿，活像一群穿着衣服的冰川纪怪兽，场面十分壮观。站立起来靠双腿行走，是人与黑猩猩的一个分水岭。站起来不容易，而重新趴下身子四肢爬行，也何其艰难！

我没有胆量到大街上去爬，选择室内训练。训练开始之前，请工人来做了一次彻底保洁。来的是哥儿两个，姓路，邯郸人，老大31，老二30。我称他们大路、小路。一进屋，他们就看到了我家客厅的一堆细腰小葫芦。小葫芦是朋友家园子里今年新摘的，盛在一个竹编的筐箩里，随便搁在茶几上。《诗经》里说"七月食瓜，八月断壶"。农历八月是收葫芦的季节，那时我开始闹腰。腰一疼起来，我就顾不上葫芦们的品相了，没及时刮皮，一个个都长出灰黑的霉斑，成了花脸葫芦。

　　大路、小路干活儿很仔细，光是收拾阳台的落地窗就花了小半个上午，连窗槽里细小的尘土都不放过。哥儿俩性情都算开朗。他们曾在北京某大单位干过工程，也在不少高档社区揽过瓷砖美缝、开荒保洁的活计，认识不少文化人儿，谈吐颇有见地。小路说，他打小就喜欢葫芦。有次他在县城干活儿，路上见有家种了葫芦，整整一大架，枝枝蔓蔓的，罩着半个院子，他停下摩托看了老半天，真想敲门跟人家讨个葫芦。想归想，不敢。再到县城，专门去找那个葫芦院儿，却怎么也没找到。因着一堆小葫芦，哥儿俩跟我之间的距离一下子拉近了。他们一边干活儿一边跟我聊天，很快熟络起来。

　　我的年龄跟大路、小路的父母相差无几。听说我正闹腰突，小路说他们父亲也是腰不好，好些年了。年轻时出力太多，现在一身都是毛病，母亲已经过世。路家兄弟还有两个姐姐，早就出嫁了。"父亲不肯闲着，天天还是外出打工揽活儿。晚上一回到家，就瘫床上不动了。"活泼的小路，说起父亲，眼睛里亮晶晶地闪出泪光。老路养大四个子女，给大路、小路都娶了媳妇，一个庄稼人，不容易。如今，大路、小路来城里干保洁，又是为着供养幼小的子女。一辈有一辈的责任，一辈有一辈的不容易，而下一辈，又不知不觉踏着上一辈的路。

　　我送了他们一人一个没刮皮儿的葫芦，皮儿有点儿干了，布着星星点点的霉斑。哥儿俩欢天喜地的，准备过年带回邯郸给孩子玩。小路小时候种过好几年小葫芦，不知怎么一个葫芦也没结过。晃晃手里的小葫芦，哗啷哗啷的，居然有籽。"明年春天，我让媳妇在家种上几棵。"

供养一个葫芦，在外祖母的心里，是供养一种福祉。父亲去世那年冬天，外祖母把父亲种的葫芦一一打磨干净，她端坐在炕头上，每天在前襟上暖着，一个一个用手摩挲，像是数念珠的老僧。外祖母盘过一冬的葫芦，光滑油润，如同上了一层釉彩。春节，她把葫芦送给来拜年的孩子。

我一天天走向衰老，腰宽体胖，渐渐失去细腰葫芦的体态特征。而医学研究认为，腰围是健康的重要评价指标，跟"三高"呈正相关。细腰葫芦型，是比较理想的女性形体。如我这般腰粗腿粗，脂肪堆叠，肌肉衰弱无力，腰椎负荷太大，患腰突的风险自然增加。在医生建议下，我买了一个腰突病人专用的围腰。围腰里有三个钢支撑，松紧扣。有了围腰，我的腰肢一下子显得纤细了，试着弯腰、下蹲，疼痛感明显减轻，脑门儿上滴答滴答全是汗珠。

又想起"约腰壶"这个拗口的名字。我的腰因为病而约束，我成了真正的"约腰壶"。我们的祖先7000年前就种植葫芦。葫芦有甜葫芦、苦葫芦，大葫芦、小葫芦，可食的葫芦，可用的葫芦，可玩的葫芦。李时珍《本草纲目》认为，细腰小葫芦可入药，并命名之"约腰壶"。一个直立行走的人，椎骨精巧、灵活，可完成端坐、安眠、行止、礼祀以及各种繁难的劳作，但椎骨并不强大，不能过载，不能承担那些疯长的虚妄。所以，一个好的葫芦，需要修炼需要约束需要隐忍。这是我对"约腰壶"三个字的释义，当然，任何解释都多少是对其本义的误读。

　　侄子要生娃了，说若生男娃的话，乳名想叫小葫芦。我喜欢这个名字，男娃女娃又何妨呢?

第三辑

寻

花

# 寻　花

一首脍炙人口的《江畔独步寻花》，让黄四娘和杜甫成为中国文学史上最有名的邻居。那年春天，杜甫草堂去往北邻四娘家的蹊径上，百花盛开，蝶舞莺啼。而那年之后一个接一个的春天，蹊径的花总是开得那么鲜艳饱满、香气袅袅，千年来不绝如缕。

公元 2017 年，我也有了一次蹊径寻花。农历四月二十三，夏天赶早不赶晚地来了。刚刚过吃早饭的时间，日头已经高过西慈亭村那棵最高的老槐树，银亮银亮的，照在村口的花生田里、菜园子里、麦地里、白蜡树林里。蹲伏在花生田里劳动的男人女人，一点一点往前倒腾着双腿，手上忙个不停，一抬头，脸上的汗珠啪嗒啪嗒摔到地上，也银亮银亮的。

大田里的春花生，到这个时节已经出落得碧翠圆转，着了头喷花，娇黄的，又小巧又欢喜。《花生》是贾大山先生小说"梦庄"系列的首篇。读大山的"梦庄"，总是从它开始。到西慈亭，也总是想着要看看正在大地里生长着的花生们。村北大片的沙土地里种了花生，村南绕村林带，人们也见缝插针种了花生。树影斑驳的花生田，连日头筛下来的光柱都染成银绿色，一股一股清芬之气直撞人鼻孔。如果"闺女"活着，得有五六十岁了。她也要种花生吧？这样一个美好的早晨，她开着电瓶车，带着年迈的"队长"父亲，来这花生田里劳动，该是多么醉人的情景！

这么胡乱想着，又不由得哂笑自己。"花生"的悲情故事，有现实的窘迫，有人性的高贵，有传统文化里的凶险，也有生命的难以承受之重。但西慈亭是梦庄又不是梦庄，她还在演绎着与花生有关的故事，"闺女"和"队长"却永远留在了昨天。

花生也是花，在这老磁河畔，黄沙匝地的冲积平原，它是可以换取温饱和富裕的花，也是满沟满滩蝶语蜂吟，可以入诗入画的花。它走进大山先生的笔端，被赋予血性、尊严和高贵的灵魂，赋予疼痛、冷峻而深邃的内涵。于是，原本不上台面的花生花，与千年前的黄四娘家蹊径花一样，在文学的殿堂里散发着沁人的芳香。

作家的笔似乎天生与花有扯不断的缘分。唐肃宗上元二年，杜甫饱经离乱之后结庐成都西郊，身心稍稍安定。善于种花的邻居四娘，以一蹊繁花让诗人陶醉于无限春色之中，乐以忘忧。"留连戏蝶时时舞，自在娇莺恰恰啼"，这明媚的笔触，与其说是自然生灵的欢舞，不若说是诗圣内心的舞蹈。大山先生笔下的花，也脍炙人口，摇曳多姿。有《水仙》《杏花》《花市》《花生》，还有《干姐》《俊姑娘》《云姑》《杜小香》《丑大嫂》《老路》《钟声》《梆声》中的女人花、男人花。

在作家的文本中，循着花的气息和颜色，或许可以走近其生命之河的源头，觅见作家与作品之间隐秘的精神通道。

贾大山旧居大门外的院墙上，有一幅墙头画，说是画，其实是毛笔抄录的《花市》节选。《花市》是贾大山先生的代表作之一，入选语文课本。这篇小说发表于1981年，那时，他离开西慈亭已有十载之久。大山旧居的修缮者们，选择《花市》做墙画，一定有过一番缜密的思考。那个巧嘴的卖花姑娘，依稀也有梦庄女人的影子。洞明世事，心清如水，以良知作为买卖的底价，这是《花市》里的美，也是西慈亭人的美。

陆秀霞大姐，是大山先生的邻居。上次来西慈亭，我与她一见如故。在大山旧居前的井台上，我向她打问，陆妈妈这一向可好？那个陶罐可好？霞姐连说好，好，一路微笑着，恬淡、安稳。一只随用的陶罐，是大山一家返城时留给陆妈妈的念想。大山在西慈亭成家后，村里给盖了房子，与陆妈妈家做邻居。当年才几岁的霞姐，经常听大山先生讲故事，也时常帮他家带孩子。两家相处，俨如亲人。40多年了，霞姐还经常想念大山先生从县城带回来的动物饼干、糖果点心。她说，先生是个热肠人，他编剧本、演节目，年根下给人们写对子。他不贪图啥，就是想跟乡亲们一起好好过日子，把日子过出点儿声响和滋味。

日子的声响和滋味！这话有意思。一个好的作家，一定是这声响和滋味的发现者和欣赏者，比如杜甫的《江畔独步寻花》。同时，他也一定是这声响和滋味的参与者、创造者和引导者，比如大山先生于西慈亭以及之后的"梦庄"。

有陈姓老汉在土豆田旁边的瓜畦里施粪。老陈六十出头的样子，黑红脸膛，说起话来挺文气。大山先生刚到西慈亭下乡那会儿，他还是半大小子。他说跟大山是邻居，最爱听大山讲故事，看他带着俱乐部的人演节目。"挺平常个事儿，到了人家嘴里，真是哏儿得不行。队里开个会，他也能给编个节目，在大喇叭上广播，大伙儿都听着新鲜，爱听。"我问老陈是大山的前邻还是后邻、左邻还是右邻。老陈有点儿羞赧，他说，是远邻。说完又补充，多半村孩子都是大山迷。一个村子能有多大，远邻不远。

西慈亭村北的瓜田连着麦田，麦田又连着花生田、土豆田。小满麦扬花，大片大片的麦子，锋芒正劲，又威武又挺秀。瓜田里，甜瓜、菜瓜、黄瓜的秧子爬满了架，青黑叶片间闪烁着细软黄嫩的小花，明亮而调皮。比瓜花更耐看的是土豆花。几百亩的土豆田开起花来，一朵一朵素气的、不起眼的紫，在日头下漾起一团一团一团的紫雾，一直缭绕到天空里，幻化成天边的一架虹。

与大山先生两个儿子永辉和小勇几次交往，成了朋友。小勇跟我讨论一个问题：你说，送文化下乡，这个提法全面吗？我一时语塞。这个，我之前还真没有认真思考过。小勇说：其实，咱中国最优秀最鲜活的传统文化，原本就在乡下、在农村嘛！他这番话，启示了我看待作家和生活的另外一个角度。譬如芳邻，一定是相互欣赏和悦纳、相互给予和点亮的。贾大山出名后，舍不得调到省里或市里工作，他说：离开了正定这块土地和我熟悉的人，我到了省里还能写什么？还能干什么？此言切切。

漫步西慈亭，有千朵万朵的庄稼花儿，俊的花，丑的花，艳的花，憨的花，它们奔跑着、雀跃着、欢笑着，扑入眼眸。

# 梅　花　引

## 曹雪芹的错

我爱梅花，半是因了曹雪芹。

赏梅、乞梅、分梅、咏梅、饮梅、用梅，《红楼梦》真是把梅花写绝了。

最是第四十九回、第五十回，与梅花有关的情节和故事，笔酣墨畅，读来不忍释卷，心向往之。

> 只见宝玉笑嘻嘻地擎了一枝红梅进来，众丫鬟忙已接过，插入瓶内。众人都笑称谢。宝玉笑道："你们如今赏罢，也不知费了我多少精神呢。"……一面说一面大家看梅花。原来这枝梅花只有二尺来高，旁有一枝纵横而出，约有五六尺长，其间小枝分歧，或如蟠螭，或如僵蚓，或孤削如笔，或密聚如林，花吐胭脂，香欺兰蕙，各各称赏……

之后每提及"梅花"二字，便有一枝傲雪红梅在心中悄然怒放，并且笃信梅花的花期是在大雪纷飞的深冬。爱上花卉摄影，那安放于心头的梅花，自然成为最期待的拍摄对象。我渴望像宝玉那样，在一个大雪没膝的日子，沿着一股寒香，踏雪寻梅。

然而，寻觅了一个又一个冬季，整个世界，都不见梅花的消息。倒是前年春节以后，沪上好友芳芳为我遥寄一枝梅。那是开在冬末春初的梅，宫粉，自网线这一端的屏幕上下载，似乎还能嗅到那一抹暗香。

"上海的梅花要在二月底三月初才开，北京的梅花岂不更晚？"如此自问，不由得心头一凛。我愈加关注梅花的花期问题，陆续搜罗关于梅花的研究文字。

太平天国南京《萌芽月令》记载，咸丰十年（1860 年）"立春九，红梅花开，青梅出蕊……雨水二，青梅花开"。现代气象学家竺可桢先生从气象学角度分析，曹雪芹生活的清朝康熙年间，正是中国气候 5000 年来的最冷时期——小冰期。从 15 世纪一直到 19 世纪，北京当时的气温普遍要比现时低 2℃，运河京津段一年中的封冻期长达百余天，比现在要多一倍，露地栽植红梅的可能性不大。而中山陵园梅园的农艺家最新研究得出结论：梅花开放的适宜温度为低温 3℃以上，高温在 12～13℃。

古代众多咏梅诗中，也无不把梅花和春联系在一起。唐朝张谓《早梅》："不知近水花先发，疑是经冬雪未销。"元朝王冕《梅花》诗："三月东风吹雪消，……无数梅花落野桥。"就连曹雪芹自己在《红楼梦》第五十回中的咏梅诗也不例外:"寻春问腊到蓬莱""魂飞庾岭春难辨""江北江南春灿烂""春妆儿女竞奢华"。

这就印证了一点:我国大部分地区梅花不是开在严冬,而是在初春。自南向北,越北越晚。黄河以北,特别是更北的河北、北京地区,则不适宜露地裸植。

却原来,京地无梅,更不可能有曹公笔下寒冬十月"白雪红梅的琉璃世界"。是曹雪芹犯了常识性错误,还是这位伟大的文学大师,大胆颠覆物候的一般规律,为读者心中植下一株天底下最美的红梅?

## 蜡梅非梅

梅兰竹菊四君子,梅居首。

文友郝卫宁女士写散文《寻梅》,开篇第一句,"我爱死梅花了"。直抒胸臆,真诚而敞亮,替许多人说出了心里话。如我者众,渴望像宝玉那样,踏雪寻梅。

有一年三月,庄儿里下了一场春雪,刚好是蜡梅的花期。一时间,植有一二十株蜡梅的平安公园聚集了大批赏花人,高峰时人比花多。更有摄影发烧友,长枪短炮,闻风而至。"蜡梅飘香",印到了报纸上,演到了银屏上。

踏雪寻梅——大家长舒一口气,终于梦圆。

我是个不识时务的较死理者,在一学妹咏"梅"的美文博客发表评论：蜡梅不是梅。不知道她读后扫兴有几分。

蜡梅，蜡梅科，蜡梅属。李时珍《本草纲目》记："蜡梅，释名黄梅花。此物本非梅类，因其与梅同时，香又相近，色似蜜蜡，故得此名。"清初陈淏子《花镜》云："蜡梅俗作腊梅，一名黄梅，本非梅类，因其与梅同放，其香又相近，色似蜜腊，且腊月开，故有是名。树不甚大而枝<u>丛</u>。叶如桃，阔而厚，有磬口、荷花、狗英三种。"

因南地蜡梅腊月可见花，别称腊梅，已经有些牵强了。其与蔷薇科、梅亚属的梅花，连一个老祖宗都攀不<u>上</u>，我又奈何。

蜡梅非梅，却得梅之神髓。

今岁，春寒。难得，儿童活动中心的几<u>丛</u>蜡梅也开花了。

清晨，去那里散步。一股股扑鼻的清香，让我愣怔。原来，连续几年怀满枝瘦蕾，却引而不发的蜡梅，竟然开花了。一一端详，那些不起眼的小花，磬口，紫心，好似陈淏子描述的"世珍"。

雾霾弥散的晨光中，蜡梅花儿朵朵，是阳光般的色彩和态度。

有人说，蜡梅，是严冬写给初春的诗行。此言不谬。庄里无梅，却有蜡梅，一幸也。

# 梅花四系

去武汉大学赏樱花，无意间步入梅园。已是三月下旬天气，那园中尚有粉花灼灼，蜂飞蝶舞，妩媚风流。

这花，与紫叶同发，且有一段花梗，不太像梅花。问学子，皆说是梅，言之凿凿。再打量，叶似李，花如樱，蕊类梅，可谓"李为衣裳梅为心"。莫非叫作李梅？

在新浪博客结识"一苇彴"老师后，存于心中两年的疑惑终于解开。原来我所见武大之"梅"，叫樱李梅，又称美人梅，为紫叶李与梅花中的宫粉品种杂交。

"度娘"说，梅花有四个品系：真梅系、杏梅系、樱梅系、山桃梅系。从狭义上看，除了真梅系，其他名字里有"梅"的花，都不算梅花；从广义上讲，四个品系的子子孙孙，都姓梅。

梅花，作为最古老的中国文学形象之一，作为中国文人心中最磊落高洁的君子，怎能不拿出兼容并包的襟怀？而一个欣赏者，又何必作茧自缚呢？

这个春天，我与形形色色的"梅花"和解。

初春，我几乎天天去拜访蜡梅，并且顺访与红梅有些许神似的红花贴梗海棠。仲春，是榆梅的好日子。单瓣榆梅，花形小，花瓣剔透，颜色淡而不薄；重瓣榆梅，有粉红和胭脂红，骏黑的老干上，或单挑出一两个细枝，疏疏朗朗一两朵花，便有了几分梅的韵致。有一种绢梅，骨朵是淡绿色的，花朵小而密，洁白胜雪，颇得梅花之冷艳。垂枝桃梅，深红，艳丽中透着几分冷峻。

杏花，最有梅的风度。红蕾，艳而不妖；盛开，白衣如雪；细品，暗香流泻。王安石《红梅》语，"北人初未识，浑作杏花看"，本是为了抑杏扬梅，我却以之印证杏与梅的相似。

宝玉《访妙玉乞红梅》诗有句，"不求大士瓶中露，为乞嫦娥槛外梅"。我无处乞得红梅，却曾拾取西山农人剪下的多余杏枝。回家，插于瓶，三日发花。

# 梅 花 引

中国古典名曲《梅花三弄》，数千载流传，家喻户晓。

相传，古曲《梅花三弄》创作者为东晋名将桓伊。淝水之战后，桓伊功成身退，带着心爱的笛管来到少年时曾客居的衡阳云锦庵。桓伊爱云锦的梅香，如痴如醉。一个冬夜，下起了大雪。清晨，放眼窗外，正是"梅花燕支雪"。顿时，灵感如电光石火，他立即记录下来，谱就梅花调。曲成，兴致勃勃地手握笛管，照谱吹奏。那清雅、悠扬的笛声绕过殿宇，穿过梅林，直上云霄。

《梅花三弄》，又名《梅花引》《玉妃引》，相传由唐朝训诂学家颜师古移植为琴曲，音乐中代表梅花形象的曲调，

125

在不同段落中反复出现三次，此为"三弄"。聆听《梅花三弄》，潺音串串，梅花点点，正是"漫弹绿绮，引三弄，不觉魂飞"的意境。

唐以降，中国气候渐渐转凉。除了岭南地区，梅花不能在深冬绽放了。衡阳云锦庵的"云锦梅香"，与桓伊清雅的梅笛一起，定格于古代温暖的季候里。但梅花傲寒斗雪、高标风流的形象，与《梅花三弄》一起世代相传。

隆冬，是梅花孕蕾的季节。一剪寒梅，傲立雪中，虽无胭脂颜色，但那瘦弱的新蕾，却在最冷枝头历尽一番彻骨寒。冬末梅花开，我没有理由不为那迎寒绽放的报春使者而感动。

看人间多少故事，最销魂梅花三弄。感谢桓伊。

# 紫藤夜语

## 一

河北文联小院有两株地标性植物，一株是紫藤，另一株也是。葳蕤两架自成林，紫霞绿波两宜人。

作为紫藤家族的一脉，生长在文联小院，无时无刻不感到一份格外的荣耀。紫藤的文艺气质，最适宜中国园林，中国小院。藤花开时，如璎珞流苏，如紫玉悬垂，多少文人墨客流连吟咏。史上有名的紫藤，有明代大艺术家文徵明手植的"文藤"，也有正定王士珍故居的百年老藤。曾在河北鹿泉李村生活的大画家吴冠中，是个画紫藤的圣手。据说，河北文联在保定时，院子里也曾植有紫藤。紫藤的家族史，枝枝蔓蔓都有文艺的润泽，见证着文艺人的情怀。

我们生长在院心，与北侧的办公楼朝夕相对。往西数十步是座三层配楼，背身则是各艺术家协会展示长廊。每有客至，转过大门口不长的过道，入眼第一道风景便是紫藤挂云。"哟，这么大架的紫藤，真有范儿，是文联的树。"每当听到这般赞美，我们内心是骄傲的，忍不住跟人家嘚瑟一句，文联有个新媒体"创推"栏目《紫藤树下》，就是以我们命名的，你一定看过吧，那里边的人，才叫有范儿。

来文联定居多久了，连我们自己也记不清楚。反正，这里是我们相亲相爱的家园，我们也是这里不可或缺的主人。在这里，我们结交了好几位芳邻，比如办公楼墙上枝蔓缠绕的爬山虎，传达室旁东院墙上恣意生长的凌霄花，还有通路边上高大的泡桐树、悬铃木和钻天杨。当然，我们还结交了这里的鸟和其他生灵，长尾雀、白头翁、珠颈斑鸠、树雀、狸猫、刺猬、蚂蚁、蚯蚓。百木竞秀，万物生长，我们的小院是一片福地。当然，最最重要的是，我们结交了这个院子里的人，有高山仰止的艺术名家，有各行各业的领军人物，有的则属于"燕赵秀林"。无论年资身份，回到小院，都是一家人，面若春风，亲切随性。这院子里的年轻人尤其喜欢我们，尤至花季，茶余饭后，小伙子、姑娘们拿着手机咔嚓咔嚓拍个不停，发朋友圈，发微博，发小红书。一不小心，我们成了文联小院的名树，确切说，是名藤。

名藤也有不开心的事。办公楼里一个叫小雪的，是我们最要好的朋友，她曾跟我们讲过一件事：从石家庄市美术馆采访书美摄大展毕，坐出租车，司机问目的地，答：文联。司机快语，文联我知道，市庄路上，一座不起眼的小楼儿，不仔细找连大门口儿都找不到，一看就不是什么重要单位。记得那是四月初的一个中午，我们正花季，沉甸甸的花穗垂挂枝头，如霞似烟，卓然灵动。如此美景，小雪却全无心思，呆呆看了一会儿枝头的蜜蜂就上楼了。望着她有些疲惫的身影，一时间我们开花的心情也有些意兴阑珊。

二

去年秋天，我们结识了一个新朋友。文联的老少，都喊他书记。一早一晚，书记常常在小院里散步。他散步，跟别人不同，别人都是累了调剂调剂，看看白云绿树，看看花花草草，他却边边角角、旮旮旯旯地转，似乎在研究什么。作为地标性植物，我们两架最受青睐的紫藤，倒很少被关注。有时候，他领着老相等人一起散步，这里指指，那里画画，好像在给小院挑毛病。今年春暖花开，午饭后在院子里漫步聊天的人多了起来，书记也常常在人群里，跟大家聊得好不热闹。书记老是说，咱们文联得关注大事、打造作品、形成亮点、推出名家，提高在河北大局中的活跃度和贡献度。说过几次，连我们也记住了。细细思量，真是这个理儿。作为文联小院的紫藤，我们的地位也跟文联的活跃度、贡献度紧紧捆绑在一起呢。

夜深了，紫藤架上月华如洗。办公楼最后一盏灯熄了，小院沉入深深的宁谧。我们也要睡了。此时，凌霄花偏偏把风派过来，拍动我们的肩膀，请求开个卧谈会。要知道，她在我们藤本三兄妹中可是最藏不住心事的。开起花来，简直火炮仗一样，这就是她的性格。她想跟我们说什么呢？哦，

129

白天曾有工人在凌霄花的花格架旁又量又写鼓捣了半天，说是要更换内容，她一定等不及想知道。这件事问我们紫藤，可真是找对人了。前些天，办公楼门楣挂上"听党话、跟党走，繁荣创作、服务人民"的金句，又鲜明又有力量，凌霄花早羡慕透了。我们猜，凌霄花的花格架一定也会焕然一新的。果不其然，文联几位领导在院子里低声议论，花格架那个位置，就数"团结引导、联络协调、服务管理、自律维权"十六字最合适。花格架，古色古香，两厢和架顶上凌霄匝绕，显得既端庄又灵秀。文联"职能"镶嵌于此，赋予其更深沉的灵魂，这是一件多么光荣的事！

光荣的何止花格架和凌霄花。我们的家，这处位于市庄路66号的小院，诚然是内敛的，不事张扬的。文艺创作需要沉潜，需要板凳甘坐十年冷，需要十年磨一剑的痴情。但我们与其他院落相比，又是那么卓然不同。习近平总书记说："文艺事业是党和人民的重要事业，文艺战线是党和人民的重要战线。"小院人，包括小院的一草一木，都深深感怀于沉甸甸的重托和责任。在中国庭院布置中，可以有美树，有亭台，有小桥，有流水，有奇石，像河北文联小院这样，把"金句"和"职责"精心制作悬挂于最显要、最引人处，时时提醒小院人，我是谁、为了谁、怎么干、如何走，这确属小院文化的独特手笔。文联小院，就要彰显文联的责任，彰显守正创新、培根铸魂者应有的新担当、新作为、新风貌！

# 三

小院更靓了。

这小院里的人啊，进进出出的，走路一阵风，看起来比以前更忙碌，却也更干练、更自信。春节之后，总有车停在我们藤架旁边，在做好常态化疫情防控的同时，一拨又一拨艺术家从这里出发，去雄安，去阜平，去崇礼，去塞罕坝，去平山、正定、藁城、栾城……采风、创作、辅导、调研。小雪告诉我们，文联正组织开展"四个过硬"能力素质提升行动，简单说就是要打造一支政治思想过硬、业务本领过硬、责任担当过硬、作风纪律过硬的高素质专业化队伍。这可又是河北文联的一个开创性行动。

小院里喜事连连：大画家祁海峰的《太行回响》《雄安畅想》，中国共产党历史展览馆收藏，中宣部致信表扬；十万"福"字赠乡亲，《光明日报》等大报大网进行报道点赞；雄安新区建设发展五周年书法美术摄影展，创新性开启永不落幕的 VR 展厅；打造省会公共文化空间，戏剧艺术家彭蕙蘅工作室落户正定……

草木竞秀，鸟鸣啾啾，这如画风景，也没少给文联小院露脸儿。我们先后迎来了新华社河北分社的客人、省直工委的客人、出版集团的客人、长城新媒体集团的客人、影视集团的客人……"外联合、内融合"，在这个全新理念之下，文联各路亲戚朋友越走越近、越走越亲。春节前，有个"百年征程·时代华章"群众喜爱的歌曲曲艺舞蹈推优活动，河北文联联合了全国16省（市、区）文联，以及新华网、长城新媒体集团联办，参与观众超过千万人。这活儿干得真提气，连老天也跟着高兴。举办推介盛典那个晚上，瑞雪纷纷。紫藤架四角的红灯笼映着漫天白雪，如诗如画，如歌如咏。

打理好办公楼、西配楼门楣，书记又盯上文联小院多年一贯制的大门口。老相负责考察，没事老找爬山虎聊天、问计。爬山虎兄可是一棵有格局的藤，它的子子孙孙将枝蔓伸向办公楼每一扇窗，绿意摇曳，每每为伏案者送去清凉的慰藉。这个春天，它又绿幕般布满小院大门前的东墙。他正琢磨着，到了秋天，要为文联小院奉献一个红叶似霞的打卡胜地。

## 四

今天是个大日子，毛泽东同志《在延安文艺座谈会上的讲话》发表80周年。"燕赵秀林计划"河北省优秀中青年文艺人才座谈会在西配楼举行，《紫藤树下》第十六期"舞献精彩"大比武线上直播。

一大早，我们紫藤、凌霄、爬山虎、悬铃木、老白杨，就被喜鹊和树雀给喊醒了。门口有谁在喊：嗬，文联这牌子挪东边啦！这么一挪，还真提神儿。另一个道：就该这么鲜鲜亮亮的，真好！

# 微　观　草

## 小　黄　子

　　小黄子不是那条咬过人的狗，也不是北街卖焖鸡米饭的男人，它是我给一种草的命名。

　　小黄子匍匐在宁园的一叶兰花盆里，最初是一棵，两三根细针针的叶柄，举出三叶草形的叶片，看上去天真无邪、娇小无助。这小东西来无来处，去无去处，完全是一个寄居户。俗话说，寄人矮檐下，不得不低头，它懂得这些，果真将自己身份拿捏得很好。一叶兰高个子，一片一片单独的叶片披针形向上伸展，宽袍大袖，颜色墨绿，俊美无敌。小黄子一百片叶子也顶不上一片一叶兰，它的叶子圆圆巧巧，白天全部打开来还不如我的无名指肚儿大。它的生长，完全是靠一根匍匐茎一节一节往外够。小小的一抹，被我和一叶兰忽略不计。

　　忽而，小黄子已非孤独的一棵，它变了"它们"，覆满一盆，乍看就像高大雨林植物脚下的小草小藤。它们爬出盆沿，悬垂攀缘，直向盆底方向探着身子前进。阳光从我家窗上温柔地照过来，小黄子们碧叶田田，开出极为灿烂的明黄花朵，成为一叶兰叶底一景。每一道光，都鼓舞着那些五轮小花朵的情欲，传粉、怀孕、生育，叶丛里一组一组狭长的蒴果傲娇地擎出来，结实得似小棒槌。俨然，这里已是小黄子们自己的家，与一叶兰无关。至少，大家共有家园，吃的，喝的，阳光，空气，土壤，谁愿意用多少用多少，各取所需，甚或各抢所需罢了。

几乎整个秋天，我都在外奔波，多日没有打理宁园。三盆巴西木、两盆吊兰，哦，只要有裸壤的地方，都是小黄子们的天下了。接天莲叶无穷碧，映日五轮别样黄。长亭外，古道边，小黄子碧连天。再见小黄子，竟让我语无伦次，情绪有点儿失控。

既然它蛮霸如此，我也不是什么好惹的。怀了一番赶尽杀绝心，不管三七二十一，连茎带根一番撕扯，拔除的小东西们竟盛了多半簸箕。润泽的泥土，从密匝匝的匍匐植物中解放出来，一股亲切的清香冲入鼻息，畅快淋漓。一叶兰、巴西木、吊兰，各得其所，回到本来的秩序。

白天。在书房。这世间，安静得只有我和书的私语。忽来响动，噗一声，噗一声，噗一声，气枪的声音，像是谁在射击。书房和阳台的宁园相连，紧着移步过去，却无任何可疑。长寿花粉红寂寂，莫非只开花不结籽的缘故，再热烈也少了那么一点儿活泼欢愉。巴西木开花香得没命，分泌一种精油，能把人熏昏。前一天见有花穗，马上剪去。为此拉了仇恨，刚刚剪过花穗，它总是沉默，对我爱理不理。一叶兰的叶子有点儿蔫儿，也许昨晚失眠，也琢磨着开花的事。这种植物又叫蜘蛛抱蛋，百合科，繁殖也靠分株，据说楔形的基部能开一种很小很小的花，我却从未得见。

小黄子们！嚯，小黄子们又出现了。不是一株，是一个家族。五轮小花朵，搂着阳光，笑嘻嘻对我说，你的几番打杀，又奈我何，我祖祖孙孙，绵绵瓜瓞，打不尽杀不绝的。

这次不想跟小黄子置气。回书房，刚坐定，又有噗、噗、噗之声。只是不理，就当我耳朵有问题。青天白日，纵有蟊贼草寇，还真能无影无形不成？

洗衣，无意间扫视阳台白瓷砖墙面，斑斑驳驳，布满红褐色小小颗粒。怀疑虫卵。蚊子卵吗，又无蚊子打扰。什么卵呢？一顿恶心。挂衣服，动作大了些，碰到一叶兰花盆，不经意揭开谜底。原来小黄子的蒴果熟了，稍稍一点儿外力，哪怕一缕阳光的力量，便噗一声裂开喷射出去，直接挂上墙壁，落在地板砖上和盆土中、盆托里。一颗直径不过一毫米、重量不过半毫克的种子，射程远者两三米，近的也有二三十厘米。这是不是相当于人类把一颗卫星发射到太空那样的工程，如果墙壁在更远处，它们是否能也能准确射中，不得而知。

小黄子的种子，让我生出一种复杂的情绪，忌惮，甚至有点儿佩服。最初，一叶兰花盆中的那粒种子，说不准就是我从野外带回来的。它那么小，喷射在土壤里，隐藏在人的身上，跟着一棵菜、一个大一点儿的果实，随随便便就能登堂入室。它的生存繁衍力太顽强，拔了生，生了拔，的确麻烦。但小黄子小小俏俏的样子，倒也不是多么无趣。

我时不时还是要清理各个花盆里不节制的小黄子，但已经不那么认真，也不那么生气。小黄子能结海量的种子，还能宿根，它是认真要在宁园活下去。

对于一种认真的植物，我不能毁它太深。

# 南 天 七

南天七。嗯，我决定这样叫它。这个决定，内心里有一星星儿是针对小黄子的。作为观赏草的南天七，叶片比小黄子大两三倍，花柄高高擎出，粉红的花朵如舞裙，又鲜妍，又端丽。

小黄子和南天七，其实广义上都是酢浆草，同界同门同纲同目同科同属，但不同种。论说起来，开小轮花的小黄子，才是酢浆草本种，既结籽又宿根，脉系纯正。而开粉红色大轮花的南天七，学名唤作红花酢浆草，在漫长的进化过程中，它一定杂糅了其他植物的基因，说难听点儿有杂种嫌疑。酢浆草们如搞连宗，还是小黄子为上。

去年春天，忽然想养一盆红花酢浆草。到当当网去找，果然有。一场大疫，彻彻底底让我向网购缴械，买个酱油醋花椒麻椒辣椒，也在网上。

电商很快寄来了 22 枚种球。包装很好，基部带着簇生的叶芽。原本脑子里只有红花酢浆草开花的样子，开成一片一片的，又壮观又浪漫。有次在杭州西湖附近游玩，遇到一片红花酢浆草，喜欢，居然改变行程，跟它们厮混半晌，不肯离去。这次亲自栽培，才发现它的种球和叶芽也很可爱。叶柄长长的，顶端弯曲，连接着小小的叶苞，形似一支如意。这是叶子的胎儿呢，紧紧闭环为扁球状的叶苞，披着绒绒的白绿色光，由叶柄连通它的母体，长圆的种球。而红花酢浆草的种球，有多年生母球，母球生芽球，芽球生叶球，叶球长够一定年份，就是新的母球。玩家把多年老球半裸植在盆土中，生出几枝纤弱的叶子，像一件老桩盆景。

有的植物是种子繁衍，有的则是宿根。小黄子这个花族，二者通吃。南天七是否能像小黄子那样结籽，我最初没有把握。有经验的花匠，都是用种球分株。如果只宿根不结籽，从繁殖力上，南天七就输给了小黄子。我先在宁园栽了 7 个种球，又在办公室栽了 8 个，剩下小的、碎的，埋到巴西木、吊兰的花盆里。当然，做这一番功课之前，我再次对霸蛮的小黄子们进行了一次清理。我满心里希望这些南天七迅速开枝散叶，为我收复被小黄子强占的广大疆域。

人有时候就是这么奇怪。同样是酢浆草，上苍白白送的小黄子，被我讨嫌，遭我清洗，而当宝贝买来的南天七却得到精心呵护，一天两三次去看它，去陪它。想想，也真不公平。我讨厌各种的不公，却乐得自行制作不公。可见，也是

137

多标准主义，并非君子行径。

朋友介绍了几种酢浆草新品种，初恋、熔岩、黄麻子、紫叶芙蓉、大饼脸、大马士革玫瑰、白花红喉、铜红、杏仁冰淇淋、紫色星辰，花儿的俊模样几乎品品胜过南天七。如果说从小黄子到南天七，是大自然的选择，这些新品，则依靠人工选育，不同种属植物间的杂交、转基因，如此等等。这当中，黄麻子也许最接近小黄子，黄色小花朵，绿叶片上布满黑色的小麻点儿。紫色星辰的叶子呈细长针形，形貌已经与酢浆草完全不搭界。植物演化过程有了人工的干预，果然不同凡响。

我还是更喜欢南天七。我爷爷六七十岁种过一盆，放在窗台儿上，每天上午太阳出来，它就开得满盆细小的粉红色花朵，嘤嘤嗡嗡的，像在跟着爷爷念他的《古文观止》。太阳西斜，花朵的小伞悄然闭合，夜幕来临，每一个叶柄上的三片小叶子也会慢慢合上。爷爷管它们叫夜合梅，也叫它们见日开。爷爷说，夜合梅知昼夜、谨作息。

其实，红花酢浆草不光夜来要休息，它还是一种需要休眠的草。办公室里长得熙熙攘攘的一盆南天七，至盛夏，说败就败了，刚开始像个谢顶的男人，脑门的头发丢了，接着是后脑勺也光了，最终满头的青丝都丢掉了。扒开盆土，小小的种球躲躲闪闪，竟浑似僵尸，一时间意趣全无。

入冬，充足的暖气颠覆了许多植物的季节伦理。南天七们呼啦啦冒出新叶，不几日就超越了小黄子。巴西木盆里的南天七，竟覆盖了小黄子，连吊兰也给它超越了。霞粉色的大轮花，在宁园里四处飞舞，小黄子当初的霸气已不值一提。

一季河东，一季河西。红花酢浆草不结籽，但它休眠。会休眠的南天七，似乎比不会休眠的小黄子技高一筹。

# 水　仙

　　几年前见过一次水仙图，是郝建文老师女公子郝颉宇画的。她画那幅钢笔纸本时方六七岁的样子，现在已是位颇有才华的青年画家了。颉宇画的水仙，时常出现在我的脑际，有时候我甚至误会，我的脑袋里养了一盆水仙，雪白的根须，翠色的叶子，疏疏的几朵花，有香气从脑中飘出来，满屋子都香了。

　　艺术这东西，易传染，且终身无法治愈。

　　快进腊月时，我真的网购了一箱。六粒装，漳州水仙，复瓣，店主是自产户，姓林。箱子里附送水培指导书一页、矮壮素一袋，说莳养中有什么情况可随时跟网店联系。

　　朋友 L 说，她养水仙有过失败的教训。温度、水和光的调节失控，植株疯长，鳞茎能量早早耗尽，花葶细弱，花苞没有来得及发育好就枯萎了。北方暖气房里养水仙的诀窍，一是控温，二是控水。弄不好，等级再高的花球儿，也开不出一盆像样的花。

　　我决定严格按店家的指导书养活那些从几千里地来的宝贝。先养根，控制植株高度，每晚临睡时滗净盆里的水，安放到阳台落地窗玻璃旁。那里夜间温度左不过七八摄氏度，刚刚萌动的水仙，喜爱环境里的轻寒。

如此十日。花球的根须在茎盘下一点点伸展，白白嫩嫩的，铺展于五彩石子之间；叶子也从鳞茎顶端的鞘囊中露出来，佛焰状的花苞潜藏在两片拥紧的叶子之间。水润的石子，清爽的须子，油润的叶芽，这样一盆几案清供，离着花期尚远，其敦厚而蓬勃的生命之姿，已经让人喜欢。

因在阳台种微园，滋生了"小黑飞"。这种小生物，是不是二十四小时能繁衍好几代？我不懂得。它们喜欢湿润，却怕水，扎到水里即刻毙命。我两盆水仙，成了"小黑飞"的诱捕器。每晚滗水时，无数小生灵的尸体冲入下水道，完成一种生命的告别仪式，心中并无畅快，反有一种痛惜。生物学家索尔·汉森说，生物体之间有一种互动关系，叫协同进化。关于进化的研究，需要一个很长的时间单位。其实，截取任何时间的片段，都存在着生物体之间的互动和共生。绿植和小黑飞，小黑飞和土壤腐殖质中的真菌，还有作为房屋主人的我，是平等的存在。我选择了爱那些离不开肥沃泥土和湿润环境的绿植，就等于同意了土壤真菌的繁殖和小黑飞的安营扎寨。作为高等级的智人，我并没有尊重生物学意义上的众生平等。

因为今年水仙养得好，忍不住到微信朋友圈里晒图。从初花，到盛花，好不得意。以黑色玻璃茶几为背景的水仙图，屏蔽了纷乱的杂色光，叶子干净，花朵玉一般润泽、玲珑。实际上，摄影作品有一定"欺骗性"。比如，自然植株的花，花期不同，开得早的，六瓣翼瓣已经慢慢失水失色了，佛焰苞的总苞在完成呵护花朵发育的使命后，也萎在苗壮的花梗下。还有，生命初萌时，水仙的根须那么水嫩、白皙，当其进入盛年，却老了，丑了。我在拍摄特写时，有时会设法略去这些生命过程中无可回避的细节，只把最好的视角、最好的瞬间，呈现给读者。一帧艺术图片，甚至已经与作为原型的花朵、植株完全不是一回事。换一个方式说，我拍摄的水仙图，是另一个时间轴上的水仙，是我个人生命的一种盛放。

　　网上购物，下单的动力，也常常来自图片，店家晒出的图片。这些商业目的的图片，也会选择最好的角度和最好的瞬间。我选这家林氏复瓣水仙，就是根据图片和报价综合分析的结果。第一粒花球开花，却是单瓣。小小的失落，马上被那些小仙女般又活泼又纯洁的花朵给荡涤一空。每天下班回家，夜色已经笼罩了房间的每一样物什。我舍不得马上开灯。昏暗中，满屋子清甜的花香，像音乐一样萦绕，那种美的享受，是灯光下所没有的。几案上，有荧荧的光，我的心里看到白衣胜雪的小仙子在叶丛上舞蹈。

　　偶尔也会记起，我买的水仙应该是复瓣的。可是，谁又能保证，不是那些调皮的小仙女着急下临凡间而穿错了衣裙！花农培植水仙是以亩为计算单位的，一亩地有上万粒花球，上市之前，要人工进行品种和等级的分拣。一粒花球，从一个小鳞片开始到成熟，要两至三年。水仙花球，长得有点儿像百合，也像大蒜，它是百合目石蒜科的被子植物，被古人称为"雅蒜"。收获水仙花球的劳动，比北方人在地里起蒜更繁重。分拣水仙则要依靠眼睛的经验，也靠人心的秤杆。

我等待着其他五粒花球的花期。等待，只是时间里一款优雅的游戏。无论是我的网购判断力，还是林氏水仙花店的诚信，都无须等待之后的答案。水仙在中国有一千多年的栽培史，第一个喜欢水仙清供的人，已经走在一千年的时间之前。那时清雅的单瓣受到推崇，亦如当下复瓣以丰腴之美受热捧。环肥燕瘦，审美的流变，本无对与错。

没有爆竹的城市年夜，空静。所以，楼中突然响起的琴声让我内心里好一阵激动。猜不出这琴声来自哪一层、哪一家。应该是练习曲吧，像一脉童稚的山泉欢跃而来。叮叮咚咚的声音，是泉水在奔跑，在腾跳。接着，就有了一个停顿，应该到了山的拐角处。那里有一片温软的黑色泥土，泥土之上，也应该有一蓬开花的绿植。

我的小仙女，终于有一朵穿多层纱的白色舞裙下凡了。两朵，三朵，五朵。整粒花球的十株花箭，高高地挺出油绿的叶<u>丛</u>，无数小仙女在空中表演春之舞。

读到郝颉宇微信公众号新推发的消息，这个春节，她又143画了一批水仙线描画。她说，这十几年来，每逢春节画水仙已经成为一种习惯。

在北方过春节，我想不出什么水培绿植，比一盆盛开的水仙更美。有几个朋友跟我要林氏花店的网址，我即刻发了过去。

八
月
黍
成

# 敦煌草市

## 敦 煌 杨

空宇浩瀚无际，若蓝水晶，却更透。

飞机很稳，仿佛悬停，连记录时间的表盘也悬停于某个神秘的刻度。内心有种不能承受之轻。且把目光从虚空的蓝水晶移开，去俯瞰大地吧。数千米上万米之外的大地，才更坚实可亲。此时，飞机正如魔法师一样拨弄着地球的画轴：起初，画面是浓得化不开的碧绿，接着是愈来愈疏朗的苍绿。由苍绿而土绿，由土绿而土黄，而黑黄，而沙白。画师笔醘墨饱地画完燕山之后，再向北向西，情绪一沉，转而惜绿如金，终至连点染都省了。

北京至敦煌，航距 1915 公里，穿越中国荒漠半荒漠地区大半。如果不是那次飞行，也许永不会有如此直观感受。

就要抵达。飞行高度下降，地面色彩突然与那些荒漠色一刀两断。又见绿意！深深浅浅，浓浓淡淡，被道路分成一格又一格，被田埂隔成一畦又一畦。这绿，不同于燕山。燕山的绿，是被北中国的好风好水多年将养的颜色，而这绿则是刚在沙场中经历一场肉搏的战士的绿军衣。

飞机上俯瞰，终究目距太远，那些绿，是写意的线纹和墨彩。乘坐大巴出三危山、鸣沙山相环的敦煌机场进入市区，终于见到了手舞足蹈、欢歌笑语的大西北的绿。这些绿中，最熟悉的、最惹眼的，当然是钻天杨。

正午时分，白白亮亮的阳光，恣情拥抱着大地上一切生灵。钻天杨颀长的身姿，或一棵两棵，或成排成群一闪而过，瞬间便把我的心征服。它们，多像敦煌古城执守的卫士，英挺，俊朗，神采奕奕。

所住的宾馆，院子四周也栽植着这样的钻天杨。所有枝丫一律笔直向上，甚至每一个叶片，都笔直地挺立着。挺立的叶片，挺立的枝丫，组成独特的修长的树冠，更显出整株树的颀长。长身玉立，这杨树是独独为一个成语作注脚吗？这哪里是杨树，分明是树形的人，大地上挺立的人。

真正的钻天杨啊！向上，向上，向上。坚毅，恒定，它们要刺破青天，把大西北的膂力挥斥于星空。

杨树，在华北平原属于最普通的树种。随便一个人家的屋后，就有一排杨树。杨木打家具，不如椿木、水曲柳，盖房子不如松木、榆木，但它生长快，树身直，在 20 世纪七八十年代，对于急着盖房子娶媳妇的人家，没有比栽一排杨树更便宜的办法了。杨树，还是天生的乐手。夏夜，即使有一点儿小小的风过，杨树都会欢快地哗啦哗啦鼓掌奏乐，让劳作一天的农人生出小小的欢愉。杨树，也是农田防护林网建设的主力树种，成片栽植，树干高大，枝叶繁密。李白那句"平林漠漠烟如织"，就总让我想起平原早春的杨树林带，素朴而静美。

在敦煌，钻天杨却有了熟悉的陌生感。那树冠的形状是陌生的，那生长的姿态是陌生的，那洁白如洗的树干更是陌生的。杨树，应该算是这里的客树，它不像胡杨那样知名，并且被赋予众多高贵的寓意；也不像梭梭，作为戈壁沙漠中的原住民，防风固沙的主力军，而被寄予那么重大的负担。据敦煌林业部门普查，这里古老的树种中，有白榆、桑树、刺槐、银白杨、旱柳、河柳。这柳的来路确切，左宗棠率部深入大西北平叛途中，湖湘子弟新栽杨柳三千里，引得春风度玉门，故事至今为人津津乐道。昆仑之阳，千里一碧。每一棵柳，都称左公柳的子孙。银白杨呢，与我所见钻天杨是否同门，无从考据。如果左宗棠老部下杨昌浚留下的杨柳诗可以为据，那么当年湖湘子弟"新栽杨柳三千里"，所栽树种，除了柳树，是否还应有杨树？再往前倒，这纯银树身的钻天杨，是否跟随丝路驼队而来，是否追随历代守关将士的马蹄而来？

敦煌杨，其伟岸、峭拔的身姿，确乎独树一帜。在修改这篇文字的时候，蓦然想起茅盾先生的名篇《白杨礼赞》。先生以为，白杨是属于大西北的树。而先生笔下的白杨，与我眼前的钻天杨，在形容和气质上，近乎完美契合。那么说来，钻天杨又不算这里的客树。大西北，那是多么辽阔的地

147

理区间，黄土高原算，这沙漠戈壁也算。

立夏时节，玉门关吹来的风已经把相距 70 公里的敦煌熏染了无数重。有种"神不知"梨，稠密的叶片间隐现着肥嫩的果实，而古老的沙枣树在整个沙州镇飘荡着馥郁的香气，蜀葵花也开了，飞扬着一丛一片的烂漫。行走在无风的早晨，若不是钻天杨的陌生感指引着，会以为这里就是成百上千内地小城中的一个。

当地朋友告诉我，敦煌其实绝少这种"风平沙静"的日子。看看钻天杨的树冠有多瘦，你就知道这里的风有多烈。向上，向上，向上，当任何的旁逸斜出、旁门左道都意味着刀风霜剑更严酷的摧逼，抱团儿、向上，成为钻天杨这个高大树种的唯一选择。大西北的风，重塑了杨树的品性。就像黄山迎客松形象，正是拜风的鬼斧神工。

我的乡党、敦煌学专家彭金章先生，在与妻子樊锦诗两地分居 19 年之后，于 20 世纪 80 年代调入敦煌研究院工作。在这里，彭金章选择了"考古沙漠"中的苦行，从 1988 年到 1995 年共计 7 年时间，带着团队对莫高窟北区进行 6 次大规模发掘，筛出文物 70000 余件。彭先生，也把自己活成了敦煌的一棵树，一棵顶天立地的树，钻天杨，甚或胡杨。

敦煌的绿，是生态学意义上的绿，也是人文学意义上的绿。两种绿相得益彰，敦煌才是敦煌。

# 刺 上 花

敦煌行，平生第一次见识到这世上刺上生花的植物。

从沙州镇通玉门关方向的公路，开在戈壁滩上。砾石横布的戈壁黑与平展展的沙滩黄犬牙交错着，伸向远方，直与低垂的天幕相接相吻。苍凉感，初为震撼，甚至带着丝丝的新鲜和好奇。稍久，便觉单调和压抑。一车的游客谁都不说话，几乎同一个姿势地把头偏向车窗外，连聒噪的小导游也让她那副伶牙俐齿暂时地缓下来。

满目荒原，荒原满目。只是，疲惫的视线中，间或闯入一丘一团的干黄，自远而近奔突而来。

是一种草吧？在这静默的荒原，我为自己这一发现而小小地确幸。抑或说，它们是草的遗骸，在经历了大漠季风一冬又一春的煎熬之后，修炼成了植物木乃伊。

车子继续向大漠腹地开进。更多的草丘、草团撞入视野，连成片，布成阵，甚至覆盖了那些黑色的砾石、风蚀的沙坑、沙漠洪水留下的白色印痕。这些草阵，也不再是干巴巴的黄，黄里分明掺杂着什么。对，是灰绿。渐渐地，灰绿压过了干黄，蓬蓬的，蔚蓝的天穹下，一个灰绿的草阵怪物一般扎住阵脚，似乎在等待着一场随时都会打响的战斗。

请教小导游，她傲娇地瘪瘪嘴，大概是看不起我这个荒漠盲少见多怪。嘴巴闲不住的小丫头，终于还是给我普及了

149

这种草的基本知识。草的名字叫骆驼刺，多年生豆科骆驼刺属半灌木。骆驼刺的根特别能串，就算是最渴最饿的时候，眼见裸露在地面的草棵子已经死了，可地下的根还在串，一直伸展到地下十米二十米的地方，一条根每年能长七八米。骆驼刺的身体无比强大，而且特别有心眼。它们身上所有的地方，都长着鼻子、耳朵，能准确判断水的气息。只要有一点点降水，它都能捕捉到，连个水滴仔儿都喝得干干净净。公路两旁为什么骆驼刺多，就是闻水而至嘛，因为路基比周围高，雨水自然滚落两侧。

到玉门关，我终于有机会零距离观察骆驼刺。

两千多年了，在中国的政治、经济、文化地理中，此关一直是一个令人瞩目的地标。张骞两出西域之后，汉武帝在河西走廊"列四郡据两关"，就是酒泉、武威、张掖、敦煌和玉门关、阳关。而今，漫漫雄关，只剩下一盘铁锈红护栏圈起的方正憨实的土墩子。再往西四公里，则有汉代夯土长城遗存。斗转星移，历史遗存就像冬春的骆驼刺，只以一架枯骨示人。但它们又何曾消失过，寸寸荒原寸寸遗风，直抵情感深处，盘根错节地恣肆生长。

发源于祁连山区疏勒南山与陶赖南山之间的疏勒河，在汉关北部漫溢出一派湿地气象。荒漠湿地，存世珍奇。鹅黄明绿的草甸子，镶嵌一洼洼蓝湛湛的水泡，如同缠绕在无垠荒原宽大的玉带。朦胧的雪山、轻盈的白云、欢愉的草甸，构织出六月敦煌母性柔美的景致。

借湿地的光，玉门关景区的植被格外苍翠。所谓植被，便是一色的骆驼刺。烈日朗照，骆驼刺肥厚圆巧的叶子、尖尖的利刺，皆闪烁着金属质地的光泽。有些植株，甚至打起了一串串绯红的花苞，花旗绽开，露出粉红的俏脸。

骆驼刺居然可以开花，可以如此妩媚可人。

短短几个小时之内，我竟然见到同一种植物在不同生长环境下如此不同的样貌，何其幸运。

不自主地去触摸那些精灵般的花朵，又倏然缩回了手。是骆驼刺的刺，它们刺痛了我的手指。我竟然疼得掉泪了。泪珠滴在骆驼刺圆融的小叶片上，映出一张中年虚躁的颜面，也映出人心的脆弱和畏怯。

骆驼刺的花是开在刺上的。换句话说，其腋生花序轴就是一根新生刺，是茎的延续，是未发育的枝条。小导游说，骆驼刺的刺，不仅是天生的护花使者，还能起到水分凝结的作用，刺上含有叶绿素，可以完成光合作用。

骆驼刺，刺上生花，刺上结果，它的荚果中有无数粒细小而坚硬的种子。这些种子随着风，随着沙，随着经过的人而四处播散。

骆驼刺和骆驼是一对命定的挚友。漫漫丝路，沿沙漠边缘一路进入新疆、进入中亚。驼队每天行程最多 40 公里，从敦煌到玉门关就得两三天。丝绸、瓷器、茶叶，骆驼负重而行，而人们又不可能预备多少粮草。骆驼一路找寻着骆驼刺的气息前行。骆驼刺的尖刺，常常扎破骆驼的嘴。而一头又累又饿的骆驼，是根本不在乎这点点皮肉之苦的。它们要把一大片骆驼刺啃光榨净，才能对得住骆驼刺粉身碎骨的奉献。世界上的物事就是这么奇特地依存着，比如骆驼刺给驼队的奉献，要用刺伤对方的方式完成，而骆驼刺种子的传播，也少不了驼队的襄助。

除了做饲料，聪明的人们还发现骆驼刺种子可以榨油，可以疗病。在中亚、西亚传统医学中，它的枝叶被开发为利尿药和发汗药，果实用来治疗痢疾。炎热的夏天，骆驼刺枝叶能分泌出糖分，一粒粒糖滴凝结干燥后，收集起来就是"刺糖"。

在年降雨量不足三毫米的荒漠，连正经绿一次都是奢侈。但骆驼刺与所有植物一样，有自己的花季，有甜蜜的梦想。

## 不 老 药

敦煌，坚韧的钻天杨，漂亮的胡杨、红柳，比糖比蜜更甜的葡萄、杏子，是植物中的少数派。更多的植物，为了适应干旱、多风的气候，在数百万甚至上亿上几十亿年的演化中，不断把身量矮下去，矮成梭梭，矮成骆驼刺，矮成甘草、发菜一类。它们贴附于大地，形貌、颜色、气味，亦与大荒漠相融相合。物竞天择，这些聪明的植物，深知大地母亲的慈悲，不会拒绝任何一个族类的生命意志。当然，大地也从这些多样性存在的植被得到依存的温情，得到亲情的照拂。诗人郑敏如说，"没有精灵的诗是没有神的庙"。而沙生植物，就是大漠戈壁的精灵和神祇。

著名的沙洲夜市，见到成捆的、成盒的锁阳，各色包装的锁阳药酒、锁阳切片，林林总总，令人眼花缭乱。人们兜售锁阳，顺便也兜售关于这种植物的传奇。上了年纪的当地人，管锁阳叫"不老药"，据说可以滋阴壮阳、返老还童。锁阳，让我想到青藏高原神奇的虫草。虫草的传奇，到了大西北，到了河西走廊，到了敦煌，就演变为锁阳传奇。

植物学上，把锁阳定义为肉质寄生草本植物，它必须跟旁的沙漠植物绑定生存，而最忠实可靠的寄主，是白刺。每年五六月间，锁阳露出地皮儿，到七八月进入青春期，由同株的雄性部分和雌性部分婚配，授粉，结籽，生长方式十分稀罕。锁阳露在地面的部分，形似小棒槌，棒槌头披鳞戴甲，一副坚不可摧的样子。这时，自然造化，早已偷偷为其设置了另一种生命轮回的通道。地层下，有一种叫作锁阳虫的小生灵，早就在窥探着锁阳子成熟的消息。种子一熟，白刺根部马上会生出白色锁阳虫来帮忙繁衍。锁阳虫会沿着一株锁阳的躯体不断向上迁移，边爬边吃，最终吃空整个植株直捣顶部黄龙。外表威风凛凛的棒槌将军，内部渐渐空虚，籽粒便沿这个通路到达根底。种子通过锁阳和白刺连结的凸起进入白刺根部，等待生命的另一个轮回。它吸吮白刺根的养分来激活自己的能量，慢慢地，白刺根上鼓出一个小包

153

包，一个幼小的锁阳崽获得新生。这个周期，可能一两年，也可能是三年五载。

距敦煌不远的瓜州县，有处遗址叫锁阳城。相传，薛平贵征西时被困于此，兵困马乏，断粮缺水，眼见得就要全军覆没。无意中，有士兵在荒漠里发现一种形似铁棒的锈红色植物，拔下来就往嘴里塞。没想到，食用后精神大振。一定是上苍体恤，诞仙草襄助。一传十，十传百，薛平贵的将士们个个都幸运地找到了这种神物。为了感恩，士兵第一次发现锁阳的地方，被封为"锁阳城"。

"数九寒天，气温降到零下二三十摄氏度，别的植物都睡大觉，锁阳却长欢。戈壁中有锁阳生长的地方，雪一下就化了，它周边的地不会结冻。"为了突出锁阳的与众不同，小导游反复跟游客普及其独特的生长习性。

敦煌古话说，三九三的锁阳赛人参。采药人非到最寒冷的日子，不出外采锁阳。实际上，采撷作业是从夏天开始的，就像渔人撒下网，却不急于收获，他们要等待一网有价值的大鱼。夏天，锁阳开花，是到戈壁沙漠中寻找这种神秘中草药的黄金季，采药人按照惯例做好标记以宣示主权，直到黑风夜号的深冬，再次踏上荒漠，循着若有若无的标记，去领回属于自己的"不老药"。这种古老的采药方式，固然是为了药效和市价，又何尝不是对于自然法则的遵从。孟子他老人家说："数罟不入洿池，鱼鳖不可胜食也；斧斤以时入山林，材木不可胜用也。"敦煌的采药人，深谙此理。

154

锁阳，这精灵一样的存在，让我作为一个植物痴的好奇心潮水般涌动。如果机会允许，真想跟随一个采药人，三九三里走大漠。有好几次，分明已经在大雪弥漫的黄昏，发现了那根采药人用来拴宝的红毛线，睁开眼睛，却只有黑夜的气息弥散于小小的客房。闭上眼，锁阳、白刺、梭梭、红柳、钻天杨，头巾掩面的骆驼女，卖杏皮水的摊点，又如放电影一样清晰。

我忽然自责起来，如果仅仅为着好奇心而陷入某种执着，是否也是自私？说不上从哪天开始，三九三的锁阳热到有价无货！与虫草、人参、发菜、甘草一样，锁阳在劫难逃。它赫然出现在《世界自然保护联盟濒危物种红色名录》，列入易危类植物。

随着科技的介入，多么神秘的生长繁衍过程也终将破译。人工繁育，是不是这种"不老药"的救命稻草，我没有发言权。至少，作为古老的沙漠植物，有了现代实验室的帮忙，其快速大量的繁衍成为可能。而实验室参与对于沙漠植被体系的影响、对于整个生态链的影响，还是个未知数。

夜深风急，大漠深处，锁阳子的千军万马沿着生命通道萧萧而下。黑色褐色的砾石纷纷点亮灯盏，沙的微粒与雪霰相拥而舞。

# 寻找一处园子

早春，晨雾细乳一般滑润，并不招人嫌烦。

据说，这一带有一个园子的。大约也是春天，园子里的桃花老了，地上飘飘洒洒的尽是粉白淡红的瓣儿。残蕊，被黎明前的地霜打透，格外艳红，像血管中汨汨流淌的血。午后，张飞预备好青牛白马，与刘关二位兄长一起，撮土焚香，对着天地盟誓。恰巧一阵桃花风吹过，红白的瓣儿、蕊儿，落了皇叔满襟满怀。桃，乃兆春之木也。玄德心下暗喜。

桃园结义、天下三分的故事，从此就埋了一个令人感奋的伏笔。这之后的事，妇孺皆知。而此时，在细乳一般润泽的晨雾中，我要找的，只是那个园子。

顺着范阳路一直往西，到了穿城而过的国道，转折，右手儿，高高的砖墙逶迤一二里，煞是严整。慢慢走着，严整中也就觑见岁月的缺口。从缺口踮脚观望，里边隐现一带颓垣，应就是涿州城的老城墙了。乾隆皇帝御笔题写"日边冲要无双地，天下繁难第一州"。"天下第一州"的金字匾额，高悬于巍峨的城门楼上，曾是一座城无上的荣光吧。我欢喜的，却是它更早的名字，战国时的督亢，汉魏时的范阳。如若没有荆轲刺秦王的家国大义，没有刘关张共赴生死的兄弟情义，就算"天下第一州"的匾额再怎么金碧辉煌，也缺少几分成色。

有时候，一张图，一个细节，就决定了一些人物的命运，决定了一段历史的方向，也决定了一座城市的秉性。比如涿州，因了督亢图，因了桃园，一踏上这片土地，就想到一个"义"字，心中不由得鼓荡起一股英雄气。义气、骨气、英气、豪气，似乎这是该生长在其骨骼之内血肉之中的，不可涂抹，亦不能更改。涿州西何各庄村有个农家院饭店，发明一种面食，名"督亢面"。店主老娄编了一段顺口溜："荆轲吃了督亢面，拿图带宝剑，上完香火去易县。"有了荆轲刺秦这件事，娄氏督亢面，就被赋予了几分易水风萧的慷慨与风流。到他家饭店的，都点一盆督亢面。借着一盆面，老娄把荆轲的事，往前捯了一步，这一步，有点儿烟火，映着温情，亦真亦幻。督亢面，有点儿像历史枝蔓上开出的一朵小花儿。

离开老城墙，信步拐进尚公街。尚未来得及提升改造的街道，素面朝天，伸展着枝枝蔓蔓，诸如宝代街、游福街。那些小小的街，也叫作"街"，其实充其量就是胡同。胡同的名字，估计有岁月了。胡同里开着"帮衣坊""沙记月饼""旧货市场"，老字号、新营生，皆透着过日子人的仔细和滋润。

一条胡同尽头，立了面影壁，几枝素常的桃花枝子从墙里探出身子，小小花蕾刚刚萌动，还黢黑着头脸，衬了影壁上大大的"福"字，更加艳红。打问烧饼铺里忙碌的父子，确定，那桃花、影壁，都与我要找的园子无关。不过，头发花白的父亲说，这左近的老住户，院子里都养一两株桃树。"养一两株桃树"，那个"养"字，进入我的耳朵，腔圆字正，是地道的老范阳口音，有涿水汤汤的余韵。孟子曰：我善养吾浩然之气。其为气也，至大至刚，以直养而无害，则塞于天地之间。夫子养的，是气；涿州人家，养的是桃。桃是气的形，气是桃的魂？寻桃园不见，我不能妄断。

八十一岁的作家颖川，祖籍蠡县，师范学院毕业后分配在涿州（时称涿县），一个猛子扎下去，就是半个世纪的光景。他当过涿州的文联主席、作协主席，也当过河北文艺振兴奖的评委，是河北省散文学会初创期间的重要成员。很多机会，他可以离开涿州，进省城，进北京，但他没有离开。跟老伴儿一起，燕子衔泥一样，在城市的一个角落里，筑起小小的家，栽种文学，养儿育女。涿州，成了他的第二故乡，树大根深，坚不可移。与颖川老师闲谈，他的思维比我敏捷，文坛旧事，如数家珍。老人家不抽烟不喝酒，不打扑克不下棋，更不搓麻将，甚至不会骑自行车。他喜欢走路，现在每天还走三四里。他走路，就在自家的花草果木底下，一圈圈，一行行。我说，那像种脚印，跟种桃树似的，种脚印。颖川老师哈哈地笑。

与尚公街交叉，是通南达北的鼓楼大街。有一家张记肉铺的大招牌，特别招人耳目。招牌上古人画像，似是翼德。正好一个胖大的汉子从招牌下趔出，恍惚张三哥转世。在鼓楼大街和范阳路交叉口转身，迎面一块勒石。青石红字，"三义石"。

晨练的老者告诉我，这里确实曾有一个园子。园子拆了，便有了这块石头。

# 山　行

## 一

　　绿，满眼满眼的，绿得透彻，爽利，不打一丝折扣。暑热蒸腾，远边的山氤氲着一层层的岚气。路边上，泊着摩托、电动三马或者驴车。花南瓜、紫茄子、红辣椒、山韭菜、扫帚苗、马生菜、红嘴桃子、花皮甜瓜，都从绿野里收了来，堆在路边展卖。蹲坐于路边的，还有穿戴整齐的妇女，光着脊梁的汉子，或拿着蒲扇的老头儿，他们，有一搭无一搭照顾自家生意，顺带也就歇了晌。他们的头顶，铺着浓浓的树荫儿，柳树、杨树、榆树。

　　这才是扎实的日子。不慌不忙。收获拽着晴和雨的衣角。一场雨一场晴，再看那玉米、芝麻，噌噌蹿了一两尺高。油葵的花盘跟着日头一圈一圈转，转着转着，就变出一张黑色的成熟的脸。

　　打油葵，跟打麦子似的。乡间公路，成了天然的场院。不敢用汽车轧，自家的机器开了来，一通碾轧，扬场，一布袋一布袋的葵子，沉甸甸上了车。腾出的地块，趁着伏天播种，还有一季速生的庄稼、菜蔬。

## 二

五峰山半腰，到处是农家饭馆。饭馆在杏林、枣林，有的在菜园里，在玉米地里。

这里离大庄儿（石家庄）很近，沿着槐安路西行，到了山前大道往南拐，盘盘转转的，没多少工夫就到。

记得有个地方的旅游口号就是"做城市的后花园"。城市的私家车数量以每天 300 辆的速度增长，居民的腿长了。这山温水软，绿得痛快，蓝得明净的乡野，想不做后花园都难。

后花园里开露天餐厅、卡拉 OK 厅、烧烤会所、农家旅馆、高级民宿，脑子活络的人，有山民，也有城里人，资源和资本一拍即合。

温柔而朴实的乡野，张开怀抱，拥抱城里人，拥抱他们的烧烤炉、无法以分贝计的豪歌，拥抱他们对山野的怀想以及些许的浪漫，还有埋单的资费。

据说五峰山的水很浅。每家小饭馆都有一口自备井。钻井机日夜不停地轰鸣，20 米岩石下，就是甘泉。

五峰山的玉米面掺枣肉贴饼子，又香又甜。凉拌马生菜、蒸扫帚苗苦累、萝卜干炒腌肉、山葱花炒土鸡蛋，带着野性的鲜香。如果你需要，这里的老板娘居然能弄到美国火鸡（在中国养殖的）。火鸡炖山蘑菇，估计别是一品滋味。

三

靠山吃山。

山对人的恩赐，人永无可报答。

有个养蜂的，是本地人。他的"蜂寨"扎在山路旁。每年从五一之前，直到十一以后。"蜂寨"，有 30 个蜂箱，还有一个草绿的帆布帐篷。

夕阳西斜，在山的肩头跳荡着。阳光与蜜同色。阳光里，采蜜归来的工蜂们嘤嘤嗡嗡在蜂箱前舞动，身子和翅膀都反射着明亮的光芒。

养蜂人说，这茬蜜叫荆花蜜。伏天正是荆花盛开的季节，那小小的紫色花朵，居然是上好的蜜源。荆花蜜，大约持续 1 个月。之前，先是槐花蜜，接着是枣花蜜。等荆花蜜过了，就只能出杂花蜜了。

蜜的成色好，不掺假，1 斤卖 15 到 20 元。1 箱蜂每年产七八十斤蜜，30 箱是 2100 斤到 2400 斤，可卖到三四万块钱。刨了蜂儿冬天的遭消，也还有不小的盈余。

这蜜，是山给酿的。一座一座山里，不知道住着多少靠养蜂为营生的人。

山坡，有人放羊。

牧羊人，是个看上去憨厚朴实的传统山里人。他的羊鞭子不时甩一下，响在半空，并不舍得去抽哪只羊。

这羊，真好看。白白的皮毛上，镶了黑色或黑黄杂糅的花纹，在头上，背上，或屁股上。镶了花纹的羊，很容易就有了各自不同的名字，自带的呀。

牧羊人说，这叫"新西兰羊"，外国引进的品种。

我们几个人便哈哈大笑，管这些羊叫"新西兰贵宾"。

"新西兰贵宾"的牙一定很锋利，连长满尖刺的野酸枣棵子都啃。

吃山草的羊，肉质肥美，膻气小，都供了城里的大饭店或私房菜馆。正定南门外有家馆子，并不挂招牌，主营各色羊肉美食。食客趋之若鹜，得提前好几天才能订到桌位。

五峰山的活羊，大几百块钱一只；古城根餐馆的大盘羊肉，四百八十元一份。

## 四

有一种野果子，我家乡叫作"野葡萄"。多少年不见了，亲切依然。

农家饭馆的自备井旁边，有杂树杈子加的木栅，一株野葡萄便藏匿于木栅边起的角落里。水大肥足，野葡萄棵子长得很壮，枝杈间结着一串又一串的果子。有的，成串紫黑，鼓胀着甜甜的汁水；有的，半青半紫，探头探脑的，生怕人摘掉。

163

拍了照片，吃了成熟的浆果。回家，把照片晒到自媒体上，瞬息，留言排满好几页。

常山逸民说：我们家乡叫野茄子，学名龙葵。多生沟边、树下、墙角，果实熟后黑，很甜。

冰轮之舞说：我们那儿叫野柿子，小时候一把一把往嘴里塞。

飘飞的岁月说：这好像我老家的黑油眼，滋味甜酸的！

杨志红说：我们这里叫甜儿甜儿，想起奶奶，下地回来总是给我带许多，有次贪吃，吃了有三大茶缸子，结果发烧了。满嘴乌紫，躺在床上，龇着黑牙傻笑。小伙伴们围着叫："呗儿咕，呗儿咕，吃了甜儿黑屁股。"哈哈哈哈，笑到没气儿。

玉玲珑说：嘿，野茄子，一肚子籽儿。

…………

野葡萄，也算是一种乡愁密码吧？还没见开发上市的。

## 五

黄龙峡的绿，过目难忘。

千绿万绿，深深浅浅之中，有一种树，叫白檀。

向导的镰刀如一柄弯月，银亮亮地一闪，再一闪，那大木上侧生的新枝条，便成了一根杖交在我的手上。向导说，这是白檀，稀罕着呢，下山别扔，放家里门后边，辟邪。

我手持白檀杖，心下却惶惶。与那大木对视，它还我满目的秀丽与端然，似乎安慰我，向导刚刚那一挥，只是修剪，并非杀伐，勿以为念。

且前行，细细的山径，掩在矮草碎石间，头顶是杂木编织的绿篷。走出一窝绿，脚下就有了一个新的高度。回望所来处，高大的白檀树早已回归树的阵列，枝牵着枝，绿盖着绿。

白檀并非黄龙峡的主要树种。野生白檀林早已绝迹，再也不会有《诗经》里坎坎的伐檀声，再也不可能把粗大的珍木一棵棵放倒河边，去制那奢华的辐与轮。因此，与珍稀的白檀相遇，让我对这里的植被刮目相看。

初夏，花色绕山的时令已过，此时的黄龙峡，只属于绿。远边，巨大的岩屏，以灌木葛藤为框；眼前，经过一个绿篷，又对着一面绿帐。绿如烟，绿如锦，绿如玉。最是金黄如蜜的阳光洒满参天老树的小景，明暗斑驳，凹凸有致，让我忽然想起一个词"剔绿"。记得漆器有种古老的工艺叫"剔红"，恍然明白，它是受到阳光善剔绿的启迪。

到底是座女儿山，养在深闺人未识。所以，这里保有十分鲜明的原始次生林状态。名目繁多的草，纠缠不清的藤，杂色的灌木，高大的乔木，杂居混住，和谐相处。比如，何首乌的蔓子恣肆攀爬，在草堆里冒出来，又转上六角木的嫩条，另外几蔓憨实地扭结在一起，大大咧咧地去招惹一棵"色木"。比如，一种叫作"琉璃"的灌木，悠然生在崖头，霸着一片阳光，硬把个家族繁衍成了一个颇有点儿规模的野果园。那圆晶晶的小果子，睡在枝丫间，真的像极了一枚枚绿琉璃。而打碗碗花、野紫荆什么的，在你一低眉一抬眼的某个瞬间，会出其不意给你一个明媚的笑靥，仿佛她们是专来安慰你困顿的脚步的，又仿佛是因为你突然闯入了人家的领地，那一笑，只是个和善的提醒。

山里最招眼的，是绣线菊。黄龙洞村民叫她"铁棍花"，一个听起来很雄强的名字。一朵一朵单看，绣线菊真不够漂亮，更甭提富丽或明艳。但她在这初夏做花事，一丛丛、一簇簇的小小白花，点染在满山的绿树满沟的滚石流水之间，便当得妖娆妩媚了。

树茂林幽，杂花叠叠。向导说，山上曾有野猪出没。春秋两季，迁徙的候鸟会在这里中转。但山里人最爱的，还是树。我们的同伴小许，老家就在黄龙峡。她说，山上有很多千年老树，橡树、黑枣树、五角枫、白檀，修行得千姿百态，如神似仙。

遇到一株古树，枝叶葳蕤，树冠生长得旁若无人。灰白的树皮，光洁可鉴，根本没有丝毫的苍老感。就是这株树的树干上，居然开出一朵丰腴的牡丹花，就如同年轻人身上美丽的刺青。另一株老黑枣树，虬曲的树干斜刺里从山路这端伸到另一端，乍一看，还以为一条爱开玩笑的蛇悬在半空，要来吓唬山外来的访客。还是野桑葚厚道，绿枝绘浓荫，在阳光后给人清凉的慰藉。当你贪荫树下，要兴出一颗慈悲心细数桑叶的脉络纹理，早有红黑的桑葚子，会意地等待在那里。

向导爱讲"降龙木"的故事。说当年穆桂英大破天门阵，那宝贝"降龙木"就是在黄龙峡里找到的。在一处山坡上，他指着一丛灌木说，看，这就是降龙木！却见这"木"，不过三四尺高，树皮正在剥落，露出里面洁净白皙的木质。降龙木的叶子蓊郁如云，叶夹生出星星点点的绿花蕾。如果没有《降龙木》这折戏，这简直就是太行山里最平凡的树，又叫六道子。

有人喜欢六道子做的佛珠，因为木头上的六条天然纹路，代表文殊菩萨的六把智慧之剑，可斩众生烦恼。我意外得到白檀手杖，据说能够镇宅。

# 六

登秋山，半路冒出个黧黑脸膛的瘦高男子，加入我们的队伍。男子土生土长，会写诗，还出版了集子，是当地颇有名气的乡土诗人，叫张老三。

张老三听说省城有一帮文友要来秋山，头也没梳，脸也没洗，就从家里"出逃"了。见到他的时候，头发纷乱，T恤和裤子都皱巴巴的。怎么打量，也从眉眼中读不出一丝的诗意。

知情人说，张老三是村干部，自家种着樱桃园，公干私干都甚忙。媳妇说他写诗是不务正业，不支持。会文友，那简直就跟会网友"同罪"。但张老三还是一次次成功从媳妇眼皮底下"出逃"，屡教不改。不知他是为自己的出逃成功而自得，还是为几十年一贯坚持"不务正业"而自豪。午饭时，张老三喝了很多的酒。喝了酒的张老三，脸色黑中泛红，像极了那种叫"黑珍珠"的樱桃，他说："我的诗，就是写小麦，写玉米。我没加入县作协、市作协，却直接进了省作协。"

左手种樱桃、右手写诗歌的张老三一路随着队伍，似乎是为了强调一个道理：诗意并不写于一个人的眉眼面目中。以此否定之否定的思维看秋山，又似乎连那些亘古不动的巨石，都跳荡着一颗不老的诗心。

两个少年在翠湖里钓鱼，裤脚高挽，身法灵活。湖边，一株蜀葵正开着红硕的花朵。花儿与少年，把一帮大家都看傻了。回程，路过三叠泉，付先生以空的矿泉水瓶儿在泉中捉青虾，必是受了少年的感染。

一群游客，清一色俊男靓女，逗一条欢实的咖色大耳小狗。小狗跑热了，伸出粉红舌头大口呼吸，然后迅速攀上一块山岩，悠闲地蹲踞于岩头，居高临下大模大样瞅着我们这些人。到赏秋亭，涵凝想跟小狗照合影。谁知人家不买账，慢悠悠站起身，走了。

碰上几个修路的妇女，都是长峪村的。长峪村，坐落在秋山的山脚，总共不过二三十户人家。修路、修渠、修农家旅馆，这些年，总有些工程要做。包括我们上山时弯曲的石板路、陡峭的石台阶，都是山里人一锤一凿修过的。修过，又让你感觉不到多少人工的痕迹，那是秋山的智慧。

也并非所有的情思都不外露。有一段小路，中间镶嵌一块石头，像圆月，两厢，水泥抹平，画了两只活灵活现的小动物，我看是兔子，若水说是山羊。还有一块大青石，画了岩画，上面一只和平鸽，中间是个"王"字或"玉"字，最底下，是一颗心的图案。忘了谁说，这些个图案合起来是个"善"字啊。是"善"字吗？像，也不像。

秋山人是最不吝啬作诗的。张老三可以致玉米、小麦、土豆、萝卜，山里的工匠呢，连最不起眼的石板路，也镌刻出一份诗情。

# 种 花 记

早饭是苜蓿芽咸食，外加一壶小青柑。苜蓿芽刚拱开花盆里的土皮儿，水紫色根茎顶两片尚未打开的叶叶，撷来洗净切碎，撒在咸食面糊里，几星星绿意。小青柑沏得了，淡琥珀般澄明，跟那点点绿意刚好呼应。

双楼郭庄几辈子传下来的规矩：二月二这天，喝粥不行，等于喝龙血；吃面也不行，吃面是嚼龙须。且不说我家好几个属龙的，今天是龙的节日呀，龙管着天下的风雨，恭敬还来不及，怎么可以忤逆甚至背叛？于是，自打老母亲随住，300 里外的规矩也跟着搬进了石家庄。

"二月二，敲炕头，银子钱往家流。二月二，敲炕帮，银子钱往家装。二月二，敲炕沿，蝎子蚰蜒不见面。"吃罢咸食，尝了半盏小青柑，说是不惯，母亲把茶盏往桌子中央一推，便呜呜囔囔开始了今天的特殊课业。她拄着那根老榆木拐杖，从卧室到客厅，从客厅到卧室，笃笃地点着地板砖，一会儿一趟，点瓜种豆一般，要把她如经卷似的顺口溜子种满我的每一间房子。这一切，恍若我幼年时的龙节，外祖母早早起身，拿着笤帚疙瘩作势敲打家里的土炕，从炕头到炕尾，又从炕尾到炕头，边敲边念，喃喃有声。我跟在她身后，如小小侍从。一忽，喃喃有声的那个人，从外祖母换成我性如顽童的老母亲，半个世纪的光阴已然悄悄溜走。

二月二，在双楼郭庄，是个重要节令儿。过了这个龙节，春天就真的来了。

清晨，原野上开始出现流动的温暖气团，坡上柳树、杨树也眼见得一天比一天活泛。晌午放学，棉衣服朝院子里一抡，我们就满大街飞，满场院跳。我们是跑着跳着生长的小树苗，不几天，衣服袖子和棉裤的裤管就短了。太阳底下，外祖母的胳膊腿儿，也伸展得咯咯响，我怀疑她也要再蹿一截儿个子。墙缝、炕洞、台阶下、院子里、田地中，蝎子、蚰蜒、小花蛇、蚂蚁、臭虫、蜈蚣、跳蚤、蚂蚁，次第从深睡中醒来。除了迎接燕子尾、苦苦菜、老鸹锦、野地丁、泥胡菜，以及燕子、云雀这些令人欣悦的物什，那些不招人待见的，我们也要领受。这就是早春。外祖母常讲起她年轻时的故事。南街一个女人，把睡熟的婴儿撂在炕上，抄起扁担水筲到胡同口老井上担水，回来巴巴头，屋里安安静静的，就忙活着烧火做饭。饭得，回屋，孩子满面青紫，已经没了鼻息。一只大蝎子和一群小蝎子，正顺炕沿悠然而行，对于自己闯下的人间祸事，似乎没有一丢丢的愧疚。

蝎子袭婴，还算偶然。各种小生灵，与人共一屋檐，是轰不走，灭不掉，拍不绝的。惊蛰里一声春雷，这些家伙便精神神地活将起来，筑巢，打洞，建窝，恋爱，交配，十分勤奋地履行种族繁衍的使命。妹妹弟弟一度热衷研究，他们发现我家大门口栅栏旁的鼠洞与卧房里迎门柜底下的鼠洞以及院子东头柴房里的鼠洞相通，而某个阴雨天来临之前家里足有一百个蚂蚁窝同时完工。我是实战派，最佳战绩是某个周日捣毁蝎子窝一个，剿灭大小蝎子三只，打死饭蝇子十五只用坏蝇拍一个，以捕鼠器捕获两代四只老鼠。我以为以我的战绩，自会受到外祖母一番褒奖，至少也得给予两个点赞的表情包。谁知，她只是瘪嘴乐乐，说，不用跟它们斗狠。房子是人盖的，院子是人管的，到头来，人却要忍受着虫的欺侮，我想不通。想不通的结果，当天晚上被一只贪吃的老鼠给咬破了上嘴唇。终而，母亲开始跟村人一样，用鼠药，用敌敌畏，用六六粉。外祖母的心天天提溜到嗓子眼儿，她说，伤物的东西，同样伤人。果不其然，之后的几年，村里时而有误服鼠药的孩子，也有吞农药的男人或女人。

"二月二，敲炕沿，蝎子蚰蜒不见面。"那年的二月二，外祖母格外重复着这个句子，更猛烈地"敲敲打打"。蝎子、蚰蜒，在她的心目中是不是代表了人之外的一切生灵？她要趁着节日，警示一下，商量一番。而警示、商量的底线，居然是两不相见、互不相扰，人与虫各过各的日子。

过二月二，家家开始做大酱。大酱的材料主要是黄豆。早饭之后，女人重新升起炊烟，把早早准备下的上好黄豆在大锅里慢火炒制，豆子炒熟晾凉，簸箕端了，送到碾子上去碾成细细的豆面，并拔凉水拌好，捏成酱球。二月二这天的水、二月二这天炒的豆，捏好的酱球在二月二这天的太阳底下晒过，是秋天里出一缸好酱的必须，自古如是。二月二炒黄豆，又叫炒蝎子爪儿，又一种民间的心理自慰吧。小孩子家自然是悦意的，趁大人不留意，抓一把蝎子爪儿，塞衣服口袋里，满胡同满街里去疯，跑一圈儿，摸两三粒黄豆扔嘴里，咯嘣咯嘣嘣，边嚼边跑。那个解馋，那个香，夜里放屁都萦绕着快乐的气息。

莽苍世界，也许真的以节气之名埋藏着很多的秘密甚或神秘的符咒？若隐若现，寻找苦苦，有时已望见它淡淡的影子，转个弯，却倏然消逝。比如这雨水、惊蛰交接的日子，你得炒豆子、做酱，你得收拾箱柜准备随时要穿的单衣，你得把堆肥运到春白地里，把犁铧擦得雪亮，把冬天埋到地下的葡萄藤挖出上架，把屋门上气眼儿捅开为燕子准备好回家的路。入夜，旷野间总有一种声音走入梦境，或者把人从梦里喊醒。这是一种并不真切的声音，不知道是从时间深处还是从地心深处而来，它贴地而行，汹汹涌涌。这时，冻土融化了最后一个凌丝，珍珠斑鸠求偶的长号响彻云端，树木积攒了整个冬天的养分汩汩灌入每一个枝梢。

冬藏，春发。世间万物，要完成这个并不浪漫的转身，需要仪式，需要信念，需要力量，也需要代价。我的父亲，殁于早春。我的老族长，殁于早春。双楼郭庄村数不清的老人和孩子，在早春归于泥土之下。我父，是急症，白天还好端端干活儿、吃饭、说笑，傍晚，头疼得厉害，蛛网膜下腔出血，说不行就不行了。老族长，一个正直的老兵，抗美援朝负过伤，79 岁走的，算是寿终正寝。更多人的离开，跟瘟病有关。早春，咳嗽的声音，从村子东头到西头，此起彼伏，恨不能把一个村子抬上天空。似乎，患感冒的不仅仅是人，还有房子、树木、炊烟、蚂蚁、臭虫，甚至整个村庄。药铫子咕咕响着，古怪的香气、苦气满街里蹿，村医忙得脚不沾地。

大地之上，生长万物，也经由万物的传递，播撒与万物相克相生的病毒、细菌。我刚晓人事，特别爱盯着人的脸。母亲自然是我第一个要端详的人。好看的母亲，脸上居然长着好几个麻窝，浅浅的，像烙印的花。母亲白净，所以分外显眼。母亲说，那是"花儿"开在人脸上留下的印痕。

郭庄人管天花叫"花儿"。出花儿，是老天爷给人生设下的一道关口。花儿出不来，憋在内里，往脏器走，命就没了。花儿，不分地方，身上，脸上，眼睛里，随性地生。厉害的，人就破相了，落一张麻子脸是好的，有的人一辈子眼里开朵"萝卜花"。男孩子萝卜花眼，长大找媳妇都难。20世纪三四十年代，天花依然是相当凶险的传染性疾病。天花差点儿要了母亲的命，她出花的时候，七天高烧不退，粒米不进。外祖母冒死守着自己的独苗，哭干了眼睛，最后双瞳充血，骨瘦如柴，大老远看起如同蓬头垢面的妖。

对付天花的法子，是种"痘"，我们庄叫作"种花儿"。那时，村子里有一些女人专事接生、种花儿、叫魂、阴阳经纪。18 世纪末英国人从牛马身上培养出低毒痘苗，还在通往中国农村的漫漫长路上跋涉，双楼郭庄种的是"人痘"。外祖母是让人给母亲接种过"人痘"的，但她两岁不到还是感染了天花。据说比不接种轻多了，阎王爷只在脸上给留了淡淡的记号。或者这个记号，是他的免死戳，保佑着母亲一路奔向米寿。所谓"人痘"，就是从天花患者身上取的活浆儿，没有任何减毒处理，就那么挑一点点，在没有免疫的健康孩子胳膊上划个十字小口，直接抹到伤口上。种"人痘"，等于主动感染，风险很大。毕竟种比不种强，种过的，死亡概率大大降低。到我这辈儿人，卫生部门掌管的安全"痘苗"普遍推广。

种痘苗，也叫"种花儿"，一般在早春，雨水、惊蛰节气。二月二，伯父从他任教的学校带回一点儿花种，还有酒精棉球、小镊子、小刀子，装在一个长方形的铝盒里。黢黑的夜，伯父打着手电筒，一家一家串着给家族的孩子们种花儿。种过花儿，像过节一样，外祖母天天给弄发物吃，藏了一冬天的酸石榴，街上卖的小河鱼，储在罐子里的腊肉。约莫过一个星期，左臂隆起一个红肿的小包儿，让外祖母查看，竟高兴地双手合十，口念阿弥陀佛。红肿的小包儿，不知什么时候结出一个硬痂，痂落，留下一朵白色的花儿。胳膊上开着花的孩子，便是一个拥有了生命戳记的孩子。

接种疫苗，慢慢变得平常。乙肝疫苗、卡介苗、脊髓灰质炎疫苗、百白破疫苗、流脑疫苗、麻风疫苗、乙脑疫苗……一个人从零岁至十四岁，仅计划免疫接种就在十次左右。母亲把孙辈打疫苗的事，仔仔细细记在小本子上，生怕错过。

小区物业群里在议论接种新冠疫苗的事，有长春生物和北京科兴两种。母亲催促我们，快点儿预约。在她心里，接种疫苗，永远是一件隆重盛大的事。一针疫苗，就是一个生命通行于世间的戳记。

第四辑

一切安好如常

# 从一颗蘑菇出发

雷声又一次滚过，夜愈发躁动。我刻意忽略了屋子里湿浊的味道，去与一种卓异的气息相逢。那是一颗蘑菇的气息，清鲜中混杂着土腥、朽败，时而浓烈，时而飘忽。闪电刚刚划亮又熄灭，土屋陷入更深邃的黑暗。闭着眼睛，却能更清晰地看到那颗蘑菇。脸盆大小的蘑菇伞朵，高高悬于大梁之下。蘑菇呈土黄色的，伞朵的皱褶似一种百褶裙的裙褶，那伞柄却粗而白，从大梁的一个孔洞边缘伸展出，斜着打了个弯儿，姿态显然是不太舒服，却堪称奇崛。这样一颗蘑菇，并不好看，甚或说有点儿傻里傻气，可它真的是太让人兴奋了，兴奋到让一个孩子终夜无眠。

初秋多阴雨，屋子漏得不成体统。盆盆罐罐都用来接水，炕上、板箱上、灶屋条案上，到处叮叮当当，奏着一首苦楚的音乐。母亲的眉头早已皱成了黑疙瘩，外祖母不言不语，一趟趟颠着两只小脚去屋外泼洒漏满盆罐的雨水。谁也不曾留神，卧房和灶屋之间的大梁上，很唐突地长出了一颗硕大无比的蘑菇。

这大梁上的蘑菇，像一部默片，载着我的 7 岁，水淋淋地植入我近半个世纪的记忆，又固执又热切。在地藏丰厚的村庄，一个女孩子的童年，总会遇到一件奇迹般的事物。比如一枚玉环，一片古瓦，或者半个古贝壳。蘑菇，又当得什么呢？不过本地单调食材之外，一种稍可满足口腹之欲的远来之物罢了。

外祖母说那条大梁是老年间青砖房倒塌时拆下的，青砖房开间很阔，梁又粗又长，1956年大水之后大队里帮忙给盖那两间坯屋时，不得不裁去了一丈。"榆木的，不值个钱。"外祖母口气轻轻的，倒像是安慰自己。跟榆木梁的历史和价钱相比，我更关心榆木上生出的蘑菇能不能吃。避开母亲的眼刀，我拽着外祖母衣襟问，一遍又一遍，每一遍，得到的答案都是拨浪拨浪的摇头或摆手。多少年之后，我参加工作第一年回家，外祖母的眼睛已几近失明，我又一次也是最后一次跟她讨论大梁上的那颗蘑菇。这一次，我问的问题是，到底是榆木上的蘑菇不能吃，还是老榆木大梁上的蘑菇不能吃？她没有回答，双目微闭，干脆假寐了。

冀中平原村庄，不出产蘑菇，但家家户户、大事小情都离不开蘑菇。村里小卖铺和肃宁城的集市上，都有蘑菇卖。蘑菇是干透的，盛在红柳编的大筐箩里，或者干脆就在破麻袋、编织袋里盛着，朝土噗噗的地上一蹾，旁边条案上一溜儿花椒、麻椒、大料、茴香子、干辣椒、桂皮、豆蔻、白芷、十三香。黑黢黢、皱巴巴的蘑菇朵，不显山不露水。可我偏生待见它们，跟着母亲赶集路过摊子，磨磨蹭蹭的，就为着多看它们一眼，皱起我的猫鼻子，从众多香料的繁复气味中，专敛了它们的气息来，收藏到我的身体里。戏匣子里播放《杜鹃山》"大雁山鸡，狐狸野羊""金针木耳，蘑菇生姜"的唱词，我头一回听就上瘾。走在上学路上，心里头大声吆喝着，恍惚自己就是一个走村串巷的货郎。当然，我的货担子里一定要有蘑菇，天底下最好的蘑菇。

我的食菇史是从什么时候开始的，出生12天，还是在娘肚子里？我们双楼郭庄，那时候实行给新生儿过"十二晌"。十二晌就是12天。一个孩子出生，12天、12岁，都要隆重祝贺。十二，是郭庄文化的一个密码。过十二晌，蒸百穗（岁），摆大席，大席上七碟子八碗，压轴的总是和菜，和菜里有时鲜素蔬、粉条豆腐片粉、油汪汪的腌肉片，灵魂却是一味山珍——蘑菇。

外祖母拾掇蘑菇比母亲在行。对，手一抓哗哗响的干蘑菇要吃到嘴里，须经过好一番的拾掇。拾掇蘑菇的过程，应该叫泡发洗择，可双楼郭庄不这么说，太麻烦了，就俩字，拾掇。挂在灶房的蘑菇串，一杆儿挑下来，瓦盆里撸二三十颗，滚沸的水泼起，蘑菇的魂魄一激灵醒了，瞬息四散奔逃，香气溢满屋子。

择洗蘑菇，一把银白精巧的剪刀，一双灵巧如燕的手，去蒂，开柄，去除隐藏的脏物，细如发的心思，穿行于一颗颗蘑菇的唤醒之路，不蔓不枝，如临深渊。外祖母说，这些干蘑菇原本生长于高山丛林、溪流河谷，到双楼郭庄要跑几千里的路。在蘑菇的老家，有成百上千种的蘑菇，有的一打雷就长，有的一下雨就长，还有的布谷鸟一叫就长。新鲜蘑菇成篮子往家拎，成锅煮来吃，一点儿不稀罕。她的大哥20世纪30年代闯关东，做了一名走屯子的货郎，有一回深林里迷了路，半拉月榛蘑炖溪鱼当饭吃。采蘑菇易，晒蘑菇难。干哗哗的大蘑菇，几千里地到郭庄，就是贵客，是戚，得好好待承。

村子里流传一本小说《林海雪原》，有人喜欢杨子荣，有人喜欢孙大德，有人喜欢少剑波，我却一下子被蘑菇老人给迷住了。要是我能到夹皮沟里做一个采蘑菇的人，该多带劲！自从外祖母讲过她大哥闯关东的故事，我的心就有点儿野了。经由一颗蘑菇，我用有限的词语和幼稚的思想，构织着小小的理想和远方。

我采到了人生中第一颗蘑菇。七岁之夏，新雨之后，彩虹之前，在距家门口12米的一处猪圈旁边。

那是一颗白蘑菇。圆头圆脑，刚刚拱开湿润的地皮，伞柄还埋在土里。我蹲下身子，手指一点儿一点儿扒拉开周围的泥土，心脏已经怦怦跳得如同打鼓。

像捧着一件稀世珍宝一样，我把一颗洁白无瑕的蘑菇捧回家里。那是一个值得庆贺的日子，我一个人的心灵盛典。就像漫长的人生中，我经历过不多的几次盛典一样，没有鲜花和掌声，只有一个人的心灵独舞。那颗蘑菇的终点是哪儿，我已经忘记了。或是被母亲掺和到泔水里喂了鸡，或是晒在窗台上经日晒雨淋重归泥土。这些细节似乎都不重要，

八月黍成

重要的是，我采到了人生第一颗蘑菇，并且明确知晓，我们郭庄其实也是可以生长蘑菇的。

猪圈旁的泥土，蘑菇，小孩，没有谁关心一件对村庄来说比芝麻粒还小的事件。从这颗白蘑菇开始，我竟然有了秘密拾菇的嗜好。更确切说，从此痴迷蘑菇，在一切有知的时间和空间里，向一个叫作蘑菇的种族发出联络信号。

我好像天生敏感于蘑菇的气息，隐匿再好的蘑菇，也逃脱不掉我的鼻子和眼睛。离家 12 米的猪圈旁，小炉匠家后墙根下，老墩子家后堤坡上树趟子里，去泊庄的老车道沟梨树林地边，还有大奶奶家断墙下，我的领地从一处逐渐到五六处，秘密和幸运是我一个人的，确乎是一种气息牵引着，蘑菇总在我到达的时候才从地底下探出星星一样闪亮的白。只能唤作领地吧，那远远不像阿来笔下的"蘑菇圈"，有时候一个蘑菇季也就生出三两只蘑菇，甚至只有一只。我见过生养蘑菇的菌基，也见过埋藏的菌丝。那个年龄段，我还不懂得菌基和菌丝这样的学名，但我知晓一段糟木、几根麦秸、一捧棉籽皮，都有可能被雨后湿润的空气唤醒其间藏匿的蘑菇种子，如同干得龇牙咧嘴的河床，只要来一点儿水，便能生出一堆小小的游鱼。

或许蘑菇也是可以种的吧？我曾萌生过这样的念头。每次拾到蘑菇，我都悄悄把那片儿泥土盖好，把白色的菌丝重新藏匿起来，这是我与一片泥土的秘密。

发生了一起蘑菇失窃案。我秘密领地里的蘑菇，被人抢先挖走了。初秋是蘑菇最能生长的季节，我坚信那些被我暗中圈定势力范围的蘑菇生长点，一定长出了一年当中最漂亮、最丰腴的蘑菇。在我放学后按计划悄悄去采收时，现场留给我的却只有刚刚停留过的泥脚印儿。

　　那天，我积攒了一个下午的好心情，就这样被蘑菇失窃案给搅和了。我不想回家，背着书包东一脚西一脚不知道朝哪里走。不知不觉，竟然走到了初中教室旁边漫坡下的一块边角地上。这块地往左是六队的打麦场，往右就是村里的南坑。我再小一点儿的时候，地里种过地豇豆、黄豆，还母过红薯秧子。后来，忽然就闲了，生产队的场地不够，这里便充当了二场院的角色。凡是打场的余料，一出溜就转移到这里，随着季节变换，麦秸、玉米秸、芝麻秆、黄豆秸、谷秸，整垛整垛的，像一座接一座的小山头儿。鸡刨狗蹬，小孩子们在柴火垛顶上蹿来蹿去逗着玩，一概没人管。这会儿，大秋还没到，初夏堆积的麦秸着了一场一场的雨水，已经不那么银亮亮的洁净。一阵南风吹来，霉烂的秸秆味道呛得我连打几个喷嚏。

　　或许是我打喷嚏闹的动静有点儿大，一个人从麦秸垛后边嗖地转出来，是大稳。毕竟这是黄昏，家家户户已经开始点火煮饭，场里坑边应该安静才对，安静的黄昏中一个喷嚏的声音实在有点儿惊人。大稳是被我的喷嚏吓出来的。她手里端着个簸箕，一走神，簸箕里的东西撒了，像是蘑菇。她朝我望了望，判定我这边并无异常，便赶快猫腰去捡她的东西。大稳原来是在麦秸垛后边找蘑菇呢！我跑到她跟前，去看她簸箕里的收获——一朵一朵长腿小帽的麦秸蘑，乍看像狗尿苔，甚至比狗尿苔还纤细一些，色泽如麦。狗尿苔也是一种蘑菇，姥姥说是狗尿生的，脏，有毒。村人原本就对一星半个的本地野生蘑菇看不上眼，更何况貌似狗尿苔的麦秸蘑。只有大稳这样的半吊子户，才会稀罕，她已经捡了多半簸箕。

大稳见我过来，黄白的皱皱脸上竟然挂了几分喜悦。她跟我说今天可是捡到宝贝了，又大又嫩的白蘑菇，拾了七八颗。说着，扒拉开簸箕上边盖着的麦秸蘑，让我看她的宝。这不是我"丢"的蘑菇嘛！刚见到大稳捡麦秸蘑，才忘掉了自己丢蘑菇的疼。仅仅几秒钟，破案了，心里猫爪子抓一样难过。"要回我的蘑菇！""要回我的蘑菇！"我的眼睛紧紧盯着大稳的簸箕，嘴唇都快哆嗦了，手脚却不动。每逢关键时刻，我总是那么懦弱。

在我们村，大稳是个例外的人。到大田里劳动，她不用去；谁家有红事白事，她不用帮忙；过年，她不用挨家挨户去拜年。她只负责给生产队里喂猪。猪圈在牲口棚的西边，中间有个道儿，道儿连着村学的初中部和小学部，也连着初中部南头生产队里的场院和仓库、棉坊。学生、社员、牛马，都打道上走来走去，道儿就给磨得锃光瓦亮。有时候，我上学早，就能遇到大稳提溜着一大桶猪食去喂猪。外祖母说过，大稳是最不该被欺负的人。她不着调，还不如小孩子的心眼儿多，得哄着她。我倒看不出她有什么不着调的，队里让喂猪就一个心眼儿喂猪。两头肥壮的大花猪，一到课间休息准时跑到茅厕下口等着抢屎吃，把所有的女生都烦透了。烦猪，跟着也烦大稳。唉，这个大稳，果然是该烦。她竟然"偷"了我的蘑菇。

丢蘑菇的不快，到吃晚饭就完全忘了。姥姥做了红薯面和麦面的双色面条，新韭菜花调味儿，配上油亮脆香的炸花生米，实在馋人得很。

秋光渐深，就要过中元节了。密匝匝的青纱帐，把一条条曲曲弯弯的耕路和青纱帐深处的坟丘藏得结结实实。回娘家上坟烧纸的老少妇女，蹚过望不到边的大庄稼地，找着爹娘先祖的坟头，点了烧纸，上了供享，哭上一鼻子，便回到娘家庄子上，热茶秋果地捧着，等一桌子丰盛的待戚饭。

那个中元节，人们却在疯传大稳出事的消息。

据说，原本没大稳什么事，为了搭救一个孩子，却险些要了她的命。村里人描述，女孩儿是县城的，才11岁，她的母亲派她去小白河西支边上一个庄子看她的外祖母。后半晌，庄稼地里雾障障的，小姑娘骑着自行车走到大洼里就害怕起来，迷失了方向。这时候，刚巧有歹人经过。歹人生歹心，小姑娘被拖到一片刚烧过纸的坟地里给祸害了。大稳是要到坟地里找蘑菇的。老坟地，荒草深深，旺了一季，枯了一季，肥沃得紧。坟上的枯草生一种粉嫩伞叶的肉蘑菇，也生一种叫马粪包的菌子。秋天，掩在杂草间的细叶灌木结红艳艳的浆果。肉蘑菇、马粪包和红浆果，对大稳这样脑袋里少根筋的人，才会具有诱惑力。正常的人，除了烧纸、上坟，有谁去那些充满阴气的地方呢？号称知情者说，大稳其实也没救人。除了食物，大稳的反应是慢半拍的。没等她想到救人，这个没多少力气也没多少心眼儿的女人，几下子就被歹人打"死"了。

公安局悬赏捉拿嫌犯，盖着大红戳子的告示贴在了本县和邻县村庄的电线杆子上、合作社门口。但嫌犯似乎瞬间蒸发，公安也找大稳问过好几回话，她总是惊魂未定的样子，眼神空空的，提供不了什么有价值的线索。有时候，大稳去喂猪，会突然把泔水桶扔出去，撒腿往学校的操场上跑，边跑边喊"别杀我，别杀我"。

大稳事件后，村里每一个有女孩儿的户，都有了"家庭纪律"。比如，外祖母规定我除了上学，不许独自一个人行动，村南大坑、村西大埝子、小白河边、对岸泊庄梨园，更是禁地。其实就算她允许，我也不敢去。

有好几年，我甚至放弃了那些秘密的蘑菇领地。我感觉自己身上正在生长另外一种嗅觉，对于危险之地、危险之人的嗅觉。野蘑菇，跟野鸽子、野兔子一样，敏锐，怕人，所以它们躲在人不常至的地方。而人不常至之地，对于一个少女，便意味着危险甚至灾难。

假日，时而需要我一个人去田里送独轮车，好方便母亲

187

下工时往家推东西，比如生产队分的红薯、棒子、谷穗，或者庄稼秸秆。即使不去田里，也得从西大坑的苦水井或从白河里挑水，浇灌院子里的丝瓜、眉豆。我是一个早发育的孩子，10岁已经能够挑水，外祖母和母亲以此为傲。每每劳作，她们便会忘掉女孩子不能独自行动的"家庭纪律"。可是，我却经常无比清楚地嗅到比蘑菇领地更加危险的气息。果不其然，有一次我晌午到西大坑担水，四野芜静，蝉鸣如织，斜刺里突然冒出一个中年男人，大老远喊我的名字。那个人是西街的，我认识，出了名的老实，家境不好，一直打光棍儿。可那天，他的眼神和声音，分明既不老实，也不善良。

我担着两只空桶落荒而逃的速度，绝对赶得上一只被细狗追赶的野兔子。到了家门口，依着栅栏门喘息很久，我才进家。那天，我对外祖母撒了谎。我说，我忽然肚子疼得厉害。

被一个老光棍儿邪佞地注视和呼喊，是一件多么难于言说的事情。何况，其中的邪佞味道，或许只是出于过度自卫意识的妄断。如同我对于蘑菇等可有可无之物的痴迷，在那样一个闭塞而贫瘠的村庄，也无人可以诉说。

读到东北作家格致的散文《减法》，是40年之后的事情。普天下的女孩，到底要做完多少命里的减法，才能平安长大？

由于写作的原因，我比常人更执着于那些深藏于脑纹深处的细节。关于大稳到底是不是那起奸杀少女案的目击证人，我曾跟母亲讨论。八十岁的母亲，似乎不愿意再打开她记忆的闸门，除了她与外祖母之间的一些过往，都说记不得了，或者干脆大张着一对浑浊的老眼看我，一副听故事的样子。

我情愿大稳不是目击者，她一忽间的害怕，只是跟大家一样对于凶残现场的想象。大稳应该过一种安稳的日子，可以随处游走于乡野捡拾野蘑菇的日子。

二姐姐领着我到苇坑地里找团团蘑。

腐苇生团团蘑，个头儿极小。团团，是泊庄称呼它们的读音，是不是这两个字，待考。团团蘑的伞盖儿还不如小指头肚大，个头儿也矮矮的，藏在苇子根底下，不仔细找，根本是找不到的。二姐姐说，这种蘑菇极香，擀面条配黄豆嘴儿打卤最好，用鸡汤煮，再调上几撮芫荽两三滴醋，鲜得不行。二姐姐比我大四岁，她的话我总是很认真听的。有一回在祖父住的老院子里玩耍，丝瓜架上爬着一只"臭大姐"，她说是纺织娘，让我去抓，我就真抓了。手臭了好几天，肥皂水搓了多少遍都搓不掉。我好久都分辨不清纺织娘和"臭大姐"，估计二姐姐也分不清，她只是在我面前充导师，不懂装懂。我没埋怨过二姐姐，谁让她是我的二姐姐呢？为数不多的童年玩伴，二姐姐是最会玩儿的一个。

苇坑在泊庄的村东，再东边儿，就是小白河。小白河在泊庄村东拐了个弯，把小半个村庄环抱在自己臂弯里。尽管河里不常有水，毕竟是依河的村子，自有几分灵秀。一个"泊"字里，总会让人联想起桨声灯影的风情。苇坑里的芦苇根一直串到小河沿儿上，苇间小径顺着河岸逶迤至远方，苇莺、蝴蝶、红蜻蜓在苇尖上飞来荡去，益母草、拉拉苗杂生在苇丛里，开着淡紫、浅粉的花。在这样一个地方找团团蘑，我总是心猿意马。二姐姐跟我不同，她找团团蘑就一心一意找团团蘑，绝不会被花花草草、虫虫蝶蝶所迷惑。

谁知我去追逐一只蜻蜓，竟发现了一个蘑菇坑，长满白蘑菇的坑。有半人多深吧，四周的苇子稀稀拉拉的，到坑底，一根苇子都没有了，只有白亮的蘑菇，星星般眨动着眼睛。二姐姐夸我，说我立大功了。二姐姐抓着坑沿，一骨碌就到了坑底。我却不敢。

风从河边来，苇林摇曳，绿波如海。忽然，苇坑地深处冒出两个人的脑袋。风过，又不见。二姐姐喊我，她两手扒着坑沿，递给我刚采摘的蘑菇。我正心惊，没接住，蘑菇抖落一地。捡蘑菇，才发现二姐姐脱了罩衣，只着一件汗衫，她的罩衣临时当了盛蘑菇的布袋。

中午，在大妈家吃饭。二姐姐烧火，大妈擀面。地里现拔的嫩毛豆，剥开豆荚，通体碧绿。毛豆子炒蘑菇片打卤，新麦面条，点上蒜醋汁儿，真好吃。这是我平生第一次正式吃野蘑菇。

这一天，我在苇子地里看见两颗可疑的人脑袋，确切地说，是两个可疑的人，但我只见到了脑袋，没见脸，也没见身子。这件事，我没有告诉二姐姐，更没有告诉大妈。那时，大稳还没有发现我的蘑菇领地，但我已经稍稍懂得在心里藏事儿了。

收完秋，村里排演节目。节目时而到公社里去会演，公社管节目的人，跟演员们混得很熟。有个叫蒲的姑娘，生得眉目风流，嗓子又好，人外场，当着当着演员，就被选到公社广播站去了。老太太们净偷着骂她，没羞没臊的，早晚臭得没法回村喽。我小，跟蒲不熟，就觉得她长得真俊。见过蒲一回，在苇子地的小路上，她跟公社里那个管节目的中年人就伴儿，俩人很热络的样子，说说笑笑地隐没在小路深处。苇子地的小路，穿过后村，连着通县城的公路。

后来，蒲跟县城里一个公子哥儿好了，好了一两年吧，也不在公社播音了，常有一辆大摩托停在后街，是蒲和公子哥儿开来的。蒲的结婚对象，却是外县一个中年人，做买卖的。蒲就这么离开了村庄，终于没人再提及蒲这个名字。

另一年冬天，正储存红薯的时候，格跟一个小伙子跑了。格也是个俊闺女，少言寡语的，看起来又安稳又本分。小伙子是本生产队的，没娘，一个腿残的老爹，拉扯着四个小子，他是老大。原本没人知道这桩地下恋情，直到他们同时在村庄里消失，聪明的人们才如梦方醒。

女人们说，都是蒲把格给带坏了。我觉得，蒲是蒲，格是格，各人走的道儿，并不一样啊。但我在村庄里是没有发

191

言权的，一个半大闺女儿，只有听别人说话的份儿。正经说，这样挂彩儿的闲话，都不该听。

过了几年，格回来了，领着个五六岁的男孩儿，格的小伙子却没露面。格剪了短发，穿一身牛仔背带裤，耳朵上打了耳洞，戴镶钻的耳钉。人们从格偶尔冒出来的口音中，猜测她是从东北回来的。不久，格在县城开了一家干货铺子，卖蘑菇、木耳、银耳、榛子、松子，像是为了回答人们的猜测。格的铺子，我专门去过。光蘑菇就有那么多的品种，口蘑、松蘑、榛蘑、鸡枞、猴头菇、松茸。格的铺子里弥漫着浓浓的蘑菇味道。如果铺子里的空气可以收集起来，一定够烧一锅蘑菇汤了。

有人到外地去打工了。去的地方，不是深圳，就是广州、上海、北京。总之，都是些大地方。村里流行起跨地婚姻，甚至连未婚同居也流行起来。云南媳妇刘翠兰跟公婆要了一块承包地，箍起大棚。她要种蘑菇了。她种的是双孢菇，就是当年我的蘑菇领地里曾出产的那种，星星白的蘑菇。

刘翠兰家，是我们村第一个靠种蘑菇脱贫致富的人家。论起来，她的公婆还跟我们家沾着亲戚。刘翠兰结婚时，我刚好在家里过暑假。母亲硬拉着我去随礼吃饭，说是姑娘大了，该见见场面。那天，刘翠兰穿着大红的上衣，脸上敷了脂粉，小小的一个人儿，一笑，那张脸居然像一朵新鲜的白蘑菇。

关于蘑菇，刘翠兰算是从场面上来到我们村的。在她的老家，盛产汪曾祺笔下那一众好吃的蘑菇，诸如牛肝菌、鸡油菌、松茸、羊肚菌、红蘑。云彩之南的大山里，是一年下不愁新鲜蘑菇的。但刘翠兰选择了最普通的双孢菇，那种星星白的蘑菇。我的内心，对刘翠兰常常怀了一种莫名的感激。这个远道而来的女子，把我对于世界的神秘敬意，播布于我们共同的家园。

# 和母亲做书友

母亲回来了。在村口，她把行李包往白晃晃的小路上一丢，一把将我揽在怀里。我以为她会抱起我，一直把我抱回家。但没有，她只是轻轻地揽了我一下，随即就松开了。转身，猫腰去拽开提包的拉链，飞快地从中抽出一个包得严严实实的纸包，起身交到我的手里。纸包的皮儿是两层旧报纸，里边的书却簇新。那是一本小说，名字叫《小英雄雨来》。

母亲是做了手术回来的。她得大粗脖子病去保定住院，一待就一个多月。她回来，拖着虚弱的身子，背着被褥和换洗衣服，从县城下车走了五里路才到村子。但她没有说累，也没有说她的病，而是那么急切地送给我一本书。这本书是她专门为我买的，也是她买给我的第一本课外书。

母亲为我买书的情形，后来无数次出现在我的梦境里。有时候，她背着一只红荆条编的草筐，草筐装满了青草，草上还飞着一两只黑底子金花的蝴蝶。她一转身，厚厚的一筐草就变成了沉甸甸的一筐书，那么多的书，足以让一村子人眼红的一筐书啊。有时候，她正在发脾气，手里捉着一根擀面杖，见鸡打鸡，见碗砸碗。忽然，她的擀面杖飞出手，打在了院墙边的老榆树上，劲儿太大了，树梢剧烈地晃动，树叶子们打着旋儿往下掉，到地上，却成了一本一本的书。

不管怎样的梦，最终结局都是母亲一下子拥有了好多的书。有书在手，母亲的眼睛马上明亮起来，脸上现出好看的笑容。那样的笑容，让我爱一辈子。

母亲买《小英雄雨来》那年我 8 岁，还不能认全书中的字，每次读，只能囫囵半片地从头翻到尾，在心里描画着小主人公雨来的样子，把一页页密麻麻的字，译成一幅幅图画，就像我从同学那里借来的小画书。读来吃力，因此也说不上格外地爱惜，但我毕竟拥有了一本好像只有大人才有资格读的砖头一样厚的书，它不同于课本，更不同于流行的小画书。正因为它难读，它与众不同，在小伙伴们眼中，那是一本很牛的书。这让我在很长的一段日子中颇怀了几分骄傲。我偷偷思摸着，母亲舍得给我买这本书，说明她是允许我跟她一样读闲书的。要不了多久，我不光能把"雨来"读下来，还会跟母亲一样，在黑黢黢的夜晚，就着煤油灯读那些砖头一样厚的书，那些藏着无数人物、无数故事，迷得人不想吃饭、睡觉的书。

那时，村里人管学生课本以外的书，都称作闲书。学生读书，是祖祖辈辈认可的正经事。不上学了，你生命的全部意义就是干活儿。干活儿为了活着，活着为了干活儿。不干活儿，去干些跟生命意义无关的事体，人不管饱暖，猪狗不下崽鸡鸭不生蛋，当然是毫无益处之"闲"。既然闲书无益，像母亲那样爱看闲书，并且甘愿为之点灯熬油的人就更少。看书的人少，得到一本好看的书更非易事。但母亲爱看书，也总有办法弄到书。我怀疑，三乡五里爱看书的人，有一个秘密联络通道，她们通过庄稼、青草的气味，甚至通过一片云彩一阵微风，就可以相互传递关于书的消息。偶尔，母亲秘密分派我去河对岸的村子借书、还书，我心里那个高兴劲儿，比过年还甚。在执行任务的过程中，我的内心一下子与母亲平等起来，甚至成了亲密的朋友和同党，就像她跟那些与她一样读闲书的人。

母亲看的书，有《连心锁》《苦菜花》《林海雪原》《三国演义》《水浒传》。那些破破烂烂，没有书皮，甚至前前后后都缺了很多页的书，她却看得津津有味，有好多次被煤油灯燎了前额的头发。高兴了，母亲也给我们讲上一两段书。比如，杨子荣孙达德林海传情报，诸葛亮夜观天象借东风。母亲讲书的时候，往往手边在拾掇正经事，洗衣服、缝棉被，纺线，织毛活，或拧玉米粒。她的心多一半不在书上，讲得有一搭无一搭，我却听得五迷三道，暗自希望她能放下手中的活计，好好讲，让我听个痛快。但这样的想法，只是憋死在心里，我不敢黏她，更不敢像别人家的孩子一样撒娇耍赖。一家六七口人的针线活儿等着她赶，生产队的工分等着她挣，我们的一日三餐等着她做，三天两头生病的姥姥等着她侍奉。母亲哪里有真正的清闲，她很累，脾气很大，她的脾气是累出来的。

　　父亲累了，靠墙根坐下吸一两支自己裹的旱烟卷；姥姥累了，去找她的老姐妹摸几把纸牌。母亲不吸烟，不玩纸牌，也极少见她跟别的女人扎堆聊天。她把自己的烦恼和劳累，一点儿一点儿埋藏到砖头一样厚的书里，就像所罗门把魔鬼封在瓶子中沉入海底。当然，我们稍不小心犯了错，惹她生了气，那些累和烦，随时都会冲开"封印"从书本里跑出来，化作一场地动山摇的闹脾气。可我不记恨母亲，一点儿也不。我心疼她，除了读闲书那样一点儿可怜的消遣，她一无所有。我盼着自己快点儿长大，成为一个有能耐的人，帮着母亲弄到更多好看的书，让书把她的坏脾气拴得牢牢的，不再跑出来吓坏我们，也气坏她自己。让母亲读书吧，我喜欢母亲读书时安静平和的神态，甚至她不小心被煤油灯轻轻燎过的额发，在我看来都是格外美丽的。油灯下读闲书的母亲，是我少年时期的女神。

　　转眼，母亲老了。她老人家的火暴脾气更深地埋藏在那些经年累月读过的书里，时常表现得很乖顺，没了家长的威严，倒像是我们的孩子。母亲跟着我小住，赶上我在家休息，俩人也是读书，她窝在沙发上，我猫在书房里。我的书房，有满满六柜子的书。有时候，母亲慢慢踱进来，我以为她要找什么书，但她又往往什么书也不找，只是扶着书柜站着，目光在一排一排的书籍之间游弋。

　　我染上了母亲年轻时的坏脾气，累了，烦了，浑身火苗子呼呼乱窜。唯有把心埋在书里，让自己慢慢安静下来，漫天乌云一丝一丝散去，满世界重归风日晴和。母亲说，读书跟抽烟喝酒一样，是上瘾的。好羡慕母亲，做了 80 年的"瘾君子"。也许，世界上任何嗜好，一旦成瘾，都该戒断吧。书瘾，是个例外。

八月黍成

# 对镜贴花黄

一

夏至的声音，是从一只铃铛翠的身体里长出来的。

二队的瓜园这天开园儿，卖清一色的铃铛翠。铃铛翠卖上几天，黑皮菜瓜、羊角酥瓜、落地黄面瓜、红瓤小甜瓜才能次第下来。姥姥说，这些个瓜里，黑皮大菜瓜是最好吃的，叫菜瓜，其实是甜的，瓜汁儿吸溜一口，赛过蜜，又清凉又解暑。她总是这么说，买回家的，却永远是铃铛翠。或许铃铛翠最便宜吧，也或许是有什么别的讲究。姥姥做事一板一眼总有她自己的道理，她并不把道理直戳戳讲出来。比如，母亲反对我跟一群小丫头片子去土岗儿上疯跑，姥姥却每次私下放我出去。其实，铃铛翠也是蛮好的小菜瓜了，从第一片叶子开始，一叶一花，一花一瓜，翠白的瓜妹子一结一大串，风吹瓜田，阳光哐啷碎在叶上，便惹来她们一串清凌凌脆亮的笑声。

快到麦月，向晚的阳光锃亮。我们放学先不回家，背着书包一路小跑去村口的土岗儿。小静和小妹，脑门儿上、鼻子尖儿上全是汗，汗珠一直滚落到她们粉红的脸蛋儿上，细细的汗毛上闪着光华，可她们谁也不会去擦汗，只顾咯咯咯地笑。我也在笑，脖子后面的汗水已经流成一条小溪。任它去流吧，我要笑，我们要笑。我们似乎只会笑，常常一人笑，大家也笑，笑得肚子都疼了，却还不知道为什么笑。姥姥说，我们笑起来的样子，没心没肺的，就像瓜园里满地滚着长的铃铛翠，圆溜溜儿的，又水灵，又透亮。

麦假开学，但接下来还会放秋假，中间这一两个月，就像是老天给富余出来的日子，功课不多，大人们歇晌、闲聊，歇够了又紧着下地，根本顾不上教训我们这些满地滚瓜蛋子似的孩子。漫长的中午和黄昏，我们都会在土岗儿上打发掉。土岗儿其实是个堤坡，堤坡西侧，是深深的车道沟，旱年行车，涝年流水。车道沟分两岔，往西经过一个坑塘通往村外大片的田地，往北二三百米则是东西蜿蜒的小白河。土岗儿上敞亮，站在上边喊一嗓子，声音能传出好几里地。早晨或夜晚，女人们专门到这里来吆喝，吆喝走丢的鸡鸭，吆喝不回家的孩子，踢踢踏踏的鞋子，把一条小道磨得又白又亮。有时候，我们学着女人的样子，双手叉腰踮起脚尖作吆喝状，还没吆喝什么，就不由得笑起来，恨不得笑得岔了气儿。更多的时候，我们站在岗子上是为了向村外张望。5岁时，我曾经由母亲带着去过青海找父亲，父亲那时候在一个遥远的山旮旯银行当会计。村子里的人，不知道父亲的山旮旯比我们的村庄更荒寒，他们说他在外头。"在外头"三个字，是享福、挣大钱的代名词。我们在岗子上的张望，或者小小的潜意识里，也是对"外头"的一种探知的欲望甚至神往。有时候，我们干脆脱掉鞋子，坐在岗子上，两只小脚丫搭在坡沿上一摇一摇的，那岗子仿若一条船，坡沿下就是浩浩的河水，小船慢慢漂向远方的"外头"。小静和小妹一左一右靠着我的肩膀，听我给她们讲青海的事。我说，青海在一个比西边更靠西的地方，要坐汽车倒火车，摆渡过黄河，再坐汽车，搭马车，走几天几夜。她们不相信。她们用一串跟铃铛一样清亮的笑声，把我认真的讲述淹没。

土岗儿东侧，相邻一片少有人光顾的闲散地。那里是我们的"百草园"。这片地的南侧，有几棵枣树、几棵槐树、几棵榆树，还有人随意栽的一片苋苋谷、几株望日莲。最北拐弯，挨着五姥姥家后墙，树木多少年无人修剪，大树和紫穗槐、红柳墩拥挤在一起荫蔽成林，就算是小孩子，也只能猫腰双手分开树枝钻进钻出。这里有蘑菇、马粪泡、狗尿苔、野枸杞果，有狸猫、蚂蚁、野鸽子蛋、知了猴，有鬼鬼祟祟的小花蛇和小青蛇，还有倏然跑过的壁虎。据说壁虎的尿滋到人皮肤上会生白癜风，我们都怕。

大表姑每次来我家，都穿过小白河顺着土岗儿下的车道沟进村。大表姑并不大，我上小学四年级，她刚升初三，可惜没上下来，她娘让她赶快种地挣工分，她还有两个弟弟一个妹妹。有一天我和小静正在"百草园"找蘑菇，大表姑来了。前一天刚刚下过雨，林子里散发着湿热好闻的气味，确切地说，是蘑菇的气味。藏在林子里的蘑菇，会释放一种非常特别的味道，一种由腐木和泥土结出的清气，氤氲着菌孢子的体香。明明应该有蘑菇的，却一时找不到。越是找不到，我们找得越仔细。隐蔽得再好的一颗蘑菇，也会因为自我散发的浓烈气息而最终暴露。忽然，有人揪我小辫子，吓得我心里突突的，没来得及呼喊，头已经被往后扳过，大表姑另一只手拇指搭在嘴巴上，低低嘘一口气。她从一个布袋子里掏出一只甜瓜，像佛手一样小巧的甜瓜，浅绿瓜皮均匀撒着深绿的小圆点儿。甜瓜在她手上一掰两瓣，我一瓣，小静一瓣，瓜肉金黄，香气扑鼻。我让大表姑吃，她不吃，声音低低地说：我来事儿了，肚子疼，不吃。小静问大表姑，来什么事儿了？大表姑突然把脸一黑，摁住小静瘦瘦的肩膀：来事儿你都不知道？你这个傻瓜。是女的早晚都得来事儿，女人这一辈子，除了生孩子，就是来事儿。大表姑的话，像一阵儿乒乒乓乓的急雨，我和小静都是没带雨具的，我们吓着了。

长相秀美的大表姑，一直跟我们很好，她知道许多关于我们和"百草园"的秘密。可姥姥说，她的脑袋出了问题。她娘喊她去地里打猪草，她答应慢了，一笤帚疙瘩砸在后脑勺上，当时就停了呼吸，人抢救过来，脑子落下毛病。大表姑的娘，我叫表姑奶。如何"表"成亲戚的，却直到现在论不出来。那是个急吼吼只知道干活儿的人，纸板一样瘦而薄的身体，凶巴巴两只往里抠着的眼睛，高耸着两个大颧骨。

她生气的时候，揪大表姑的脑袋往墙上撞，像老法海撞钟，她忘记了孩子的脑袋可不是钟锤。我很奇怪，这样的一个表姑奶，怎么生养出好看耐苦的大表姑。她的头好硬，似乎骨头是特别加了钙的。当然，村庄里丫头片子几乎都挨过父亲母亲打，包括我自己。也有比表姑奶更孟浪的，一巴掌抡下去，孩子的命就没了。

我和小静，谁也没有看出大表姑脑子里有毛病。她身量长得好快，在我们面前，像羊群里闯入的一匹小洋马，高大、伶俐、泼辣。她跟我们一起满树林子里钻着寻找蘑菇、野鸽子蛋，她甚至不怕蛇，不怕壁虎，也不怕枣树上锋利的圪针。她带我们偷枣子，偷半生不熟的向日葵，跟野小子们一般将起光腿到小白河里筑坝淘鱼。大表姑神秘地说，小白河是一条上千年的老河，河沙中到处混杂着鱼的种子，只要下一场雨，或者上游来点儿水，鱼子一天之内就变成小鱼。女孩儿的身体里也有一条河，藏着许许多多小娃娃的种子。

大表姑很快就说了婆家。我上初三了，大表姑已经生了两个孩子。夏天，她还是经常来串亲戚，买一篮子的小甜瓜。她从来不买铃铛翠给我们，她说铃铛翠是最轻贱的瓜，拿不出手送人。她买的甜瓜小小的，一口咬下去尽是蜜汁，甜得人一溜儿跟头。她背上背着丫头，右手抱着小子，左手扛着篮子，两条大长腿从小白河那边翻过来，顺着车道沟，一路颠颠地到我家。到我家，第一件事是给两个小毛头喂奶。她不避人，咕咚坐到门口的台阶上，衣襟一撩，两个饱满而挺拔的奶子一览无余，两个毛头拱在她身上，一边一个，咕嘟咕嘟吸食着乳汁。大表姑的乳汁，是她身体里的另一条河。

或许是课业重了，我和小静、小妹，几乎忘记了土岗儿和"百草园"。娘下田回来，说那片林里有狐子，狐子在某个清早拐走了村里一个姑娘。

二

这一年，同学阿仁穿起全校第一件花洋布褂子，霞戴起白的确良布的假领子。阿仁个子高挑，宽肩长腿细腰，眼睛黑亮，又粗又长的辫子也黑亮。她小跑着上学，她一跑，两条大辫子就在背上跳舞，花褂子上一朵一朵玫瑰粉的桃花也跟着跳舞。全班男孩子、女孩子的眼神，跟着一起跳舞。阿仁看到大家的眼神为她跳舞，就羞涩地笑，一笑起来，粉红的脸蛋便开成两朵桃花。霞也身材高挑，她不像阿仁那么好看，但那个罩在学生蓝上衣领子外的白色尖领，衬得脖子雪白，一张鹅蛋脸也雪白。她的步速很匀，款款的，从门口进到教室，绕过讲台一直走到教室后部的课桌旁。没有人用看阿仁的眼神为她跳舞，教室里静悄悄的，似乎没有霞这个人从讲台前款款走过。此时，男孩子的眼神长在心里，女孩子的羡慕和妒忌也藏在心里，款款的，绕过讲台一直跟到教室后部。

　　班里在悄悄传阅一本叫作《收获》的杂志，接下来又有《河北青年》《辽宁青年》等。杂志上登着很多小说，小说里的字常常让我们脸红心跳，感觉很不正经，很不要脸，可是我们个个五迷三道，欲罢不能。为了争取一晚上的阅读权，我这个大班长跟其他同学一样低三下四，去讨好杂志的主人多儿。有一篇小说写到甘肃敦煌的莫高窟飞天女神，也写了一个叫飞天的女孩儿，写了爱情，甚至写了男人和女人亲热的细节。我们在《收获》中悄悄收获了性和爱情的启蒙教育，也收获了与我们的生活完全不同的另一种生活。

　　这时节，匡家园子发生了一个故事。园子在小白河对岸的泊庄，匡家的两间土房子，在园子的北头，后墙是一圈带圪针的老杜梨树。这是一个废弃的梨园，离村庄人家稠密的街巷有一里多地。杜梨树是为了给大片的鸭梨树授粉，兼做护墙而保留的。园子的西头和中间，各有一条车道沟通往村里和村南的小白河。小白河素日并无水，车道沟接通河床上曲曲折折的小径，直达郭庄村北的土岗儿。

　　把西边的车道沟，离老年间的五姑庙不远。穿过对过儿的苇坑，再翻过一道坡就是。五姑庙是清朝时起的一座家庙，为纪念五个十七八岁的女孩子而建。当年皇家选秀女，泊庄宋姓大户人家，齐整整五个女孩儿被选上，按辈分是三个姑姑两个侄女。赴京前一晚，女孩儿在母亲们的帮助下，于大木盆中洗净了身子，换上簇新而柔软的红缎子衣裳，仿若天仙女下临凡间。第二天清晨，官家接秀女的车子到了门口，鼓乐班子吹吹打打，一街筒子乡邻围着看热闹。宋家后院的秀房却紧紧关闭着，女孩子们已经趁夜集体悬梁自尽。

每次单独从车道沟经过，脑袋里老是不自觉地想着五姑的样子。我朝着老杜梨树丛直勾勾地盯视，脚步落下去又轻又软。这期间，我与匡家大女儿玲玲成了朋友，并且向她讨教过五姑自杀的问题。玲玲大我两岁，个子高高的，略黑的瓜子脸，两颗黑葡萄似的眼睛，脑袋后头扎一根粗粗的麻花辫。每次遇到，老远的，她就喊，小秀才，快来，玩会儿再走。玲玲常常送给我意外的惊喜，或是一束将开未开的杜梨花，或是一两枝黄刺玫，抑或几只甜丝丝的风落梨。玲玲说，如果她要是被选了秀女，就不死，好死不如赖活着。

那天放学后，我照例去离小白河不远的一口苦水井担水。家里小菜园的灌溉任务，由我承包着。刚到井边，玲玲冒了出来。她神色有点儿异样，叫我放下水桶到旁边说话。玲玲和我并排坐下来，微笑着说，她爱上了一个人，是我的同班同学阿木。她找我，是想知道阿木是否在爱着其他女孩，如果没有，就托我把一封信送给他。

后来，两个村子的人，都在议论阿木和玲玲搞对象的事儿。娘很严肃地教训我，再和玲玲来往，就打断我的腿。玲玲是中年妇女们眼中的坏女孩儿。尽管我知道娘不会真的打断我的腿，但我怕被当成坏女孩儿。村里的妇人们，一个个都长着毒辣的舌头和毒辣的眼睛。那些舌头和眼睛，能吃人。

　　父母亲又吵架了，起因是一只跟茄子肉一起炒在菜里的茄子把儿，俗称"茄子腿"。俗话说，贫贱夫妻百事哀。自从父亲从青海调回家乡工作，他们俩为一点儿小事儿擦枪走火逐渐成了家常便饭。母亲总是把茄子腿以及那四瓣生长着毛刺的茄蒂一起炒在菜里，可能物以稀为贵吧，我和妹妹弟弟，总以为那只独特的茄子腿是世界第一美味。若炒一只茄子，茄子腿自然非我弟弟莫属；炒两只茄子，妹妹就有轮到一只的可能。他们俩都不稀罕吃的话，茄子腿就是我的口中美食。而这样的情况，几乎是不存在的。一般，我家只炒一只茄子。那天，父亲没有任何预兆地吃下了独属于他宝贝儿子的茄子腿。弟弟还不到 3 岁，他大哭不止。"茄子腿事件"，成了整个村庄饭后的谈资，包括我的班级。我不经意间听到过冯奶奶问我父亲："傻小子，茄子腿好吃不？"冯奶奶微笑着，缺了一颗门牙，她的声音跑风漏气。我觉得我应该飞起一掌，打掉冯奶奶另一颗门牙，我的手发抖，继而浑身都在暗暗发抖。我发誓，我长大了要为父亲做一顿丰盛的茄子腿饭、红烧茄子腿、素焖茄子腿、清蒸茄子腿、酱香茄子腿、油爆茄子腿。

　　村里考走了第一个大学生，硬邦邦的大学本科，全国重点，北京师范大学。早几年，村里也有几个考上学的，都是师专、财校、卫校之流，上不了台面。我们村老时候出过秀才，也有过考上老西安交大、上海复旦的，攒鸡毛凑掸子的末流学校，根本不入人们的法眼。这回不一样了，文曲星转了一个圈又回到属于村子的天空。每个有孩子的人家，都憋足了劲儿，要供出自己家的大学生。我不知道大学是什么样子，但我心里的大学，女生一定都穿跟阿仁一样的花褂子，戴像霞那样的假领子，并且笃定地以为，大学早晚都是属于我的。我是班里的第一名、年级的第一名，也是全公社数学、作文会考的第一名，我不去上大学，谁还能去上大学？

村里派了一个叫凤的女孩儿做代课老师。凤长得不算好看，但她喜欢照镜子，照她两颗有点儿发黄的门牙。她还待字闺中，镜子里的两颗黄牙是她的心病。那两颗黄牙，经常把她气昏了头。她给我们讲代数，代数就长成了 $\log\dfrac{1}{3}+\log\dfrac{1}{2}=\log\dfrac{2}{5}$ 的幺蛾子。蛾子满教室飞，飞过阿仁的花褂子、霞的假领子，落在多儿秘藏的《收获》上。文曲星照耀着村庄的天空，我们教室里却飞翔着数不清的幺蛾子。那会儿，教师力量青黄不接。我开始在课堂上大张旗鼓地自学数学。

上大学的梦想，穿越青涩年华的半条街，照彻冲刺中考的 100 多天，我不再理会多儿带领的班级秘密阅读。但我却摊上了一件大事儿。一位郭老师，我的本家、邻居娃子舅，要我去老师办公的小院子替他拉上午第三节的上课铃。我犯了拧，就不去；娃子舅也犯了拧，非让我去。在一棵大枣树底下，我们俩饿饿起来。娃子舅也就 20 出头儿，我是个十三四岁的毛丫头，俩人都梗着脖子，谁也不肯让步。最终，我还是低了头，一路小跑去拉上课铃。我一路奔跑着，泪水满世界飞，连上课铃的声音也濡湿了，哽咽、喑哑。我飞跑着的双腿绊到操场上一把大铁锹，整个人扑倒在地，仓皇间右手碰上锹刃，血滴如红色的雨露。我起来，继续奔跑，血滴一朵朵在小径上绽开。我想退学。

阳光透过纸窗，无数颗金色的星子飞舞。眼睛肿成了两颗水灵灵的桃子，我在炕上躺着，似乎末日临近。母亲要出工，扔下句梆梆硬的话：瞅你那点儿出息，一张纸画个鼻子，念半天书，脸给我长到哪里去了？姥姥推着她出了屋子。姥姥在家里陪着我。她让我把学生蓝小翻领褂子脱下来，又一次仔细检查我手背上的伤口，一边看一边故作轻淡地说，没事儿，过几天就好了，就是得落个小疤。谁家孩子胳膊腿的没疤啊，这是记号，记号越多越成人。

姥姥到灶屋为我洗褂子，冯奶奶来串门。我听见姥姥轻柔的搓洗声，还有两个老太太轻柔的交谈。冯奶奶说，洗这衣服不用打肥皂，她一会儿用这水去浇她的凤仙花。她每年都种一株开黄色花的凤仙花。她曾用黄色凤仙花的花瓣，给我和小妹贴过眉心，染过指甲。

## 三

校园的芒种节在八月。一茬庄稼成熟了，又紧着播种下一茬禾苗。某一个八月末，我作为众多禾苗中的一株，住到了县重点中学高中部的田里。我们白天在课桌旁生长，到了夜晚，则分男禾苗和女禾苗，安置到苗床上。

我和两个班级的另外 59 株女禾苗一起，住在一间红瓦罩顶的大房子里。这房子，从外表看跟教室是一个模样，或许就是教室改造的吧。两溜儿大通铺，分别临着南墙和北墙。通铺由红砖砌成，铺面上抹着厚厚的蓝灰色水泥。水泥铺面眨着冷蓝色的眼睛，看我们这些半大的丫头打开各自的铺盖，从西到东一路排开，褥子上盛开的牡丹、梅花、缠枝莲、三月桃、九月菊，将它打扮得花枝招展。

不知道哪位爱美的师姐毕业时遗下一面镜子。镜子是一颗心的形状，大小若人脸，它悬挂在房子最西边的位置。房门开在最东边，眼尖的人，一进门老远就望到那面小巧的、明晃晃的物件儿。除了吃饭、睡觉，房子几乎整天空着，镜子照见的，只有挤在大通铺中间过道的自行车、对面墙上歪歪斜斜挂着的干粮篮子。事实上，面对一群一门心思考大学的女孩子，镜子挂在那里，太寂寞，太多余了。

刚入学的那个夜晚，月亮送来幽蓝而纯净的光芒。这些光芒像母亲的手抚摸着稚气的脸庞。不知道是谁起了头，呜呜咽咽的哭声顿时溢满了北铺，接着感染了南铺。我本以为我不会哭的，可我居然还是哭了。

太空里的星子按照各自的轨道运行，我们这些被栽植于校园的禾苗也有着各自的成长轨迹，我们是独立的生命个体。星子的光可以相互抵达，大通铺上的缠枝莲和九月菊、牡丹花与三月桃，也悄悄枝干相绕，惺惺相惜。不知从哪天开始，我的干枝梅与对铺的喜鹊交上朋友。喜鹊的主人叫林，她是我们班的宣传委员。林个子不高，微黑的脸膛，闪烁着星子一样明亮的眼睛，微微一笑时，还露出两个小巧好看的酒窝。林跟我一样穿海军蓝的确良小翻领上衣、深蓝色涤卡裤子，但同样款式的衣服穿在她身上却是那样利落好看。我们俩一起给班里办壁报，林的板书、插图都令我佩服不已。

林跟我说，她娘会做腌茄子，每年，家里都做一大坛。霜降前，茄子拔园的时候，把没长成的小茄包揪回家，连茄子植株上的皮儿也剥下，改刀在锅里焯水晾干，然后入坛，一层茄子掺茄子皮儿，一层盐和花椒，最上边压上石头，把坛子口封得严严实实，一个多月就腌成了。吃的时候用筷子夹出一碟子，葱丝姜丝大酱红辣椒炝锅，点上醋，略加水焖透，吃起来甭提多香。林许给我吃腌茄子。

我居然在瞬间吃完了林整罐儿腌茄子。更确切地说，我是这件事儿的"主犯"。在60个萝卜条和炸酱组成的罐头瓶队列里，一罐搭配了几叶碧绿的芫荽、几段红红的辣椒、几粒金黄的芝麻粒的腌茄子，咸香四溢，鹤立鸡群。林带来腌茄子，到了饭点儿，60双筷子唰啦啦歌唱，林却没有像事先许诺的那样，请我吃腌茄子，而是默默地一人享用。我捏着两根筷子，凑到了林的跟前，毫不客气地把筷子伸进了她的菜罐儿。接着，另一双筷子，另三双筷子，十双筷子，都去寻找那个盛着高贵的腌茄子的菜罐儿。我看到林的脸上飞起红晕，接着红晕一点点退去，只剩下黑，黑着的小脸上，一双黑色的眼睛冒着小小的火苗儿。

学校推荐地区级三好学生，我们班分到一个名额。班主任主持全班无记名投票。地区级三好学生，高考有 10 分的加分。这就意味着，它不仅仅是一枚属于青春的勋章，它还是一座渡人命运的桥，是一扇通往成功的门。偌大的教室静到了极点，80 颗心跳的声音像激越的战鼓，为那些激烈厮杀着的"正"字加油。第一局没有人得票过半数，票最高的，是我和林。老师决定启动第二轮投票，候选人是我和林。贴身肉搏，刺刀见红，16 岁的人生，第一次与"狭路相逢"这个词狭路相逢。在这个只容一个人通过的窄胡同里，失败了，不但要失去奖励 10 分的机会，还会在全班同学面前颜面尽失。如果退出呢？那时，我小小的心脏里，还没有"退出"这个字眼。隔着好几张课桌，我看见林的眼睛是湿的。我们俩平分了全班同学的信任。老师宣布下课，申报地区级三好学生的事儿，再跟教务处一起研究研究。研究的结果，我当选全校三好学生标兵，代表 3 个年级、14 个班级的千棵秧苗向我们的母校承诺，即将来临的收获季我们每一株秧苗都要有金色的收成。林作为地区级三好学生候选人，等待上级教育局的批复。

冬天，我们的大通铺要铺一层麦秸。麦秸在学校三场的大院里堆着，它们一夏一秋都在阳光地里，通身充满着太阳的味道。它们的使命，就是为我们这些苗壮成长中的禾苗做苗床。大通铺宿舍，冬天没有暖气，也不生炉火。金黄色的麦秸，就是我们的太阳，我们的炉火，我们的暖气。温暖的麦秸上，虱子和臭虫闻到了阳光的味道，也闻到了我们年轻的新鲜的血液味道。铺盖、衣服，都生了虱子，我不得不一边背诵着罗伯斯庇尔的生平事迹，心算着佳木斯到珀斯岛的时差是多少，一边在衣服缝隙、被子边缘进行着义无反顾的扑杀。时光的秒针"咯嘣""咯嘣"暴出殷红的血迹，染红了手指肚、内衣和粗布缝的被里。我和我的舍友们心照不宣，我们的内心那么羞涩，那么要强。

有个叫冬的男孩儿，交给我一份入团申请书。冬有着颀长的身材，细长的眼睛，一走路就卷起一阵旋风。姥姥说，旋风里盛着蛇妖。冬果真属蛇，他的前世也许是蛇妖。他的数学出奇好，语文又出奇差，其他科目不好也不坏，这样的结果，他总体上就是一个不好也不坏的学生。我公事公办，把冬的申请书交到学校团委，就像把一块石头沉到了湖底。冬再经过我的课桌，就卷起了更大的旋风。

上级关于地区级三好学生的批复，始终也没有到来。也许，报上去还得差额吧；或者，是其他什么原因。那次选举之后，我和林没再说过一句话，连我们的目光都相互躲闪着。我爱上晨跑。冬天，天亮得很晚。我们的早操时间是 6 点。5：50，宿舍里一盏昏黄的小灯泡准时点亮，舍外墙上的灯也亮起来。我的晨跑却是从 5：20 开始。摸黑儿起床，摸黑儿穿过两排大通铺之间的自行车、洗脸盆阵，摸黑儿打开宿舍的门插，跑过几排宿舍和教室，到校园最南头空无一人的操场。我满心地害怕，满心地孤单。我享受着这份害怕和孤单，竟积攒起小小的骄傲。后来，我发现了另一个爱好晨跑的人。她是一个黑色的影子，总跟我保持着半圈的距离。我猜过，那影子是林，但没有证实。

高考前夜，没有人再用功。下弦月只剩下一个类似舢板的小牙儿，懒懒的。天空湛蓝，漫天星子眨着毛茸茸的眼睛。很晚了，我们还没有睡。我心血来潮，穿来了妹妹的一条花裙子，那是一条蓝底白花儿的裙子，裙子的面料，就像是裁了一段那晚的夜空。舍友们一一试穿那条裙子，如同我们曾经同时去品尝林的一罐儿腌茄子。有人忽然想起墙上还有面镜子，跑去摘下来，在镜子里端详自己穿裙子的身段。

林也试穿了那条花裙子。她微微笑着，走到我的床铺前，挽了我的手。她的手那么柔软，像我妹妹的手。她穿起那条花裙子，眸子绽放蓝莹莹的微笑，映着裙子底色上高远的夜空。穿花裙子的林，那么好看。

# 一朵灰色的云

## 一

姥姥为我讲羲和给太阳洗澡这则故事的时候,她也正在给我洗澡。姥姥给我洗澡,是在夜的大幕之下。那时候,夜幕是深蓝色的缎子做的,爽滑、洁净、柔软,缝缀着无数颗大大小小十字形的星星,那些星星的光芒高贵而明亮。姥姥说,女孩子不能在白天洗澡,白天洗澡被太阳看到是羞耻的事情。夜间则不怕,因为星星也是女孩子。地上每一个女子,都对应着天上一颗星星。

通常,姥姥说话的语调都是柔和的,语速是缓慢的,就像初夏经过村庄的风。可是那天她讲到星星,村庄的风倏忽变大了,老榆树上的麦知了都慌张起来,叫唤得让人有些不知所措。到后夜,我发起高烧。

我梦见自己变成一颗星星,一直一直往天上飞,一片灰白色的云彩跑过来蒙住了我的眼睛。姥姥不见了,老榆树不见了,村庄不见了,大地也不见了。

我几乎不迷信,除了梦。

215

据说，人进入睡眠状态，就会与梦纠缠在一起。在梦里，你的生命开启另外一个存在界面。大多数的梦，人是记不住的，能记住的，只是浅睡眠状态下很小的一部分。关于梦，弗洛伊德出版过风靡全世界的《梦的解析》。曾经有一段时间，我的同学们开口闭口都是弗洛伊德，似乎不提这个名字，就无法与世界沟通。我的解梦、破梦方法，却全然跟弗氏理论不沾边。从小到大，我沿袭着一个冀中平原上双楼郭庄的体系，更确切地说是我姥姥的体系。比如说，你梦到了死去的人，哪怕是你的亲人、朋友，跟他（她）说了话、吃了饭，或者一起在田里干了活儿，醒来第一件事，赶紧着朝墙上、地上、手上狠狠吐几口唾沫，"呸呸呸"，越果断越坚决越响亮越好。否则，死人的灵魂会一直跟着你到现世来，给你霉气晦气病气。再比如，你梦到了一件坏事，恐怖的事、伤心的事、倒霉的事等。不要紧，赶在太阳升起之前，把你的梦境说与三个人，梦就会反过来昭示好事。这个体系，从逻辑上说常常是相互矛盾的，从情感上则冷漠、残忍，滑稽而无厘头。但你做了一个梦，尤其是噩梦，弗洛伊德是不会给出破解的办法的。没有破解的办法，总归会搅得人六神不宁。所以，姥姥那个相互矛盾、漏洞百出的体系，比《梦的解析》奏效。

当我梦到自己变成一颗星星飞到天空的那天，姥姥一定使出浑身解数来为我破梦，因为我高烧到了四十度。四十度是可以要人命的体温了，或者把一个伶俐的孩子变痴茶呆傻，那可就真的要变成一颗星星飞到天上去了。我是她老人家跟星星的总管月母千岁千难万难讨来的一颗小星星，小星星成为她的小外孙女，在她的怀抱里宠溺惯了，她离不开小女孩儿，小女孩儿也离不开她。倘若怀里的小孩儿要重新变成一颗星星回到天上，姥姥怎么能舍得？谁也不能舍得。

## 二

这个梦，在之后的日子里还是应验了。

梦里那片长着长腿的灰白色云朵，它尾随着我归来，隐藏到一个不为人知的角落里，伺机攻占了姥姥的眼睛。

姥姥一遍一遍清洗脸盆，换上瓮里的清水，洗脸，洗眼睛。她一改吝惜水的习惯，瓮里还存有多半瓮水，就催着我母亲淘瓮。她说，是瓮里的水浑浊了，才使她的眼睛总也洗不清亮。

后来，她迷恋上了艾蒿。夏天，她用带露珠的艾叶贴脑门、太阳穴和上下眼皮。她贴上艾叶面膜的样子，有点儿像课本上原始部落里爱美的女子。入秋，她一茬一茬收割的艾蒿，在小草棚里晾透了。她用一把小巧的剪刀，一剪一剪地剪成寸段，收到一条手工织的布袋里。漫长的冬天和春天，她都要做一种艾蒸。她从瓮里舀两瓢水，盛到一个搪瓷脸盆里，抓进去几把干艾，端到煤火炉子上去烧。水到半开，盖脸盆的秫秸盖子上热气一缕一缕往外冒，老艾的苦香跟着热气跑，姥姥便把盖子去掉，扯个小板凳坐到炉子旁边，伸着一张脸开始艾蒸。她好像很享受艾蒸的过程，眯眼，身子往前倾着，双手支在腿上，维持这个姿态的稳当和恒定。每次，艾蒸的时间都得有一个多小时。按常理，一个多小时维持同一个姿态，对于一个六七十岁的老人，并不是多么轻松的事情。但姥姥的世界里，本身就没有多少常理。

北京医生诊断，姥姥得的是白内障合并青光眼，不可逆，她的视界只能一天比一天不清晰，直至完完全全地失明。对此诊断，我们一家人似乎都是一下子就接受了，那么平静地接受了，包括姥姥本人。北京医生就是中国最好的医生。既然中国最好的医生说没治了，我们又能有什么办法？姥姥命中注定老来是一个"睁眼瞎"，本来这个名词是代指文盲的，在姥姥生命的最后20年，她的眼睛却真的一天不如一天了。

姥姥依然在院子里溜达来溜达去，依然在夏天用带露珠的艾叶贴脑门、太阳穴和上下眼皮，冬天里守着微弱的炉火享用艾蒸。更多的时候，她端坐在炕头上，一言不发，眼睛是睁着的，眼角和唇边含着和善的笑意。看不到她的眼神，她的眼睛里罩着灰白色的云翳。

在另一个梦里，我再次变成了一颗星星，飞到了天上。我乘着一朵灰白色的云，越飞越远，越飞越快，冲出太阳系，进入混沌的星际高速公路。当我吓醒的时候，我正独自躺在一家宾馆的床上，浑身是凉凉的汗水。我已经在报社工作，多少见过些世面，不自觉就放弃了姥姥的那套解梦体系。高中、大学的同学星散，偶尔碰面，也没人再谈弗洛伊德。原来关系比较近的，会问问过得怎么样、孩子多大了、单位分到房子没有。关系一般的，则不过敷衍几句更漂亮了、更帅了，恭喜发财之类。这个梦，却猛然间让我记起儿时的梦，呼啸着远离的树木、村庄，长着长腿的云朵。

在石家庄工作之后，我常常几个月甚至是一年才回一次双楼郭庄。姥姥眼睛里的云翳越来越重，越来越浊。她的视力已经由双手和双耳替代。有时候，我刚刚走进大门口，她已经忙不迭地挑起门帘从房里出来。有时候，她并不出来迎我，她跟家里人要梳子，她自己梳头发。我进屋了，她还在梳头发，花白的头发，一根一根，安顺地理到后脑勺，挽起一个纂儿，一丝不乱。她冲我咧嘴笑，她已经缺了很多颗牙齿，那裸露着牙床的笑靥，像个孩子。

## 三

我怀孕了。家里每个人都盼着生个男孩儿，姥姥却没有态度。她一辈子只生了母亲一个，母亲稀稀拉拉地生了三个，二女一男。姥姥还是嫌家里人口单薄，她过怕了人少的日子。

*219*

姥姥送给我一块蓝缎面的布料。这块布料我认识，就藏在她的秫篾箱子里。秫篾箱子，是用高粱秆最外一层篾皮编的，村里很多老式妇人喜欢用这样的箱子。箱子一般是圆柱形的，分为箱体和箱盖，里边有衬，外边糊上一层花纸，缠枝莲或喜鹊登梅。姥姥的箱子，花纸上画着牡丹和喜鹊，箱体和箱盖上的图案合在一起，严丝合缝，是完整的一体。她的箱子先前放在两只木头箱子的顶上，后来放在家里新打的立柜顶上。我们姐弟仨不停蹿个儿，她的箱子也放得越来越高。其实，房子里任何一个高度，对我们仨都不再是什么问题。倒是姥姥，一双裹过的小脚，眼睛又不好，登高爬低不方便。我们是姥姥心中的仁义孩子，就算调皮到把天地翻转，也没有起过心去动姥姥的箱子。

那只秫篾箱子，姥姥一年也不过打开两三次。里边有攒给我们的压岁钱，有姥爷的烈士证，还有一个小小的包裹，蓝缎子布料就在包裹里。她曾给我看过这块布料，缎面上织着云纹和缠枝牡丹，手摸上去那么软那么细。那天，姥姥很高兴，因为弟弟出生了，她要从这块布料上裁下一块，给弟弟做个兜肚。她轻声跟我讲，这块布料来自她娘的娘家，是她姥爷过世时从铺盖上扯下来的布头，叫"富"。"富"做了衣服给孩子穿，成人；藏在家里，能给主人带来好运。姥姥她姥爷家是财主，老太爷走了，家人干脆买来好几匹缎面，闺女儿子每人分了好大一块"富"。姥姥收藏的"富"，给我娘做过一个小坎肩儿，也给我做过一个小坎肩儿，妹妹是一个兜肚，弟弟也是一个兜肚。还剩下一块，也只够一个兜肚了，姥姥说留给我的孩子。

姥姥说到做到。我怀孕了，她把最后一块蓝缎面的"富"给了我。她已经不能登高爬低，她的眼睛不行了，是我代替她把箱子拿下来，放到炕上。姥姥用双手代替眼睛找到那块宝贝，递到我的怀里。她把脑袋移到我身边，耳朵贴着我的肚子，她想听到孩子的声音。

## 四

我的孩子没了。这个消息，谁也不敢告诉姥姥。可她硬是知道了。

之后的每次回家，姥姥都穿戴整齐迎在门口。她的头发全白了，整齐地梳到脑后，小纂儿剪掉了。头发越来越稀疏了，挽不起纂儿，就剪了齐耳朵的短发。她说自己还没有完全看不见，熟悉的路她找得到，熟悉的人她能辨出模样。

院子里养了玉簪花和懒月季。姥姥摸索着浇花，摸索着看花。每年花要开的时候，她就让弟弟给我写信，催我回家看花。我也是爱花的人，明白姥姥的心意。这花是专门为我养的，它们一茬一茬开花，却不结籽。这是靠扦插和分根来繁衍、续命的花，耐活。我害怕姥姥陪我看玉簪、看月季的样子。她青年守寡，她苦了一辈子，老来又瞎了20年。她本该四世同堂，安享天伦，我却毁了她一生中最后的梦想。

坐在院子里，我把姥姥环在怀里，让她再给我讲个故事。姥姥说，她老了，讲不动故事了，该我给她讲故事。讲

221

什么故事呢，我空读了那么多的书，脑子里竟是乱纷纷的。慢慢地，有了一些故事，想想，却都是姥姥以前讲过的。

姥姥大字不识，她管自己叫"睁眼瞎"。她讲的故事，在我成年之后，多数在古书中获得本源，包括这则羲和为太阳洗澡的故事。以至于她百年之后，当记忆越来越模糊、零碎而不可靠，我甚至开始怀疑，姥姥不认识字，到底是她亲口相告，还是我基于她那个年代"女子无才便是德"的一厢情愿的胡乱推断，或者，姥姥彻头彻尾隐瞒了她识文断字的真相，而甘心以一个病歪歪的文盲农妇的面貌终了一生。

八月黍成

# 一切安好如常

煤火炉子早早封上了。插门，止灯，我和姥姥各自钻在一条紫花被里。

月光被窗外的老槐拦着，只有星星点点漏进来。这星星点点的光亮，让夜的黑色更添了几抹清寒。冷，瞬间箍紧了我的每一寸肌肤，上下牙嗬嗬嗬乱撞。我试图把被子裹得更严实一点儿，但无论怎么努力，粗硬的被面还是撑起它得意的棱角，制造出数不清的穴隙。这个叫作"冷"的怪物总是在炉火熄灭的时候悄然而至，现在，被子里四处都有它的地盘。姥姥纠正了我很多次，她说，冷不是怪物，是从比口外还远的地方跑过来的一种空气。我却固执地坚持己见。

口外有多远，我不知道，恐怕姥姥也不知道。村里有几户人家胞兄热弟在那里讨生活，于是口外这个遥远的地理名词一下子跟我们的村子拉近了距离，一如父亲工作的青海于我们一家人。姥姥也没有睡着，她低低的声音念叨着母亲从青海写来的信，像是跟我说话，又像是自言自语。我不情愿理睬她的叨念。我想在给母亲的回信里，告诉她今年的冬天有多冷，告诉她我亲眼见到月光洒在院子里都冷得直打哆嗦，月光一打哆嗦就变成了厚厚的一层冰凌花。邻居五奶奶

223

的魂儿，就是被冷给抓走了，她的魂儿三天三夜也没回来，于是，族人们抬了装着五奶奶的大红棺材，把她埋到了离村子很远的荆条地里。那里，整个夏天都有红荆开着粉红的花穗儿，冬天里却没人走动，兴许冷的老窝就安在那里。可是，这些，姥姥一句都不准我写，她只让我跟母亲说，今年冬天是个暖冬，家中一切安好如常。

什么叫一切安好如常？我努着劲儿地翻了一个身，心里头竟有点儿恨恨的。那封写不下去的回信还躺在柜子上。忽而，有轻微的窸窣，是趁夜活动的老鼠爪子无意中划到了信纸。

嗓子痒得难受，剧烈的咳，从胸腔冲出，我把自己从梦中震醒。窗户纸已经透进极白的光亮，迎门柜上座钟的粗针刚指着6点。旁边被窝儿里已经没有人。炉火早打开了，我的棉裤棉袄搭在旁边烤着，像另外一个我，直愣愣地瞧着被窝里的我。炉子上，坐着那个已经熏得漆黑的锡铁壶，壶嘴里吐出丝丝缕缕白色的蒸气，水马上就要开了。我喊姥姥，却不应。又一阵剧烈的咳嗽，我似乎有点儿恼怒，不知道是对自己的咳嗽，还是对壶里的水那吱吱啦啦喑哑的歌唱。

雪，老厚的雪。推开堂屋的木门，刺眼的白色，晨光中的雪的白，竟让我有些愕然。柴垛盖上了厚厚的白毡，枣树的枝丫间开出大朵大朵的白色花；土墙、茅厕、鸡窝上，雪，拥挤着、压迫着。"冷"这个怪物，趁着夜黑人静把我们整个村庄给搬到了雪的世界里。

脚底下，一条细细的小径儿，是土黄的，一直蜿蜒到影壁墙西边大门口的木栅栏外边。小径儿两旁，是锹铲起的参差的雪垛，雪垛上的雪也是掺了黄色土星儿的。一垛一垛掺了土星儿的雪，连成两道矮矮的雪墙。

远处传来梆子声，有节奏地，在这个独特的整个村庄都覆着大雪的早晨，那梆梆梆的声音，传递得格外遥远。这是卖豆腐的在招徕生意。卖豆腐的，他的梆子也是一个怪物，一个可爱的小怪物，它发出的声音，能够带着新磨豆腐的香味满村子疯跑。我曾兴冲冲把这个重大发现讲给姥姥，姥姥摇着头说那根本不可能，梆子不是怪物，是"死物"。她还说我的鼻子是狗鼻子，狗鼻子灵，就算卖豆腐的不敲梆子，也照样闻到豆腐香。

现在，我使劲儿唉着自己的"狗鼻子"，却不灵了。只有梆梆梆的声音，逗引着满胸膛的咳嗽虫跟着咳咳咳地狂叫。小巷另一头，转过来一个瘦小的围着毛蓝头巾的人，低着头，双手端着什么东西，一双小脚快速地颠着。猜都不用猜，是姥姥。姥姥是整条胡同里最瘦最矮的人，是整条胡同里唯一整个冬天围着同一条毛蓝头巾的老人。

早饭，姥姥给我端上柳芽茶汤炖豆腐。柳芽还是早春的时候，我跟姥姥一起采摘的。一芽一花苞，从柔柔的枝条上摘下来，又苦又香。柳芽盛在浅浅的柳条盘里，放在台阶上，晒了整整一春天的太阳。姥姥用晒好的柳芽泡茶汤，热热的茶汤，飘着又苦又香的白色蒸气，熏蒸她的一双病眼。

姥姥的眼睛里，有一层白色的云雾，医生说是白内障。姥姥用柳芽茶汤的白色蒸气，治眼病。姥姥的父亲是乡间中医，姥姥手上有很多偏方，据说都是祖传。

姥姥居然用治眼睛的柳芽茶汤炖豆腐给我吃。姥姥说，怕是我的气管炎又犯了，半夜老是咳，吵得她睡不着。她说，这个东西最润肺的，让我快快趁热吃下。陈了一夏一秋的柳芽，泡起汤来又浓又涩，柳芽茶汤炖豆腐，样子要多丑有多丑，比掺了麦麸的菜团子还要丑。我的"狗鼻子"彻底失灵了，我闻不到豆腐的香，只凭着碗里中药汤一般的颜色判断出它的苦。

我拒绝吃下姥姥的柳芽茶汤炖豆腐。姥姥不许我去上学，要上学，先喝汤吃豆腐。姥姥的眼睛睁得很开，她不吃饭，就那么定定地看着我。她的眼睛里，是一片又一片白色的云雾。

雪花又飘起来。整个天空，变成一个巨大的弹棉机，雪絮子突突突地向着村庄、原野倾倒下来。这样的雪，一直持续了三天三夜。

水瓮里的水成了整个的冰坨，水瓢也给冰封住。没有谁敢在这样的天气到井上去挑水，整个村子都断水了。好在柴火还是有的，从雪毡下面掏出的干树叶、谷茬，表面有些潮湿，但内里是干透了的，不好点火，燃起来却还带劲儿。

姥姥的水加工厂开张了。我们用面盆子去院里舀雪，挑拣着雪层中间那些洁白干净的，倒进大锅里，烧柴，加热。

雪化了，是微微混浊的水，再舀回盆里放上一阵子，慢慢便清澈了，盆底却积着厚厚的一层黄泥。在姥姥的指挥下，我们一老一少在院子里开出了几条雪道，通向柴垛、茅厕、鸡窝，并连接巷子里我上学的路。

学校是风雪无阻开放的。我咳着，有几天早晨起来额头烫烫的，但我还是想上学，跟姥姥软磨硬抗。姥姥依了我，她在大门口的栅栏边站着，一直目送我走到胡同口。课间，姥姥踮着小脚跑来学校，端着一茶缸雪水柳芽茶汤炖豆腐。盛着茶汤炖豆腐的茶缸，是包了一层又一层毛巾的，最外一层，还包上了姥姥的毛蓝头巾。不围头巾的姥姥，裸露着一头白花花的头发，风一吹，肥大的黑色缅裆裤鼓荡起来，像一个瘦小的人儿乘着一架黑色的风车。

姥姥跟老师是一伙儿，他们串通好，逼着我在课堂吃下那一茶缸在姥姥看来是治病的神药。又瘦又小的姥姥在村子里有极好的人缘，人们跟我一样，惧怕她那双被白色的云彩遮蔽的眼睛。要是姥姥的眼睛早一天被柳芽茶汤的热气熏蒸好了，那该多好！也许，那样，老师就不必顺着姥姥，跟她一起逼迫我吃下比中药还难以下咽的茶汤炖豆腐。老师怕姥姥，我怕老师，姥姥拿我没办法，老师却不用半点儿力气就平白让我服服帖帖，姥姥很狡猾地利用了这种关系。

卖豆腐的梆子声，在每个清晨准时响起。每天上午的课间，我依然要喝下一茶缸子柳芽茶汤炖豆腐。这样的日子，一直持续了两个星期。直到鸡窝、茅厕、屋顶上的雪被风舔舐干净，整个村庄又裸露在冬天的眼睛里。那年，在柳芽茶汤炖豆腐的滋养下，我的气管炎竟大好了，甚至多少年没有再犯。

大学刚毕业，我第一次一个人到外地生活。单位租在一个制刷厂的顶楼办公，办公室旁边有四间单身宿舍。晚上，工厂下工，同事下班，另外三间宿舍的哥哥出去会朋友，整栋楼里就剩下顶楼的我和一楼的门卫师傅。楼外，是一条宽大的马路，夜很深了，马路上还不时有车辆驶过。寂夜，拉长着内心的孤独和莫名的忧惧。汽车突然减速时车胎滑行的刺啦声，似乎就响在我的心里。

这样的晚上，我时常给姥姥和父母写信。笔尖不管跑出多远，信的结尾都会循路而归——"一切安好如常"。放下笔，眼睛湿湿的，丢下许多泪水。

# 你念一句　我念一句

灶火舅舅的眼睛一直看着墙，从拧第一个玉米棒，一直到第十二个。牙白的玉米粒一颗赶着一颗的脚步，步调一致地跳进他面前的笸箩中，跳成一条小小的瀑布。而他的目光一直在墙上，连眼皮都没朝下抹搭一次。舅舅拧玉米粒不用冲子，冲子离不了眼睛的配合，用空玉米轴当工具，他就可以完全把眼睛腾开，看墙。

我悄悄绕到笸箩前边，伸开双臂，把他面前的墙给挡了个严实。灶火舅舅故意把脸黑了一下，一副气咻咻的样子。他越是这样，我越是捣乱，爽利地把整个小身子贴到墙上。灶火舅舅起身到院子里摘了一枚海棠果，他还想以老法子糊弄我，可我已不稀罕这样小恩小惠的把戏，我想知道一堵糊满黑黄书页的墙，怎么就能把他的眼睛吸住，他必须向我坦白那书页上的秘密。

灶火舅舅笑了，微黄的牙齿，像两行闪烁着幽光的玉米。他哄我，你别捣乱了，我领着你念墙上的字吧，我念一句，你念一句，等你念完了这一墙字，你就能明白其中的秘密。

灶火舅舅说："神农以赭鞭鞭百草。念。"我接一句：

"神农编稗子草。念。"舅舅又笑，他停了手里的活计，伸过两根指头在我的大脑门上轻轻弹了一记。

10年之后，我抱着干宝的《搜神记》饭都忘吃，灶火舅舅教我读其中的《神农鞭百草》如在昨日，他的笑容闪烁着玉米般幽邃的光泽，狡黠或得意。这时，灶火的名字已经在村里传得比神农还要神。他用白菜疙瘩、大葱白和芫荽根炖汤，一分钱没花，就治好了一街人的"温气病"。他用清明前的苜蓿芽熬米粥，治他媳妇的肺病，媳妇病好了，还接连生了一凤一龙俩宝贝孩子。

村里一个叫小有的，得脚气，10个指头缝都烂出了红肉，又疼又痒穿不上鞋，下不了地挣不到工分，恨得直撞墙。灶火舅舅教给他一个方子，把玉米轴烧成灰，用芝麻油调了，敷到脚上，用玉米轴煮水当茶喝，一天三次。小有不信，还以为灶火舅舅捉弄他。小有媳妇心想，灶火舅舅平常也不是个捉弄人的人，再说，玉米轴子家里堆成山不值一个钱，不如就试试。嘿，试了一天，小有的脚不疼不痒了，就是老憋得慌，一个劲儿上茅厕撒尿。一个星期下来，脚气居然没了半点儿踪影。

我家与灶火舅舅家是东西邻，我姥姥和他娘好得像亲姐儿俩。我7岁之前经常半天半天"长"在他们家里，并且有幸成了灶火舅舅的墙书弟子。灶火舅舅是暮生，怕养不活断了家里的根脉，一生下来就由接生婆抱到灶台上，从事先取下铁锅的灶腔送到灶火门，再接出来，拜了灶神。拜了灶神

八月黍成

的灶火舅舅果然身强体健、耳聪目慧，读小学、读初中都是年级第一。老师们说，看人家灶火，跟他爹一样，天生一块料儿就是为了念书。话传到灶火他娘、我东院姥姥的耳朵里，却像天边滚过来的炸雷，生怕躲闪不及。灶火舅舅的爹本来是在北京念书的，得了痨病，回家养着，儿子还没出生就咳血咳死了。东院姥姥认为，是书夺了丈夫的精魂，她不能眼瞅着儿子再读书累死，果断辍了灶火舅舅的学。

队长听说灶火舅舅肚子里的墨水不少，让他当记分员、宣传员，他都委婉地辞了。他情愿跟别的社员一样天天倒腾土坷垃、窖子粪，耕耩锄耪。阴天下雨不出工就在家分拣他的课本，还有他爹传下来的线装书。他把书拆成一页一页的，糊在墙上。过一阵子，墙上的书页子让烟熏得焦脆了，便再糊上一层。

书糊在墙上，墙成了灶火舅舅独创的开放式书架。睡觉之前，他读东墙书；拧玉米粒、纺棉花，他读西墙书。小有跟灶火舅舅差不多大，没事爱串个门儿。小有贼瘦，走路轻得像狸猫。他走到灶火家窗台根了，灶火还没发现，他的眼神被墙上的字给粘牢了。"干吗呢，灶火？"小有进屋，啪地拍了一下灶火的后背，灶火被唬得一激灵。转过身，他却马上给了小有一拳："正打蚊子呢。你这鬼鬼祟祟的，让我把蚊子放跑了。"

明明念书，却撒谎说打蚊子。那时候，村里蚊子真多，唱着歌飞来飞去寻找攻击目标的花蚊子，竟成了灶火舅舅偷着念书的保护伞。他把书糊在墙上念，一来是背着他娘——我东院姥姥。姥姥辍他的学，担心他念得累坏身子。他把书糊了墙，明里是跟老人家表了孝心的，书都毁了，一个字不念了。二来，他念书得背着村里的人。村里高音喇叭天天在喊，《搜神记》《梦溪笔谈》《素问》《本草》，那都是"四旧"，是黑书。

灶火舅舅出名之后，他的墙书还有他的蚊子障眼法不胫而走。很多人后悔，怎么脑子这么笨，当初呼啦一下子就把祖传的书烧了个精光。

我考上大学，灶火舅舅很是高兴，每次见面都跟我聊大学，聊图书馆的书。开学前，他送我一件礼物，一个长 20 页的书单。一数，正好 300 本。我说：这么多书，多长时间读完？灶火舅舅笑笑，一个学年总可以吧，一年不行两年，读不完也没关系。念书是为了明理的，你觉得心里亮堂，念一个字，也是不白念。念得稀里糊涂的，就算念完一屋子书也没用。

有一天忽然接到舅舅的电话："听出来了不？我是你灶火舅舅。"我想起他那两排玉米般闪烁着幽邃光泽的牙齿，不由得促狭："神农以赭鞭鞭百草，灶火以百草医百病。"舅舅接招儿，却是稳稳的一句："鞭百草以知其平毒寒温之性。记得你是编过稗子草的，那你知道稗子草的平毒寒温之性吗？"我一时语塞。

灶火舅舅给我打电话，一共有三件事：第一件，让我帮忙购买食用黄秋葵的种子，他想在自家菜园里试种一下，若适应，就在他牵头的百草蔬菜合作社推广，种子县里没的卖。第二件，他想跟我谈谈孙犁。灶火舅舅说，他在村委会看报纸，知道我出了一本散文集，书他找来从头到尾读了，有些篇目有孙犁早期作品的味道。但他更喜欢孙犁晚年写的文章，《晚华集》《老荒集》《无为集》《芸斋梦余》都好。他觉得孙犁晚年作品更筋道、更耐嚼。第三件，灶火舅舅希望我抽空能到老家住些日子，多找些村里上岁数的人了解了解肃宁当年的抗战史。他说，看了几个电视剧，心里堵得慌，净是胡编乱造的。他说，你该写个东西，留下点儿真实的记忆。要抓紧些，再过不了几年，上岁数的都死光了。他为我预备了几本《肃宁文史》，让我回去拿。

今春回乡，顺访灶火舅舅家。进门，家里却只有东院姥姥一人，百草蔬菜大棚有要紧事，舅舅两口子刚走。老太太坐在老海棠树下的蒲墩上，手里抓着个旧学习机，里边正念《三字经》，是灶火舅舅的声音。舅舅念一句，姥姥也跟着念一句。

# 明月高挂

1939 年，故乡的中秋，有月光吗？

我自然是不知道的，娘也说不记得。只有姥姥常常说，那晚的月亮太大太圆太亮了，蓝个盈盈的，晃得人睁不开眼睛，这一辈子也忘不掉。那晃得人睁不开眼睛的月光，后来生生让姥姥落下眼病的根儿。

那个中秋，家里只有三个人：娘，姥姥，还有姥姥的婆母奶奶——80 多岁的秀才婆。

姥爷当八路打鬼子去了。他离开家的时候，是初夏，娘不满一岁，新麦刚刚下场，春玉米尚未高过胸口。

姥爷走了，离开家也并不遥远。因为我的故乡冀中平原就是抗日主战场。零零星星的枪声，震耳欲聋的炮火，都能让家人与姥爷联系在一起。那会儿人人都是脑袋掖在裤腰上过日子，姥爷走了一段时间，姥姥的心里就不再那么吊得慌。头一天听到战事，第二天第三天没有凶信儿，那就说明人还健在，还平安。

姥姥和村里的妇女、老人、儿童一起，作为留守者，她们，在以另外一种方式跟日本人"打游击"。

"鬼子快进村了。"姥姥脸上擦了锅底灰，头发搓上掺着黄土的柴火屑，怀里抱着她的独养女儿，跟随乡亲们朝着相反的方向奔逃。

"鬼子撤了。"姥姥抱着孩子回到村里，跟妇救会的人一起，半宿半宿做军鞋、缝军袜。

可是，那个中秋，一个口信，却让姥姥后悔多半生。

村里的剃头匠老五跟姥姥说，早晨过队伍，他见到我姥爷了。队伍走过泊庄村北的枣林，枣子半红半青，正脆甜。可巧，那枣林属于姥姥的娘家。女婿吃老丈人家的枣，天经地义。于是，姥爷热情地招呼大家："同志们，尽管摘脆枣儿吃吧，这是咱自个儿家的，吃多少都不犯纪律。"

姥爷让老五捎话，给他做双鞋，天黑送到鲍墟。

活儿要得太急。亲手为姥爷做一双鞋，根本来不及，姥姥籴了几升粮食，买了鞋，央求村里脚力好的壮汉给送去。

姥姥没有跟随送鞋人去鲍墟。左邻右舍，都骂她傻。姥姥后来也悟出了自己的傻。我懂事以后，姥姥还多次讲起："唉，我那时候怎么就那么傻呢？豁出去把孩子撇给老奶奶看着，赶一宿夜路，也能走到鲍墟呀！"每次，她总是这么结束她的讲述，叹一声，又哧哧地笑一下。"嘻！谁知道他要到山西打鬼子，回不来了，还以为一直就在十里八村的，去去就回来呢！"

姥爷离开家的时候，是不辞而别。他托村里管事的，也是我们郭家的老族长把300斤米票转给姥姥。300斤米，是那时村里发给一个抗日青年家属的补助。那米票，也算是他给家里的一个口信。在队伍上，姥爷跟家人唯一的一次联络，也是一个口信，他想要一双家里做的鞋。

善良、本分的姥姥，无论如何也不愿意相信，那样一个简单的口信，竟是她和姥爷的永诀。那个中秋，没有月饼，也没有供奉给月亮娘娘的鲜果，只有洒了一院子的幽蓝的月光。连一家人的心都不在院子里，它们正乘着月光追随着那个为姥爷送鞋的人。

姥爷的队伍开走了，家里却来了另一个兵——八路军游击队的小交通员娃子。踏着一地幽蓝的月光，娃子走进我家的小院儿。

娃子也就十三四岁，黑瘦的脸，高挑的个儿，星星一样的两只眼睛，一支战利品"王八盒子"藏在左袖筒里。他的左臂挂花了，组织上安排他在我家养伤。

姥姥说，娃子是个见过世面的小大人儿，见面就管她叫嫂子，管秀才婆叫奶奶，跟着一块儿吃饭，一块儿干活儿，还帮她哄孩子。晚上，家里被子不够盖，就与奶奶打对脚。不知底细的，谁也不会猜着不是一家人。娃子伤好的时候，人们几乎忘记了他是个兵，似乎他原本就是我们家的一员，是我姥爷的亲兄弟。

1942 年，抗战到了最艰苦的关头，娃子他们的游击队坚守在冀中。我们的家，娃子常来常往。有一天，娃子把一张照片交给姥姥，那是他穿着军装的个人照，军装很肥很大，他却很瘦很小。那是他刚当兵时照的，穿的是首长的衣服。

他说，他的家几乎跟我们家一样，有一个奶奶，有一个嫂子和一个小侄子，他和哥哥都是八路。可惜，哥哥刚当兵两三个月就牺牲了。他托付姥姥，如果他也牺牲了，等将来打败了鬼子，让姥姥想办法把照片捎给他的家人。

抗战胜利，我的家乡解放了，娃子幸运地活着。他从姥姥那里取走他最宝贝的照片，他要下江南了，他得先回家去看看。

托付姥姥照片的那个晚上，娃子干了一件了不得的大事，年仅十五六岁的他只身干掉一个小名叫"獐"的恶霸汉奸。

"娃子锄奸，是抱了必死的心的。"姥姥说。

1947年，姥姥的婆母奶奶秀才婆去世。无奈之下，老族长说出了姥爷在山西战场牺牲的消息。这个消息，他迟报了5年。

姥爷的消息，是凶信。姥爷这个人，变成了政府颁发的一纸烈士证明书。

那一年，娃子也没了下落。娃子，像一阵刮过我们院子的风，风停了，一切如常。谁都见过风中的树，风中的屋，风中的墙草，可是，谁也不知道风的模样。娃子走了，他姓甚名谁没人知道，他去了哪里没人知道。

"小锅（我姥爷的乳名）扔下你们孤儿寡母一去不回头，这娃子也是个没良心的。日子好了，早把你待他的好忘到脑瓜儿瓢后头去了。"左邻右舍断不了跟姥姥提起娃子，提起打鬼子的艰难岁月。姥姥永远护着娃子："人家娃子可是好孩子。在队伍，得跟着队伍走呗！打老蒋、抗美援朝，啊，对了，还有剿匪。多少仗等着他打呢！就盼着他命大，结结实实地活着。"

多少年以后，姥姥已是八旬老妪。她老了，严重的白内障青光眼，造成视力高残。不管有月亮还是没有月亮的晚上，她都看到满院子幽蓝的月光。在满院子的月光里，姥姥反复低语着那句话："结结实实活着吧，活着就好。"

我不知道，她是在说自己，还是在想念风一样消失了的娃子，我姥爷的亲兄弟一样的娃子。

# 老刺槐记

## 一

晌午，知了落脚的老刺槐，成了一个最大号的音箱。不独老刺槐，榆树、枣树、桃树，都藏了数不清的知了。尖锐而略带颤抖的声音在树杈与树杈之间、树冠与房屋之间、房屋与草棚之间聚合、撞击、回环，卷成一个裹挟着某种神秘力量的涡旋，要把一户人家连根拔起，托举到高高的空中，大鸟一般飞走。

关于那天的知了声，在我长达 34 年的记忆中，总是有两个判断相互博弈："真实"抑或"幻象"。它们各执一词，针尖儿对麦芒儿，彼此谁也不能说服谁。积累日厚的控辩词，盘根错节，爬满每一根神经线，严重到时常干扰我的正常思维、坐卧起居。但医生说，这种对于某一情景的记忆强迫不是疾病，医学无法干预。

娘坐在老刺槐下的大蒲墩上，用竹筷子算卦。算卦之前，她先往堂屋的灯龛上烧了一炷香，在伟人像前磕了三个头。据说，娘小的时候是不迷信烧香磕头的。她开始做这样的事，起因是我 3 岁那次药王庙会上走失。看样子，娘的筷子掣签并不顺利，她请姥姥配合着，反复了三四次。"哎，动了，开始动了，朝着东南方向动呢。""嗯，是动了，真在动。"她们俩窃窃私语，声音有点儿打战，但还是被我的耳朵捕捉。我从里屋出来找水喝，刚好瞄到她们的胳膊在动，身子也跟着微微地倾斜、颤动。

我始终也不知道她们的算卦方法属于何门何派，却清晰地记下了声音颤抖着说的那句话："朝着东南方向动呢。"筷子朝着东南方向动，到底是一种什么卦象，以至于让娘和姥姥那般激动，或者说，有什么样的原因指使着她们合谋制造了那样一个卦象，这个疑问，在我粗读关于阴阳的文章之后，已经不再是疑问。东南，方向上合巽卦，人物可指代长女。巽卦，说明想求的事顺遂。

娘的香不能白上，头不能白磕。她必须得到一个巽卦。她真的得到了。可我不买这个账。高考之后，我心情烦乱，娘也一天两三回扯开嗓子训人，鼻子不是鼻子脸不是脸。她越如此我越烦。屋子里闷热，空气要爆裂的样子。

分数还没公布，我预估了 358 分，上一年本科线是 350 分。一般情况下，每年的录取线不会有太大的起落。真落得这个预估的分数，即令上不成大学也铁定能上大专，再不济也能上中专。总之，过完暑假，我笃定要走，要离开这个家。对，离开家。我不知道"离开家"将意味着什么，但脑海里这三个字，让我的烦乱中掺杂着兴奋。我笃定是要走的，不用相信那些卜卦。

那是 1983 年，新的高考已经进行过六届。村里有几十名青年男女通过考试，迁了非农业户口，到城市读书。前两三届学生毕业后，由国家分配了工作，成了公家人。有个叫小英的女孩儿，是独生女，分到沧州教书，在那里结了婚。她的父母春冬两闲到城里跟着闺女待上几个月，再回村里，气色红润，皮肤白细，走在街上与人聊天，膛音洪亮，中气充足。

我隐约从小英的前程中确定了自己的前程。我的父母，自然也期待着我的那份前程。进一步说，他们还从小英一家的前程中隐约想见了一个家庭的前程，包括他们自己的前程。与我娘一样，多少家长悄悄在手心里攒着劲，要给孩子推一把，托一把，好让他们顺利跳过一个神奇的闸口，一夜之间化为腾龙飞凤，离开家园，改变命运，改换门庭。

在未卜的前程面前，我在跟娘怄气，娘也跟我怄气。她时而说着心口不一的话："闺女大了，翅膀硬了，早晚得飞。""出去了就别回来了，外头多好，没人管，想怎么着就怎么着。"这些话，如同掉到地上摔碎的碗茬儿，顿挫中是锐利的锋芒，刺人心窝子。稍有空闲，她却一点点为我到外头念书做准备，拆洗被子，买新褥单子，做鞋，缝裤子，甚至还缝了两条红内裤、一条红腰带。

老刺槐树上蝉声开始稀疏的时候，学校要开学了。搭人家的便车去保定，可省下 3 块多钱的路费。半夜，全家人陪我在公路边等车。黑暗中，开着大灯的卡车在我们身边戛然停下，灯光晃得人不得不闭上眼睛。说话，装行李，上车。突然的嘈杂，让歇在公路边老槐树上的知了有些惊慌，"唧——了——""唧——了——"振翅而逃。

二

　　通常，蝉声聒噪的夏天，我们家的老刺槐是很忙碌的。上午的树荫，供姥姥和她的老姐妹纺线、拐线、绗被缝、拆布条、搂纸牌、哄孩子。中午，一群闺女媳妇拽来草席，搬来凳子、蒲墩，纳鞋底、织毛活、绣兜肚、扯闲篇。到了后晌，树底下支一张矮方桌，放学回来的孩子趴着写作业。黑下，娘把一条艾草和香蒿编的草辫子倒挂在老刺槐旁边的墙上，辫梢点燃，火头明灭，烟气丝丝缕缕跟着风的牵引飘散，草香微辛，呛得人不由得咳嗽。人的体味招引来一团一团蚊子，又被烟气逼迫得四散。左邻右舍男女老少则闻着草香凑过来，有的手里还端着半碗饸饹条儿。老刺槐底下的消夏会，一直要到下半夜露水濡湿草席。

　　村子里有年纪的槐树很是有几棵，有国槐，但多数是像我们家这样的老刺槐。最老的刺槐，超过了 100 岁，也有的说超过 200 岁。超过百岁的树，人们就不再计算它的年纪，也真是没办法再计算。栽树的人去了，甚至栽树人的儿子、孙子都去了，谁还能计算树的年龄呢？说起来，只一句"老爷爷的老爷爷栽的""老辈子传下来的"也就完了。至于七八十岁、四五十岁、二三十岁的刺槐，却不算多。刺槐喜欢串根，好繁育，又耐活，成材快，木质也刚硬。五六龄的树，就能掂对着做铁锨把儿、镰刀把儿、磨面坊牲口棚的椽子；树长到20年，盖正房做檩条保准没问题；30岁往上的树，打纺车、推车、平板车、生产队的胶轮大车。有几户人家，能等到一棵树活过七老八十，还在那里闲着不用。大刺槐少，小树却栽得满沟满坡，至于院落里，也总得栽上一两棵刺槐树。一到春天，槐花层层叠叠，把村庄藏得深深。

我一直认为，我们的村庄应该叫槐树庄，而不是双楼郭家庄。因为，村子里明明白白都是一排排鱼骨刺一般排列的黄白泥土房，根本没有楼，更甭提双楼。姥姥说，双楼当然有过，我们院子西北角的空地儿，就是其中一座楼地基的边缘。楼前有并把儿五棵老刺槐，是楼主五儿子小时候栽的。村里所有的刺槐，都是双楼下老刺槐的子孙。我们家的这棵，当然也是。我出生时，我家的刺槐已经有30多岁。这在一个3岁孩子的眼里，已经足够老了，所以我喊它老槐树。

老刺槐一世是棵顶英俊的树，长身玉立，连个明显的疤痕都找不见，如云的树冠荫蔽小半个院子。家里盖不起新房，也就不再打它的主意做檩做椽。有个骑水管焊成的自行车串着村子买树的外乡人，在我们家门外转了好几天，找人说合想把它买走。姥姥推辞说，我家不卖树，这棵槐树，我还得留着打纺车、打小推车。她也真是计划打一辆新的纺车、小推车呢，家里没有，用起来总是东借西借的，人家麻烦，我们自己也麻烦了。纺车、小推车，都是一户人家少不了的重要家什，某种程度上还象征着殷实与否。

姥姥嘴里嚷嚷着要砍了老槐树打家什，却没有行动。除去最严寒的冬季，她总是坐着自家编的麦秸蒲团，在树下纺线或拾掇活计、哄孩子。我17岁离家上学，老刺槐一世已过知天命之年，依然安稳如初。那年，同村考上大学的还有两三个。一时间，孩子考上大学的人家，成了村里人谈话的中心。这些人家，也都栽着槐树。但人们却这样描述：边家胡同的二小子考上了，东南街老黑家的三小子考上了，还有一个，是大槐树底下老郭家的大姑娘。或许正像姥姥说的，村里栽的槐树，都是双楼下老刺槐的子孙，所以，只有双楼郭家的后裔，才有资格以槐为记。

## 三

那年春年，我准备结婚了，妹妹要高考，弟弟也即将升入初中。老刺槐二世的花开得繁密出奇，一对养蜂夫妇，从几百里地之外拉着蜂箱赶来，在村边的白河河湾里扎了营，据说就是冲着我家的一树好花。同样的槐花，能否出产上等蜂蜜，只有那些有经验的养蜂人才知道。

大约是我读大学的第二年，我们家举家搬到白河之阳的另一个村庄泊庄。这是父系所在的村庄。爷爷早给伯父和父亲分了家，房子是妹妹出生后才盖的，里头是土坯，外边青砖罩面。善于持家的姥姥，老早就让娘把老刺槐一世"串"的一棵小树苗栽到婆家。小树苗长成大树，又"串"出一棵小树，刚好在我家分得的西窗下，生的地方好，没挪窝儿就长成了一棵高高大大的树。

老刺槐二世其实不老，它比我妹妹岁数还小，比我弟弟也大不了几岁，自从河对岸的老宅连同老刺槐一世一起被卖掉，它就被我叫作老刺槐二世。像我们家这样，从一个村庄迁到另一个村庄，在那个时候的冀中平原，并不是经常发生的事。人们在一个村子里住下来，便祖祖辈辈待下去，每家每户知根知底，形貌、脾气、人性，至少能往上捯四五辈儿。我们是从姥姥家门上朝奶奶家门上搬。父亲已经从青海调回本县工作，我们姐弟3个都慢慢长大了，爷爷给我们分的房子还闲着，我们却挤在1958年发大水之后村里帮着盖的两间土坯房里。搬家，再正常不过。如若不搬，才会惹人闲话。人可以轻易挪动，屋子里的物件，也可以一件不留，但我们却搬不走老刺槐一世。被随同房子一起卖掉的老刺槐，再也不属于我们。所幸，我们已经拥有老刺槐二世。

属于我们家族的刺槐树有很多棵，被我编入世系的却只有两棵。就像我们村庄每一户人家都栽刺槐，而只有我们双楼下的后裔，被称为大槐树底下郭家。老刺槐二世岁数不大，却是一棵颇见过世面的树。

新房盖起不久，我舅爷夫妇从甘肃回老家省亲，看看他一母同胞的老姐姐，我奶奶。回家的舅爷住在新砖房里，奶奶给他蒸槐花面团、烙槐花鸡蛋饼。第二年夏天，槐花凋谢，新叶如玉，奶奶心脏病发作一病不起离开人世。不久，爷爷主持两个儿子分家，天热，爷爷请管事的人们在槐荫下坐着写分单。树影摇曳，凉风浸浸，俩老先生惊奇：没留神过，这房盖起来才几年工夫，就起了这么大一棵槐树。

大喜大悲，经见得多了，一个人内心就变得纹理粗大，耐压耐受。一棵树，见证了人间的悲欢离合，是不是也会比另外的树早慧、多思、耐活？

父亲下了狠劲地经营我们的新家。只要有空闲，他便推起小推车到村外找土，推回家垫院子。新房子的房基，原本就是父亲回家探亲时慢慢垫的。他每年探亲从青海几千里地赶回家。一回到家乡，马上由一名出色的会计变成一个力大无穷的庄稼人，一天几十趟去白河边的闲散地里挖泥土。似乎只有垫房基，才是父亲探亲的真正意义。冥冥中注定，由父亲亲手垫房基盖起的新房，以抓阄儿的方式最终落到了父亲的名下。父亲要把低洼的院子垫起来，在堂屋两侧各栽一棵树，爷爷要他左手栽石榴树，右手栽香椿树，靠南头儿让小路，拉个院墙开东南门，门里开水道儿，水道儿东栽一棵马奶子枣树。爷爷说，槐树来福，椿树益寿，石榴和马奶子枣，都是子孙树。

父亲经营院子，娘却在花更多的心思"经营"孩子。小英的现在就是娘给我规划的未来。在我考取大学后，她的心更大了，一门三个大学生的愿望悄然在心底萌生。她变得愈加迷信，初一十五烧香，甚至把我考上大学归功于原来的老刺槐一世。她相信拥有老刺槐一世正宗血脉的刺槐二世，同样会给我的妹妹、弟弟带来好运。

## 四

也是一个蝉鸣的季节。

城市里知了很少，叫起来声音低沉喑哑，路上的汽车、练歌房里的音响、工地上的电锯、居民楼里的电视，只要其中一个发声体在工作，就把它的嗓门给覆盖净尽。

就算听到知了叫唤，娘也不会在意。她的心思全在一件大事上搁着：她儿子、我弟弟上午即将举行婚礼。头天下午，我陪着娘在小区附近的理发馆收拾头发。她选黑色染膏，染过的头发乌亮乌亮的，比21年前送我上大学的时候还年轻。穿起簇新的衣服，配一双平底咖啡色鹿皮鞋，娘在天光刚刚爬上窗格之前就打扮好，在卧室、客厅、厨房之间来回溜达。只等吉时一到，楼下的婚车车队就会载着弟弟和迎亲的人群去迎娶美丽的新娘。娘要当婆婆了。

弟弟的新房，临时设在我家一间10平方米的卧室，而不是老家的青砖房里。1989年父亲过世，1995年姥姥过世。老家的三间青砖房只剩下娘一个人。娘说，她一点儿也不孤单，家里还有老槐树二世。姥姥和父亲，也走得不远。他们挂记着家，时不时借着娘的某一个梦，回到家里，屋里院里溜达着，看看槐树，又看看石榴、椿树、枣树，甚至跟娘聊一聊老大、老二和老三。他们都说，可着一个村庄，就数娘英明，把三个孩子都培养成了大学生。娘盼着弟弟把工作也找在省城，再娶个知冷知热的媳妇，这样，她最小最疼爱的孩子，就真正在石家庄落了脚、扎了根。

娘唯一没有计划到的是，因为三个孩子，她最终也成了一个城市移民。独有老刺槐二世，守着那三间青砖老房，分毫不能挪移。

应该有一个确切的统计数据，从1977年到2017年的40年间，到底有多少孩子考出农村落户城市，又有多少父母因为孩子移居城市而成为游走城乡之间的候鸟，甚至像娘一样彻底迁徙。面对高考那个庞大的命运闸口，娘一定没有预料到自己老年之后会迁居城市。

五

老刺槐二世倒了。

那样高大俊朗一棵树，它的腰围足有五尺开外，树梢常常跟云彩连在一起。说倒，就轰然倒下了。一阵从天而降的狂风，把老刺槐二世连根拔起。

它倒下的方向是头朝东脚朝西，树冠砸倒了堂屋门东侧的老香椿树，树根带倒了四叔家的砖院墙。我们家三间老屋毫发无损。伯父说，这老槐树的身子怎么说也得几千斤，若是向北倒砸着房子，后果不敢想象。可老天爷是不跟人讲"若是"的，老刺槐二世选择东西方向倒下，是它本身的仁义，或者暴虐的老天尚残存一星星的慈悲。据气象部门灾后发布的消息，这场风暴雹交织在一起的极端天气，在肃宁历史上属于"百年一遇"。民政部门统计，跟老刺槐二世同时被大风连根拔起的大树，有5000多棵。

倒下的老刺槐二世显得那么小。就像一个人，有一口气儿在，站在那里顶天立地，一口气儿咽了，灵魂出窍，立马就委顿了。

老刺槐二世，才四十几岁，刚进入盛年。按照娘的意思，它会一直活下去，为我们这辈人守着老宅，也为我们的下一辈、下下辈守着。一棵没有被它的主人用来做农具、盖房子、打家具的树，它就应该活着，看家护院，直到成为一棵真正的老树，老成精，老到油净灯干，睡着死去。

老刺槐二世倒下的消息，在我们家掀起另一场风暴。弟弟是个爱动感情的人，他连夜给堂兄、堂弟打电话，给他在园林局工作的同学打电话，要动用挖掘机把树起出来，移栽到院子里另外的地方，然后给它进行特级养护、施肥、输营养液，直至它起死回生，重新枝繁叶茂。我在电话这边，一听就笑了。在我看来，弟弟这个拯救老刺槐二世的方案，简直就是痴人说梦。

家乡有句俗语，"人挪活，树挪死"。这几十年间，我们姐弟一直在挪活。刚开始，我们还小，"挪"的距离以里计算，从双楼郭家庄挪到白河之阳的泊庄，又从泊庄去往县城读书。后来，我们陆续长大，"挪"的距离开始以百里计，直至到省城工作、安家落户。有一度，我和爱人都动了出国留学的念头，几欲成行。每一次挪动，都是挪人不挪树，从老刺槐一世到老刺槐二世。树不能挪，却如挪动一棵日渐长大、根深叶茂的树那样挪动着我们自己，断根、换土之后，在一个新的地方，好长时间活像一棵半死不活的树。这些年，时兴大树进城。每次路过一棵新植的木兰，它与我相向，叶子焦枯，胸口吊着一袋子营养液在输液，我的胸口便隐隐地痛。

去年初秋，我陪母亲回泊庄小住。向晚无事，街坊邻居、亲朋故旧常找母亲聊天。大家沏一壶茉莉花茶，大话小话，叽叽嘎嘎。花喜鹊吱嘎一声从老刺槐二世的枝丫间飞起来，一个俯冲差点儿碰着陶瓷的茶壶，却又轻巧地腾起。一切宛若几十年前的情境，仿佛时间凝固。

可是，院子和村街更多的时候却安静得出奇。村子守着县城近，有点儿劳动能力的男男女女都在城里工作或打零工，条件好的家庭孩子三岁多就送到县城上幼儿园。伯父掰着手指头算，整个前街80岁以上的人就剩下四个。不独我们的老房子空着，很多新盖的房子也是镇日家空着。早起在街里散步，难得碰到一两个人。有一回碰到一个早年的熟人，他却丝毫也记不得我。见我用手机给街巷、树木、野草拍照，竟将我盘问一番，把我当成了怀有某种目的的潜入者。面对熟人的盘问，我委屈得满肚子全是泪水。我如何介绍我自己，我如何说清我是谁，一时间脑子里都是空白。离开故乡几十年，回到故乡，面对故人，我却是世界上最没有话语能力的一个傻子。

老刺槐，是我们家一个多么显赫的徽记。如今，我却没有勇气说，我是老刺槐二世那户人家的女儿。

# 六

关于老刺槐二世的处置权，弟弟全权委托给了他的二堂兄，我辉弟。辉弟电话里说，给他些时间，他来收拾残局，把院子重新整理。一棵胸径超过五尺的大木，收拾起来总要动用电锯、大斧之类的家什，需要找人手来帮忙，急不得。

娘却想着另外的事。她要把这件事托付给我的堂兄。堂兄早年学过木匠，我家三间青砖房里的家具，几乎都是他的手艺。姥姥在的时候，想用老刺槐一世打推车和纺车，也是寄望于我的堂兄。只是，堂兄学了木匠，木匠很快在村子里就用不上了。有木匠手艺的堂兄，跟别人合伙做皮张买卖，供两个孩子读书，养自己的家业。而今，母亲准备让我的堂兄为了她托付的事，重操一回旧业。母亲，想用老刺槐二世打一口喜材。

关键时刻，母亲常常会奇思涌动。就如同 34 年之前，她与姥姥一起用筷子算卦的方式引导我几十年间"挪活"的命运。母亲当年那一卦，应该是巽卦。巽，其实还代表着一场风。象曰：一叶孤舟落沙滩，有篙无水进退难，时逢大雨江湖溢，不用费力任往返。

风过处，时间会让一切走向遗忘。

八月未成

# 团　圆

那饺子真好看，像一群洁白的鸽子，扑棱一只、扑棱一只，从姥姥的手上飞出，落在圆圆的莛秆盖帘上。

姥姥包饺子的规矩，要从盖帘外缘一圈一圈挨着往里放。到中间的圆心，用两片剂子包一个圆圆的馅盒子放进去。这样，一盖帘饺子才算收拾停当。

我愣怔怔盯着姥姥棺材后边那个素白的花圈。一朵挨一朵纸扎的白花，也是密匝匝一圈又一圈从外往里排列，最中间，却是一个白底黑字的"奠"。

灵旁，人影绰绰；屋外，人声嘈杂。

"咕呜——""咕呜——"透过嘈杂的人声，空中有鸽子在呼喊。鸽子对伴侣的呼喊总是那么深沉凄切，给人的耳鼓撞出一种撕裂般的疼。

"二才，赶快去找木匠做块灵牌，得给你小锅大伯请灵牌。"族长高亢的声音，顿时把一院子的嘈杂压了下去。

一

小锅，是姥爷的乳名。

除了族长，姥爷的乳名，村里没几个人知道。就算大号郭秋甫，也没几个人知道。现在，姥爷那茬人走得差不多了。

姥姥，人称"喜她娘"，灵位上则写"郭府齐老太君"。姥爷那茬人的女人，娶进门就没有了自己的名字，随男人名号称为"某某家"。我却从不记得有人管姥姥叫"小锅家"，她的长辈和同辈，都叫她"喜她娘"。喜，是母亲的乳名。

那一年，姥姥24，姥爷才21。姥爷离家抗日去了，一去56年。

娘说，姥姥和姥爷的婚姻，全凭媒妁之言。

姥姥的爹在东北行医、跑小买卖。姥姥的娘，是大家主儿的闺女，过日子有娘家人接济，闲时还会有挂着銮铃的大马车接去娘家小住。身为长女，姥姥年少时，没受过半点儿委屈。

姥爷却不行。虽顶着郭秀才之孙的名分，但秀才爷早早就作古了。别说爷爷，爹和娘，也早早撒手人寰，只留下姥爷和他的姐姐、妹妹，以及古稀之年的秀才奶奶。17岁少年，背负着一个稀松二五眼的家，把姥姥娶进门。

姥姥23岁，生了娘。娘出生的前一年，抗战全面爆发。

1939年麦收之后，娘半岁多，已经长出几颗乳牙，除了吃奶，也能吃下些嚼碎的食物了。娘长得欢眉喜眼，人们都说，真是小锅脱了个影。亲戚本家、邻居街坊，都待见娘。姥爷也待见娘，却没工夫稀罕她。姥爷在外边忙，白天种地，晚上开会，家里的事都靠给了姥姥。

有一天，姥爷破天荒没去外边忙。吃过早饭，他到街上溜达了一圈，返身就回来了。在果子瑞的铺面上，他头一遭出手阔绰地为娘买了全套麻花、烧饼、大馃子。回家，从姥姥怀里接过自己的女儿，又是亲，又是逗，还把麻花嚼碎，一口一口喂她，那耐性，也是破天荒。连秀才奶奶都说，嗬，看我这孙子兴的，这是太阳打西边出来了。

太阳没打西边出来。第二天，姥爷却不见了。他参加八路军，跟着队伍走了，一声没吭，就走了。

临走，他托了村里管事的，也就是我们的老族长，把300斤米票转交到姥姥手上。300斤米，是村里发给一个抗日青年家属的补贴。

河对岸泊庄，鬼子修了岗楼。

"鬼子快进村了。"姥姥脸上擦了锅底灰，头发搓上掺着黄土的柴火屑，怀里抱着她的独养女儿，跟随乡亲们朝着相反的方向奔逃。

"鬼子撤了。"姥姥抱着孩子回到村里，跟妇救会的人一起，半宿半宿做军鞋、缝军袜。

姥爷有信儿来：队伍从太行山转回来了，驻蠡县鲍墟，要鞋一双，最好连夜送到。亲手为姥爷做一双鞋，根本来不及，姥姥粜了几升粮食，买了鞋，央求村里脚力好的壮汉给送去。

这是姥爷唯一，也是最后的家信，口传的。

姥姥没有跟随送鞋人去鲍墟。前邻后舍，都骂她傻。我姥姥后来也悟出了自己的傻。我懂事以后，姥姥还多次讲起："唉，我那时候怎么就那么傻呢！豁出来把孩子撇给老奶奶看着，赶一宿夜路，也能走到鲍墟呀！"每次，她总是这么结束她的讲述，叹一声，又哧哧笑一下。"嘻！谁知道他回不来了，还以为去去就回来呢。"

娘9岁，肃宁县已经解放。秀才奶奶去世，姥姥却买不起棺材葬埋，纵是最便宜的柳木棺材，也买不起。

有叔伯婆婆婶子帮着出主意，姥姥一个头磕到老族长跟前。族长似乎无动于衷，他慢腾腾从藤椅里站起身，摸到里屋，窸窸窣窣地翻找什么。好一阵子出来，手里攥了一张发黄的毛边纸。族长抬眼皮撩一眼跪着的姥姥，慢腾腾地说："起来吧，叫上小喜，我领你们娘俩到县政府讨口棺材。"

这一次，姥姥手里又有了一张米票，是500斤的。500斤米票，没出县城，换成了葬埋秀才奶奶的木棺。族长手里的毛边纸，是姥爷的阵亡证明书：烈士郭秋甫，1942年牺牲于抗日战争，地点为山西省右玉县龙须沟。证明书上扣着八路军某部的大红印戳。

从1942年到1947年，这张阵亡证明，已经在族长手中压了整整5年。

族里老少爷们儿，有人挺身而出追问族长，为什么一直瞒着小锅牺牲的事。族长理直气壮："还用问？我怕喜他娘出门走呗。她走了，谁伺候秀才婆？啊，你们说说，谁伺候？她真走了，一个家不就塌了。"

"出门走"，就是改嫁。这是我家乡无数丧夫女人走过的路。1947年，姥姥32岁。她为秀才奶奶养了老，送了终，却无比坚定地选择了守寡。

很多人劝姥姥，朝前迈一步儿。好心的婆婆婶子说："你这么守着，什么时候是个头儿？"姥姥的娘也劝："你这个情况，迈一步儿，不丢人。"

姥姥主意很正，坚决不走。姥姥说："不是有人怕我出门走吗，我才不走呢，我就守着烈士证过日子。我倒要试试，他死了，我们娘儿俩能不能堂堂正正混出个人样儿。"

## 二

我出生时，姥姥刚51岁。

51岁，多么温煦的年华。可是，我印象中，姥姥又干又瘦，稀疏花白的头发，梳成一个小发髻儿，一身毛蓝布的斜襟褂子缅裆裤，完完全全旧式妇女打扮。

后来，姥姥自己回忆，32岁到50岁那段时间，她有多一半的日子在生病。先是腿疼，在地里干一天活儿，饭也不吃就赶紧躺到炕上，那腿疼得扛不住，一宿一宿地疼。后来，又添了怪病，肚子胀得像一面鼓，连肋条缝都胀得生疼。喝泡过蝎子的地瓜烧酒，喝泡过蜈蚣、癞蛤蟆的高粱烧酒，喝中药，一服又一服的中药。喝什么，也不见多少起

257

色。政府发的遗属补助，有一半变成了姥姥的酒、姥姥的药，喝到肚子里。姥姥指着家里那口盛水的大黑瓮说，我喝下去的药汤子啊，这么100瓮恐怕也盛不下。

我一出生，姥姥腿疼、肚胀的毛病，却奇迹般遁形。姥姥的日子，过起来那叫带劲。家里的小菜园、小花园，就是姥姥标志性的"日子工程"。

土屋西边的空闲地上，种了玉米、花生、扁豆、千穗谷；院子的南墙下，种了北瓜；东边的老枣树下，种了丝瓜；墙角，种了艾蒿和薄荷；房前，栽了槐树和枣树。院子里最显眼的地方，是两棵家常的桃树。桃树周围，植对叶菊、草茉莉、草芙蓉、鸡冠子花、染指甲花。姥姥一高兴，就采下新鲜的染指甲花瓣，砸碎，掺了白矾，制成染指甲膏儿，为我涂指甲。

姥姥喜欢栽树，喜欢侍弄花花草草。她把所有的树冠都修理得很圆范，栽花，也常一圈一圈的。到了花季，围绕着圆形树冠的桃树，今天一圈草茉莉吹起枚紫色的喇叭，明天一圈草芙蓉点燃金色的灯盏。姥姥的花草，像圆形的花坛。

逢年过节，姥姥总要蒸一座很大的枣花糕。枣花糕一层底儿一层红枣，底儿是圆的面皮，枣也是从外到里一圈一圈安置。整座枣花糕，就是一件圆形花坛面塑作品。枣花糕是姥姥用来上供的，供神，供先人。

姥姥很崇拜圆。她跟我说："所有圆的东西，都保佑咱们想的事圆圆满满，保佑咱们这个家团团圆圆。"

她不喜欢动物，更不喜欢鸽子。每年春天，村庄的上空随时会有鸽子"咕呜——""咕呜——"的喊声。姥姥皱着眉头把门一摔："鸽子叫真难听，像哭丧。"那时候，我还不知道，鸽子是正忙着谈恋爱。但姥姥一定知道。她还知道，姥爷在的时候，是喜欢养鸽子的。姥爷养过鸽子，是姥姥一直保守的秘密。这个秘密，她从没跟我道破。

姥姥保守着关于鸽子的秘密，安安静静过日子。我们上学，娘下地，姥姥一个人在家里，给我和妹妹做棉裤、棉袄，擀面条，罗面，捡粮食里的小坷垃，一待就是大半天儿。她不出去串门，反而常把栅栏门上了插子。她安静地守着我们日渐丰腴的家，把针线活儿做得针脚绵密，把花花草草打理得精神十足。

像久旱的庄稼遇到风调雨顺，拼着全部的力气拔节、开花、结实，姥姥在追赶一季的收成。她又像是跟一个看不见的对手博弈，那棋局始终是雾蒙蒙的，让人心情晦暗，可是，天空突然就撕裂了一道口子，霞光万朵。姥爷养过的鸽子，在霞光中"咕呜——""咕呜——"地呼喊。姥姥心里暗想："别瞎叫唤。你死了，我们也能堂堂正正混出个人样儿。"

姥姥时常抚摸着我的头发，轻轻叨念："孩子，好好念书，不蒸馒头争口气。"

# 三

姥姥迷信。尤为迷信师素庙里供着的药王爷。

娘小的时候，生天花。天花是要人命的。姥姥一步一个头，磕到师素庙许愿。后来，她给药王爷还愿，挂了一匹绸子布做红袍。姥姥请药王爷保佑老郭家的独苗平平安安、绵绵瓜瓞。药王爷见姥姥这个寡妇婆子行得正、坐得端，就同意了，就赐福了。

姥姥一辈子笃信这一点。

"那个人不顾惜俺们娘儿俩，可这个家没败在我手上，比他在都强。"姥姥端坐在炕头上，端着娘给冲的一碗奶粉。奶香跟着碗上的热气儿在空中迤迤逦逦，朝着房顶上走。

"俺爹要在，说不准都当大官了。把你接到城里享福，当官太太，那多好。"娘故意逗她。

"哼，你想跟着你爹当大小姐吧，俺可没那命。他要在城里当了大官，早娶别人了，还有工夫搭理我？"姥姥滋溜喝了一口奶粉，鼻子里的气儿哼出来，把碗上冒的热气冲得一溜儿跟头。

正是寒衣节，娘吃完饭要去坟上给她的秀才婆老奶奶，还有从未谋面的爷爷奶奶送寒衣。姥姥把娘喊下："你爹的那份儿，别在坟上烧，坟上还没他的地方呢。你得在大道口上烧，好好叨念叨念，托那边的邮差给捎到山西去。""知

八月黍成

道，知道。多少年老规矩，早记住了。"娘并不停脚，呱嗒一放门帘，只把一帘阳光给姥姥留在了屋里头。

姥姥双手背撑着炕，两只小脚在地上找到鞋。她并不把鞋提上，趿拉着，到了迎门柜那儿。蹲下，开门，搜出一个包。那包里有几双鞋，姥姥用黑色电光纸糊的鞋。这些鞋，我早几天就见她糊好了。我抄起姥姥手里包着鞋子的包，像一支箭一样把自己射到屋外，我得去追娘。"唉，真是老糊涂了，这忘性大得。"姥姥的叹息搭着一阵风追上我。姥姥每年寒衣节都要给姥爷做鞋——纸鞋。

我不知道，姥姥给姥爷捎去那么多鞋，是因为姥爷走路多、费鞋，还是希望姥爷穿了这些鞋，好赶回家的路。姥姥嘴上说着不待见姥爷，却年年给他准备烧纸，准备纸糊的鞋。

姥姥的迷信，集中体现在过年。年三十晚上吃饭，桌子上多出好几副碗筷，也得空出好几个位子。姥姥说，那是先人的饭碗、先人的位子，过年了，要把他们请回家来团圆。娘问她："那我爹回来过年吗？""谁知道呢？反正也给他预备好了筷子碗，预备好了吃喝，回不回，那是他自己的事。"姥姥过年的心气儿，总被娘无意中给释放那么一点点。我从小跟姥姥好，我替姥姥不高兴。

不过，多数年景，姥姥过年请先人回家团圆，娘是没有机会揶揄的。家乡习俗，常住娘家的闺女，在过年的时候，要拖儿带女去婆家，所谓"初一的饺子没外人"。娘带着我们，去跟爷爷奶奶、大伯大娘、小姑姑过团圆年。有时候，爸爸也从青海赶回来过年。

姥姥帮着娘收拾好包袱，有孩子、大人的穿戴，有给公公、婆婆、小姑子的礼物。姥姥牵着我的手，一直把我们送出大门，送到村边的西土岗子。过了西土岗子，向北，穿过一条小河沟，就是奶奶的村庄。一路送，姥姥一路嘱咐我。"记得替我问你爷爷、奶奶好！""见人要打招呼，要大大方方的。可别怵辈子畏人的孬头样，让你奶奶村的人笑话你。"我只慌着过年，慌着去跟堂姐们一起玩，去看大娘摊炉糕，看奶奶点蜡台，看爷爷和三爷拉弦子唱戏，哪里把姥姥的话记在心上！

姥姥在家，过一个人的年。她恭请先人回家过年。

## 四

姥姥走的时候，斜襟大袄，素罗裙，跟当年她嫁进郭家的装束相似。只是，当年的红装，换作一身青蓝。

姥姥的葬礼，热闹而风光。

乡里、村里都为这位 80 岁的烈士遗属送了花圈，侄辈、孙辈送葬的队伍足足排了一条街。街上，要停下来祭灵。族长站在队伍最前高呼："合族老少脱帽，举哀。"

合族脱帽举哀，在家乡，是一个人最大的哀荣。

我一手扶着姥姥的棺，一手搀着娘。姥爷的灵牌，跟姥姥在同一辆车上。管事的女总理反复对我耳语："别光哭你姥姥，得连你姥爷一起哭，喊他的魂儿赶回来，好跟你姥姥团圆。"

姥爷的魂儿还在吗？如果在，这50多年，他都在哪里待着？现在姥姥没了，我们一哭，他就星夜兼程往回赶，对此，我真的没有半点儿把握。姥爷的灵牌，刚才是我抱到车上的，它很轻，真的很轻。

# 碌碡跑过的村庄

## 一

　　耕爷须发皆白，光膀，肩膀头上搭一件白布汗衫。白布汗衫是他的常规装备，只是粗布换成了细布。他太老了，不再经管场院里的事。村里一茬一茬的老头儿，都让一年一年的麦黄风给刮跑了，独独留了耕爷。没有几个人能论明白耕爷的岁数，耕爷自己永远说88了。从88岁开始，耕爷的年龄不长了。耕爷绰号"万事通"，郭庄人说："万事通，找老耕。"老耕即耕爷。耕爷说，咱生产队的两架碌碡都是双楼大户多少辈子人传下来的。就像街头大婆枣树边上的碾子，都是一辈传一辈。石头打的东西，百年、千年，骨碌骨碌跑着，那么结实，轻易不会坏掉。

　　石头打的东西就坏不掉，这回，耕爷可说错了。静静家垒猪圈，用了一块很大的青石板，石板上还刻着字，只是字的笔画模模糊糊的，又是繁体，没人知道写的是啥。石板是静静家祖坟上的，叫石碑。那么结实的石碑，早就断成了两截。小广家在胡同口拐角的地方，戳了一个石磙子，保护他家院墙。他家早先也有一盘碾子，有一天碾轴断了，小广他爹不想花钱修，碾子就废了。碾子废了，上头的石磙子充当了护墙石。

郭庄在冀中大平原。大平原上密布着枝枝杈杈的大河、小河、沟渠、坑塘，在地图上，河网就像天人布置的棋局，村庄是棋子，星罗棋布。平原的村庄有的是平坦的土地，沙土地、黏土地、胶泥地，土地上年复一年种满庄稼、树木、花草、菜蔬，却不出产石头。素日里，人们侍弄庄稼，打坯烧砖盖房子，生炉打铁做农具，也用不着石头。生产队的大农具有耧、犁、耙、木锨、木杈，有大板车，户里的小农具有铁锨、镐头、镰刀、割草刀、大锄、耘锄。庄稼人惯能就地取材，多数农具，制作、串换不必出村。村里没有，就去赶集，三乡五里，逢五排十，逢三逢六，都有集，集上，卖农具的单有一市，多漂亮的工匠活儿都摆在那里。但郭庄人离不开的石碾、石磨、碌碡、大夯，村里人自己做不出来，集市上也没得卖。

石头的农具和工具，是村庄里来历不明、身份可疑的一群。它们神秘而亲切地填满我的童年。

二妞家胡同口的院墙边，也有一块石磙子。二妞她娘管那块石磙子叫碌碡砣儿，一条街上都这么叫。有多年不来往的老亲，打听二妞家。耕爷朝东一指，“冲前走，有碌碡砣儿的那个胡同，从南往北数，西边第二户。”“你去二傻家借磨刀石来用用，咱们割草刀子太钝了。”姥姥支使我借东西，隔着栅栏吩咐，"是有碌碡砣儿那个胡同的二傻家，不是大槐树下的二傻。"

碌碡砣儿，是碌碡的主件。一架完整的碌碡，要有一个木框，木框有横梁、边梁、木销子各一对，跟碌碡砣儿两边凿好的石眼儿严丝合缝卡在一起。二妞胡同的碌碡砣儿，是五队的，日久年深，石眼儿磨得太宽了，一转就滑扣，难使唤。耕爷说得也对，那么结实的石头，是千年万年不坏的，石头能熬坏几辈子、几十辈子的人呢。可石头农具，经过人加工、打制，就不再是原本的石头。是农具，就总有个坏的时候。

但碌碡毕竟不是一件普通的农具。去掉了木框的束缚，它即刻给派了一个新的用场，护墙石，甚至，有了一个胡同因它命名。为了省事，后来，我们管二妞家那个胡同，直接叫碌碡砣儿胡同。

二

"碌碡就是碌碡，老祖宗就这么叫的，哪有那么多讲究？它现在，是咱们队的社员，跟骡马驴牛一样，不记工分的社员。"耕爷讲这话的时候，身子骨儿还硬朗得厉害，黝黑的肩膀给大太阳照着，就像一块坚硬的碌碡石。

我喜欢在打谷场的外圈追逐一架奔跑的碌碡。当然，看起来笨头笨脑的碌碡自己是不会跑步的，带领它奔跑的是一头大黑驴或一头老黄牛，使唤老黄牛的是满仓，使唤大黑驴的是满囤。

过了中元节，郭庄的云彩一天比一天好看。好看的云彩，映着大地上渐渐红透的高粱、金色的谷穗、黑色的豆荚、皱黄的芝麻、嬉笑的玉米棒子。开场的日子就快到了。

场院里的事，耕爷说了算。耕爷是一条街上百里挑一的好把式，连队长都听他的。按耕爷的吩咐，早在前一个集日，库管员就添齐了场里用的扫把、杈子、簸箕、口袋、大绳。满仓、满囤套上牲口，从大清早起就一圈一圈轧场。轧场，又叫杠场，是开场的序曲。先扫场，夏天里刮风下雨场院淤积的枯树叶、柴火尖、小坷垃、小砖头儿，一点儿都不能留下。扫完场，还要垫场。再平整的场，也禁不起一场一场暴雨的击打，收过麦子之后，打谷场闲下来，雨水成了常客，放学的孩子在雨水中追打，牛、驴、马、骡经过场院到坡下的南大坑饮水，社员穿过这里去村南的老滩地耪热苗，场里印下一季子的脚印，长的、短的、圆的、扁的，太阳出来，下火似的往死里晒，脚印干了，变成深深浅浅的泥酒盅儿。场垫好了，再洇水。旁边南大坑的水，扁担吱扭吱扭晃着，两分钟就一挑子。水洇得匀匀的，不漫不淤，缓一黑夜，转天早晨细细地撒上麦糠，然后牲口拉着碌碡一圈圈碾轧。

轧好的场，又瓷实又干爽，平滑白净，像一面镜子，平置于村庄的深处。新轧过的打谷场，能照见云彩的影子，也能照见郭庄最俊秀的姑娘。耕爷说，碌碡轧场，自己给自己打场子。整个秋天，碌碡是场院里最大的角儿。没个好场子，角儿们怎能唱成一台好戏？

碌碡的戏份儿，其实很单调。大地里拉回连枝带蔓子的绿豆、赤小豆、豇豆，高粱、谷子、黍子的穗头，在场院里匀匀地摊开、晒透，就该着碌碡登场了。打谷场分了东西两片，一架碌碡碾东头的豆秸，一架碌碡轧西边的谷穗儿。黑驴、黄牛带着碌碡一圈一圈转，一边转一边吱扭吱扭念着谁也听不懂的道白。"嘚——吁——""嘚——吁——"人在吆喝牲口，满仓的嗓子厚，满囤的嗓子高。

"吱扭吱扭"，"嘚——吁——"；"吱扭吱扭"，"嘚——吁——"。简单得不能再简单的唱和、呼应，场里的人却没谁听够听烦。石头、牲口和人，还有脚底下的庄稼，就是靠着这么几个字，这么轮回的声音，达成一种默契。一圈、两圈、三圈，一年、两年、三年。"庄稼没场，孩子没娘。"在"娘"的怀抱里，庄稼完成一个生命轮回的最后转身，珍珠翡翠白玉金豆一般回报给忙碌了一年的农人。

耕爷圪蹴在场边的一棵大杨树底下，闭着眼睛像是打盹。忽然，他站起身子，把肩上搭着的白粗布汗衫往上一抖，西边的碌碡、牲口、人马上停了下来。耕爷的汗衫，就是打谷场上的令旗。耕爷不用上眼盯着，光是听碌碡的吱扭，听牲口、人在谷物上踏过的声音，他就知道是该翻场还是该挑场了。

翻场、挑场是女人们的活计。打黄豆、绿豆或红小豆的时候，翻场、挑场是很好看的。碌碡碾轧后的豆秸，细碎服帖，未及挑场的木杈伸到近前，已见滚圆的豆子躲在碎豆秸之间眨巴眼睛。豆秸给木杈一杈一杈轻轻抖动着挑到一边，豆子蹦跳着落到地上趁势亲热地拥在一堆儿。刚打下的豆子油亮而鲜艳，忍不住撮一把，捧在手心里，左看右看。多漂亮的粮食！居然是一架粗笨的碌碡给碾轧出来的。

一架碌碡，少说也得三五百斤的重量。但它却如此精妙地让麦芒谷壳豆荚里释放出一颗颗的粮食，成袋成筐成堆成囤的粮食。碌碡轧出的粮食，无论饱满还是干瘪，都保留了温润、纯粹的光泽，你可以从这样的一粒粮食，看到四季里的风霜雪雨、阴晴圆缺。

不上碌碡，庄稼就只是庄稼。经了碌碡，庄稼才能变成粮食。

三

我弟弟他们那一拨男孩儿长到满世界开坷垃仗，自制弹弓子射知了打鸟之前，胡同口的碌碡砣儿、石碨子一直是他们的领地。弟弟骑在碌碡石上，"嘚——嘚——嘚——"地叫喊着，像电影里的英雄，胸脯挺得老高。碌碡石光滑、冰凉、硬朗，是弟弟不戴鞍鞯、不戴辔头的战马。可惜，从打谷场退居二线的战马，总是沉默寡言，不能像一匹真正的战

269

马那样，嘶鸣复长啸。

在郭庄，碌碡不仅是一件重要的农具、一个胡同的名字、一群男孩儿的玩伴，它还是人的名字。用一个物件、一个季节、一个愿望为一个新生的孩子命名，是这个村庄的习惯。光是我们街上，叫碌碡的就有两个。碌碡是小名，他们各自都有自己的大号，但那个大号是放在户口本、学生档案里的，一辈子不准有人给叫过一两回，小名才是经常使用的。两个碌碡都姓郭，年龄相差了五六十岁。为了区分，前边分别加一个"老"字和一个"小"字。老碌碡三辈单传，到他这儿，前边生了五个闺女俩小子，俩小子都没活够一岁。为了让老碌碡活得结实，他爷清早遛弯打谷场边第一眼见到安卧的碌碡，就给孙子捡了这最硬气的名字。小碌碡是二姐的弟弟，本来不叫碌碡，三岁时发高烧，三四天昏迷不醒，吃药打针也不好，请半仙一看，说是丢了魂。按半仙的指引，子夜找魂，在碌碡上找到了，更名为碌碡。

老碌碡家是村里一个富户。土改后家中剩下三间卧斗青砖房，院子里种着爬山虎，春天，四面墙上藤蔓绿森森的，院门总是关着，不高的门楼，老砖，老门，青苔老厚。每次打他家门口路过，我心里是老扑通扑通地跳，想着《西游记》上的盘丝洞。老碌碡早就没了爹，光棍一条，上有80多岁老娘。年轻时，老碌碡不通农事，只能干点儿只费力气不费脑子的活计。耕爷教给他拉碌碡。刚闹合作社，缺牲口，轧场、打场，拉碌碡的活计人代替牲口干。从学拉碌碡，老碌碡的脑袋忽然开了窍，耕、耩、锄、耪，一年之间竟全会了。老碌碡成了一个改造好的"地富反坏"子女。20世纪80年代分田入户，老碌碡自留地种甜瓜，自家院里种黄瓜、西红柿。早春，火炕上育苗，像伺候没满月的孩子。大田的麦子还没秀穗，老碌碡已经骑辆钢管攒的自行车，后架上挂个竹筐沿街叫卖"五月鲜"的细菜。有人开始给老碌碡张罗媳妇了，他却得了一种暴病。早起老娘喊他倒尿盆，不应，踮小脚进屋，一摸脑门冰凉的，早没气儿了。

多少年后读柳青《创业史》，读到梁生宝他妈趴在街门外土场上的碌碡上，放声大哭。我满脑子里竟都是老碌碡他娘，一个目光阴郁满脸核桃纹的老太太。世界上，有多少人的命运会跟一块碌碡石不期而遇。

老碌碡的死，直接导致小碌碡改名。二姐她娘魔怔了好几天，坐在胡同口，盯着碌碡石发呆，嘴里唧唧哝哝。见谁，她就把谁拦下："喂，你说这碌碡到底是有命还是没命？我家小子要不要改个名字？"小碌碡到底改名了，叫郭致富，不保留小名，甚至叫起来连姓都不落。谁叫错了，郭致富他娘跟谁急，连鸡带狗一顿混骂。

郭致富，全郭庄最响亮的一个名字。跟着，新出生的小孩有了智富、志富、爱富、连富、贺富。一个村庄，随便用一种物件命名的时代，从此终结。

# 四

在西安和洛阳的博物馆，见到许多旧石器时代和新石器时代的遗物。早期人类制作的石头工具，若不是结合展柜里的说明文字，作为一个外行，我真的看不出跟一块天然的石头有丁点儿的差别。然而，面对老祖先的发明，还是有些诚惶诚恐。恩格斯认为，人类社会区别于猿群的特征是"劳动"，而"劳动是从制作工具开始的"。

从第一件通过击打制作的石头工具，我们的祖先跟石头结下了解不开的缘分，即便后来有了陶器、铜器、铁器、木器、瓷器。我们习惯于使用石头，并且把石头的妙处用到了极致。石碾、石磨、石础、石臼、石杵，当然还有农具中的大角色——碌碡。面对远祖的遗物，我似乎开始想明白一件事情：并不出产石头的平原村庄，为什么拥有那么多古老的石头农具。离开博物馆，却又陷入更深的糊涂。

二妞的弟弟郭致富，是郭庄第一个购买脱粒机的人。成捆的麦子，喂进机器的朝天大嘴中，一按电门，另一头便吐出干干净净的麦粒。人们争相租用郭致富的脱粒机，昼夜打麦，歇人不歇马。原来十几天才能过完的麦收，三五天就完了。几年后，郭志富的联合收割机，顶了郭致富的买卖。郭志富把郭庄的麦收，从三五天减到了一两天。他和他爹开着联合收割机，跑河南，下东北，过完麦回家，整麻袋里装的都是钱。

郭志富跟耕爷是刚出五服的当家子，他的联合收割机威风凛凛开进村那天，耕爷咽气儿。一街人忙着给耕爷办事，没人去郭志富家瞧稀罕，为这个，郭志富他爹心里委屈好多天。

郭致富已经从碌碡砣儿胡同搬到了村子最西边的河坡地里，二层楼的大院套，红砖院墙三米多高，东南角起个高门楼，门上光闪闪的楹联，"勤劳人家风水好，向阳门第早逢春"，横批"紫气东来"。郭致富家的样子，跟大多数郭庄的富裕户没什么不同。但郭致富置办新宅的时候，把胡同口那个老碌碡砣儿顺便给骨碌了过来，立在老时人家上马石的位置。

梦里梦外，我常常回到耕爷掌管着打谷场的日子。天上的云彩那么白，赛过耕爷的白胡子。满仓、满囤高高的声音吆喝着黑驴、黄牛，碌碡撒着欢儿奔跑，天上的云也跟着跑。醒来，时间的门却早已关闭。就像那天郭致富关大门的样子，自自然然的，不紧不慢，不高不低，咣当一声，老碌碡砣儿就给留到了门外。

第五辑

饕餮记

# 春 不 老

一味小菜，却有着极尽秀美的名字——春不老，你听听，多么妖媚，妖媚到生出几分霸气，不能不让人生出汁水丰盈、桃红柳绿、人间四月天的诸多联想。

举凡咸菜的名字，冬菜、臭菜、梅菜、榨菜、芥菜疙瘩、酱瓜、地梨儿、洋姜、辣子，任凭你可着劲儿地数叨吧，这天底下，有一种咸菜的名字堪比春不老吗？更遑论姿色。腌制好的春不老，绿呀，绿得碧透、深沉，一粒一粒雪白的盐花儿映衬着，拿筷子从腌菜坛子里捞起三两棵，恍若看到春湖开了，一群绿罗裙的仙子刚刚沐浴更衣完毕，正手挽手跑过一带柳岸，留下一串铃铛般的笑声。

我曾经在保定读书，那里有句顺口溜："保定府三宗宝，铁球面酱春不老。"我一直不明白，质地铿锵的铁球，纵是闲人把玩之物，怎与面酱、春不老并称？或者保定人太会生活了，吃得讲究，玩得也别致。一碟肉末炒春不老、一碟面酱、一碗热粥、一盘烙饼，吃罢，左手握俩铁球，右手提一鸟笼，城墙根下晒太阳。偷得浮生半日闲，那时，府河漾漾，春风细细。

277

这春不老，不仅名字好听、品貌不同凡响，做菜，花样儿也多。春不老炒百合、春不老炖豆腐、春不老爆肉丝，都是北方人的舌尖之享。曾尝过一钵酸菜鱼，用了春不老做配料，鱼白菜绿，融入泡椒的鲜香、胡椒的通透，一吃难忘。春不老过水去咸之后蒸大菜包子也好吃，微辣脆嫩的滋味，渗到暄甜的包子皮上，那个香，能让你三月不甘他味。

雍正版《畿辅通志》说，春不老，味辛，叶青而茎泽，唯保定府有之。这话，说得不留一点儿余地。其实，保定这座小城，真的有定力，当得起诸多独一无二的事物。中国历史上最后一个状元刘春霖，在保定莲池书院读书10年。诺奖得主莫言的处女作《春夜雨霏霏》就登在保定的地方刊物《莲池》杂志上。刘春霖名字里的春，莫言作品里的春，皆可谓不老之春。隔着多少岁月，读起来，说起来，依然是满堂春意盎然，满面春风得意。再加上李英儒的《野火春风斗古城》、杨沫的《东方欲晓》、徐光耀的《小兵张嘎》……文学总是以社会、历史为底色，文学、文化又是历史和社会最饱满的年轮，最多情的剖面。饮食呢，一棵春不老的鲜脆饱满，是否也映现着一座城市的风华和品性？

春不老的腌制，其实很是简单。清水洗过，艳艳的阳光地里晒过，粗大的盐花儿中一遍一遍揉过，置陈年老坛中，山里的青色方石稳当当地压住，剩下的功课，就交给时光和盐吧。孙猴子在两界山下一压就是500年，石破惊天时，猴性少了几尺，神性高了几丈。腌春不老，远远用不了那么

八月黍成

久，它只要半个冬天，静静的，静静的风，静静的雪，静静的人声、鸟鸣。那么鲜妍娇俏的一棵菜，怎就承受得起盐花子的粗鲁，大青石头的挤压？有时候，真替一棵菜动了小女人的恻隐之心。可是又想，那真实的人物、城市、历史，哪里能有一丝半点儿的慰藉。刀光剑影、人情冷暖，你挺得住，你扛得起，你在时间的崖上向死而生，方渡得到青山不老的彼岸。

如果刘春霖的故事结束于黄榜中状元的高潮，而没有后来的兴义学、安难民以及在日本鬼子面前宁折不屈的气节，就没有今天万人仰慕的状元亭。如果徐光耀没能开出那朵崖上的花——《小兵张嘎》，如果没有后来的《昨夜西风凋碧树》和《徐光耀日记》，就没有今天河北文学这一座独属于徐光耀的巍峨山峰。如果……一切都不需要如果，在现实面前，"如果"永远是一个有几分怯懦的词语。现实，只要那一味鲥死人的盐花儿，只要那种超越荣辱之外的选择和决断，超越得失之上的纯粹和风度。你听听，春不老，咀嚼在齿间的那一声声的脆爽，那是腌得爆得煨得炖得的金声玉振啊。

河北文学馆二楼展厅，有贾大山先生的一组展览。在那里，我有幸见到了其子贾永辉。他，是来为文学馆捐赠父亲遗稿的。贾大山先生的工笔小楷书，那样清新、恭谨，连每一个标点都写得精准而饱满。这样的一份手稿，大大出乎我的意料，也出乎观者的想象。贾永辉说，他的父亲在正定西

279

慈亭下乡体验生活，一待就是 8 年，连家都搬去了。西慈亭就是贾大山作品中常常出现的"梦庄"。在那里，他过着跟村中老百姓没有什么不同的日子，但不同的是，他用那样饱满的情感，用一笔一画的小楷书，写着他的文学梦想。今天，读先生的手稿，就仿佛是读一种不老的春天。这样的春色，是用纯净的爱、用不老的心，一笔一笔描出来的。大山先生英年早逝，令人疼痛、惋惜。读过他的手稿，我忽然相信，有一种人是真正超越生死的。他的灵魂，在生活之盐里腌得透亮、清鲜、醇厚。

春，不，老。这简简单单几个字，就得像贾大山先生那样，一笔一画地写，写出一份诚恳和尊严。这清清爽爽一棵菜，就得像农妇那样腌，一招一式，坚定爽利，气定神闲。

# 白露蚂蚱肥

大清早起，洼里白茫茫一片雾气。庄稼地里走着，鞋帮、裤脚被露水打得精湿。蚂蚱的翅膀上也挂了白白的露珠，栖在同样挂了白露的草头打盹，人一过，惊得扑棱扑棱在裤腿上乱撞。拽一根狗尾草，逮蚂蚱吧，左一只，右一只，蚂蚱脖儿下边有条缝，草节前边穿进后边穿出，蚂蚱就成了一根草的俘虏，任两条带倒刺的大刀腿儿在空中蹬达，跑是跑不掉了。照这个法子，一会儿能逮一大串。

白露蚂蚱肥。逮一只，搁灶火膛的灰烬中，很快屋子里便有了些微的焦香气。我们家，我和姥姥的狸猫小米是捕捉这种香气的行家。这个节骨眼儿上，要沉住气，假装朗读一篇课文或者帮着大人包几粒蒜。直待香气藏不住了，满屋子蹿，赶快拿烧火棍，把蚂蚱扒拉出来。翅膀早化没了，只剩下烤得暗红油亮的蚂蚱肉身，捡在手上，烫，两手来回倒腾着，嘴巴不停吹着上边的灰，涎水直流。

庄稼开始一拨一拨往回收了。快绿豆、春花生、早山芋，地里一开镰，隐居的蚂蚱失离家园，一时乱了方寸，满世界飞。大人小孩儿，不管干什么活计，或在地里疯耍，到晌午了，都会提溜着一串蚂蚱回家。劳累一天，饭桌上摆一盘子油炸蚂蚱，是相当解馋提气的。逮回家的蚂蚱，掐了翅膀收拾干净，甩上一把粗盐粒子腌个半晌，一勺黑油慢慢炸透，那个香，透到骨髓里，一辈子都是香的。这两年农家饭馆儿有炸蚂蚱卖，却再也找不回那时的香味。于是想念那时的蚂蚱、粗盐和黑油。粗盐还在，海边晒盐场里堆成白色的盐山，叫原盐。黑油是熟棉花籽压榨的，在我故乡早已绝迹。其实黑油挺香，村村开油坊榨棉籽油，炒棉籽的苦香弥漫整个冬天的村街。一物克一物，是上苍的安排，炸蚂蚱跟黑油、粗盐，绝配。

我喜欢逮蚂蚱这个游戏。双楼郭庄的孩子，都是把逮蚂蚱当作游戏的。穿过小白河到大洼里打草拾柴，没谁催着，掂起个荆条背筐风一样地跑，满心眼儿里就是玩。找到一根甜甜的玉米青秸，吭哧吭哧大啃大嚼，好像全世界的甜都在这一根青秸上。我们管这青秸叫甜棒。姥姥说，我吃起甜棒来，简直就是个小牛犊子，没一点儿女孩儿样儿。但到底不比牛犊，能把食物省起来，半夜倒嚼，我们是吸干汁水，留一地渣滓。苘麻籽、灯笼棵籽，都是吃物，到嘴里涩涩的，却硬是咀嚼得满口生香。坟埕子里有野生枸杞，红艳艳在坟头眨巴着眼睛，同伴说那叫"鬼点灯"。我们一起夯着胆子采摘来吃，很有些惊险刺激。但这些都不敌逮蚂蚱游戏。在昆虫中，蚂蚱属于直翅类，体形硕大又异常机灵，两条大刀腿一跳能跳个两三米，好不容易快追到了，身体几乎趴到地上，手刚扣住它的翅膀尖，它一挣，扑棱棱飞起，在空中停一下，似乎要落下，却是一个远飞前的假动作，逗你玩的。逮蚂蚱的人眼巴巴望着，只顾得蚂蚱，胳膊肘一松，弄个嘴啃泥。我为了追一只绿翅膀绿身子的蚂蚱，曾经从一块山芋地跑到另一块棉花地，中间隔着花生地、北瓜地，蚂蚱没追到，返回去找自己的草筐，怎么也不见了。

狗二是逮蚂蚱高手。他只有一只眼睛，另一只是瞎的，据说小时候害眼病没办法医治，医生给剜掉了。狗二家只有他和他娘过日子，从春到冬有蚂蚱吃。狗二身高马大，脚力像神行太保戴宗，生产队派他护青。狗二也真不负众望，在长达20多年的护青史中，曾只手捉到两个半夜偷棉花的贼，一男一女，是父女俩，外县的，家里遭了不幸，告借无门，走投无路，最后一咬牙一跺脚——偷。狗二收了他们的棉花、车子，却放了人。天亮给生产队长交战利品，手里还捎着一串蚂蚱。队长嫌他不请示就随便放人，把蚂蚱没收作为惩罚。晌午，队长家的餐桌，多了一盘油汪汪的炸蚂蚱。狗二狠起来也真挺狠的，我家隔壁二姥姥打草顺便搂了两把嫩苜蓿，这家伙火流星似的到了跟前，二话不说，上去一脚把老太太的筐踩了个稀碎。王老五家的小六子，在玉米地里找"甜枪秆"，被狗二撞个正着，一路追打到村里，吓得尿了裤子，当天夜里发高烧，说是丢了魂儿。

狗二他爹是发大水那年饿死的。大水过后闹蝗灾，蚂蚱铺天盖地，人走在大洼里，落一身蚂蚱，一抖搂就半簸箕。

蚂蚱吃光了嫩草，也吃光了庄稼的嫩叶嫩梢，拉一地蚂蚱屎。聪明人料到一秋颗粒无收，到大洼里逮蚂蚱，扫帚在半空一挥，地上便是一层，用笸子搂，用麻袋装，到家，架起大柴锅干炮蚂蚱，晒满院子、满屋顶。一村子人跟着学，另一个村又跟这个村学，几天之间，活炮蚂蚱的味道充斥乡野。狗二他爹行动慢，等他想起逮蚂蚱的时候，灭蝗机来了，从天空洒农药，蚂蚱毒死一洼。狗二他爹舍不得那么多又肥又大的蚂蚱，趁管理人员不备，偷偷收了两麻袋。粮食所剩无几，他尽着老婆孩子吃，自己吃蚂蚱磨的面，吃了几次没事，放心大胆起来。正准备让老婆孩子也开吃，忽然夜里闹肚子疼，疼了半夜就咽气了。村里人吃着蚂蚱磨的面，埋葬了狗二爹，那以后再没闹过蝗灾。

有人说狗二是蚂蚱精附体。地里蚂蚱再稀少，他每天下工也能捎一两串回家，绿翅膀的蚂蚱，褐色翅膀的蚂蚱，还有小脑袋长身子的"老单"，神出鬼没的小油蚂蚱，一见到狗二，都服服帖帖愿意当他家盘中餐。庄稼快熟的时候，护青的开始巡夜，这是狗二大量收获蚂蚱的好日子。我无数次想象着，在白亮的月光下，高大的狗二如何矮下身子，偷袭蚂蚱的大本营，一如鲁迅先生的少年闰土，在一轮金黄的圆月下，手捏一柄钢叉，向一匹猹尽力地刺去。闰土的银项圈雪亮，狗二的独眼亦雪亮。

有一次我跟狗二都看上了一只花翅膀的蚂蚱，狗二说是他先看见的，我说是我先，谁也不让谁。当然狗二比我有办法对付"花翅膀"，他逮到却马上送给我了，我对狗二感激得不知如何是好，马上喊了一声"狗二舅"。狗二比我们那帮小孩儿岁数大多了，辈分也高，有的该喊他叔，有的还要喊他爷，但大家都是喊他狗二。狗二忽然听见我喊他舅，似乎也感激得够呛，独眼盯着我，非让我再喊一声。那只"花翅膀"弄回家，没有油炸，也没埋到灰烬里去烧，我把它养在瓶子里，给它吃院子里丝瓜嫩叶，细心伺候着。第二天，"花翅膀"却死了，姥姥喂了家里的芦花大公鸡。

村里流行一个菜，叫炸蚂蚱脖儿，却跟蚂蚱无干。大红袍辣椒晒透了，穿个绳挂在门楣上，炒菜丢进半个，能多下一块高粱面饼子。有的人嫌不够味，做炸蚂蚱脖儿，以干辣椒切段儿，加粗盐、葱花、芝麻，黑油爆炒，又咸又香。这样的辣椒段，褐红，油亮，吃起来脆香，还真像炸蚂蚱脖儿。炸蚂蚱脖儿，吃多了上火，能把整个口腔给烧掉一层膜儿，疼得无法进食。我爷爷做的炸蚂蚱脖儿特别好吃，说是跟狗二学的。狗二跟我姥姥一个村，跟我爷爷是邻村。我爷爷如何认识狗二的，我真没问过。

狗二死的时候还不足70，跟他爹一样，也是肚子疼半夜就咽气了。狗二死后，饭桌上还剩半盘子炸蚂蚱脖儿。爷爷说，蚂蚱是大发物，不能多吃。狗二吃了一辈子蚂蚱，体内积攒的火气太多，把自己给烧死了。他的死，跟炸蚂蚱脖儿无关。

# 三　味

## 老　腌　菜

郭庄女人的手，都是带魔法的。腌菜、做酱、腌肉、擀面条、压饸饹、炸馓子、蒸年糕、拐豆腐、淋粉条、打凉粉、打片粉，十八般手艺，只需朝天一揖，马上如神在侧，所向披靡。我最爱看外祖母腌菜。大白萝卜、红皮萝卜、胡萝卜、圆辣椒、尖辣椒、芥菜疙瘩、白菜疙瘩、老芹菜、嫩蒜薹，赤橙黄绿青蓝诸色，酸甜苦辣诸味道，无所不腌。当然，最隆重的要数入冬腌大萝卜。

这个时候，外祖母一整天都在咧嘴笑，老到门牙掉光的人，笑得开阔而慈祥。白内障加青光眼，几近失明，但刷洗腌菜缸、洗萝卜、加大盐这样的环节，外祖母是不敢轻易放手的。她说，萝卜入缸好比大闺女出嫁，上轿之前都得好好洗个澡，萝卜跟人一样这也是一辈子一回的大事儿。新挑的井拔水，新绑的炊帚，新洗的抹布，一一准备齐整，外祖母方开始从内到外刷大缸，边边沿沿，一丝不能马虎，像是某种仪式，有庄严的气息。萝卜也要泡在大大的洋铁盆里，一遍一遍洗，根须不留，直洗得皮肤透亮，举到太阳底下，能望见里边细嫩的肌理。外祖母眼睛不行，但她的耳朵、鼻子、嘴巴和双手，似乎都生长着眼睛，她的活计细致又利落。往缸里码萝卜也是个技术活儿，码得要紧，一层萝卜一层大盐花儿，末了加上压缸石。腌菜缸是座新房子，大萝卜安卧其中如新嫁娘，静置南墙下阴凉地，七七四十九天，才能修成正果。

　　腌萝卜条就着新出锅的贴饼子吃，是郭庄冬季的主打饭。腌透的萝卜，微黄，捞出一根，咸香扑鼻，味道丰腴浑厚。齁死人的大盐出好菜，腌菜没人选精盐细盐，不光是价钱问题，太过精细的东西拿不住大萝卜的脾性。手起刀落萝卜细细地切丝，点山药干醋、芝麻油，拌葱丝、芫荽，盘子里便有了几分山水情致。当然，我们是不懂得欣赏山水的，我们在乎它的脆嫩和香辣，咬一口一面焦脆一面金黄的饼子，夹一筷子咸菜，粗茶淡饭，也吃得热火朝天。从冬至到出九，九九八十一天，萝卜一天一天见少，漫长的冬天还未望见尽头。于是，聪明的女人朝腌菜缸里续菜，吃剩的白菜疙瘩，随手往大缸里一丢，十天八天捞起，碎碎切了，那叫脆爽，比大萝卜都好吃。腌菜缸旁边，是大肚小口的腌菜坛子，里头专门腌细菜，豆角、韭菜、辣椒、洋姜、地梨，到什么季节丢进什么菜，四季不闲。腌菜坛子的汤是老汤，沉郁，宽博，什么菜进去都拿捏得住。外祖母爱擀白面红薯面两色的面条，白水煮汤面，出锅撒上一撮腌好的韭菜、豆角，就一碟炸花生米吃，那种顶在舌尖上的鲜，直鲜到骨头缝里，成为一辈子难忘的滋味。

腌菜，腌得时间越长越香。这大概跟酒跟茶是一样的道理，老酒，老茶，还有郭庄的老腌菜，都是人间宝物。腌过一冬的大萝卜，那叫一个透灵，像一个年过耄耋的人，比如我的外祖母，阅尽繁华和凄苦，一切顺天应人，反而是挥洒自如，要风得风，要雨得雨。老腌菜卤红咸菜，属于村庄的特产。仲春，东院的海棠花开得红红白白，细细的香气绕墙而来。外祖母捞出老腌菜，切不薄不厚的片，再断成韭菜叶一样宽窄的条儿，晾晒在高粱篾子编的席子上。咸菜的香和海棠的香掺兑起来，混合成春天独特的气息。

卤咸菜的过程像炖肉，花椒、大料、茴香子，外加一味生姜，最独特的调料是摔掉籽粒的高粱穗头，据说它是给卤咸菜上色的，比酱油好用。晒好的生咸菜条，投到大铁锅里，加水炖煮，狸花猫卧在风箱旁边，风箱响一声，它叫唤一声，馋猫给外祖母撒娇。我也是小馋猫，卤好的咸菜在盖帘上晒起来，外祖母转身如厕，我哗地抓一把添到嘴里，肉一样的香，筋而不硬，顾不得咸，慌忙咽下肚子。如是，再三。卤咸菜齁坏了我的嗓子，没日没夜咳嗽，每年开春都犯病，四五岁，我已经能自己跑村卫生所打青霉素。咳归咳，那一口卤红咸菜是戒不掉，入大学读书，小木箱子里有被褥、衣服、书籍，还有一袋外祖母亲制卤咸菜。如今村里有人开了卤制红咸菜的小加工厂，真空包装的鲜卤菜，外套礼品盒，行销大江南北。但村子里的小孩儿，再没有人抓起一把卤咸菜当肉吃，更不会因此患上气管炎。他们习惯于到城里读幼儿园、小学、初中、大学，然后到更大的城市打工，他们甚至忘却了方言，或者根本没机会学习家乡话。

红咸菜炒鸡蛋，是待客菜。现在的农家菜馆里，都推这道菜。红咸菜鸡蛋炒饼子，是外祖母的发明。邻居小姨来我家串门，专挑里边的鸡蛋吃。我最爱卤洋姜。洋姜的肉，比白萝卜细腻，卤洋姜吃起来绵绵的、面面的，总让我想起深秋里摇曳的洋姜花，那是一棵植物身体里长出的小太阳，灿烂，温暖。洋姜是多年生草本植物，只要你的手段不够狠，种一年，在一片土地上就会年年繁衍无绝。那时生活粗放，不是每一个孩子都能吃到卤洋姜这般至味。一碗卤洋姜，藏着外祖母对我的宠溺。

老腌菜是哪天悄悄在郭庄人的饭桌上退席的，我不知道。反正，一户一户人家，很难找到腌菜缸，腌菜坛子或许还在，饭馆里到处打听着淘换，当摆设用。人们不再嗜咸，这是好习惯。咸的东西吃多了，盐分积存在体内排不出来，心脏、肾脏、血管都会出毛病。咸，是庄稼饭的标志。庄稼人处处要动力气，出汗，汗水是咸的，把吃的盐顺汗毛孔排泄出来。村子里已经很少有人种庄稼，种的话也一切机械化，给麦田打药实行无人机作业。再想出汗，只能到马路上跑步。

明朝人洪应明写《菜根谭》，是受宋人的启发。有一句话叫作：人常咬得菜根，则百事可做。我们郭庄的老腌菜，就是以腌菜根为主。萝卜、白菜疙瘩、洋姜，都是植物的根块。离开村庄多年，想一碟老咸菜大快朵颐，但不敢，身子骨儿不争气，克化不动了。

# 腊　肉

写下"腊肉"俩字的时候，我还是稍犹豫了片刻。

腊肉，正规释义，腌制后风干或熏干的肉类。但方言土语不讲那一套。就比如，我的乡亲管太阳叫"老爷儿"，管月亮叫"老母亮儿"，管擀面条叫"擀汤"。

郭庄的腊肉，不风干也不熏干，工序简单得多，实质上就是腌熟肉。腌透的腊肉，格外咸香出味，肥的不腻，瘦的不柴，比新煮的肉好吃得多。

烙饼裹腊肉，是招待贵宾的。凉肉，切成薄薄的片，肥瘦红白相间，边上是层酱红色的皮儿，往新出锅的饼上一放，香劲儿瞬息唤醒心中馋虫。这样的饭食，我只见别人吃过，是邻居招待外省来的亲戚。

那时候，见到个生人很稀罕，他家里又正好有跟我年龄差不多的孩子，所以，有亲戚来，就以找玩伴为借口去开眼。娘曾教训我，别人家到饭点儿，必须赶紧回家，不许扒桌子边瞅人家吃饭。但那天我犯了戒。人家都收拾桌子开饭了，我才噙着口水悄悄走开。

包产到户，村里人的日子好过了。我家6口人，就姥姥一个人有地，其他人全吃商品粮，细粮粗粮搭配，还是二八开，黄棒子窝头、红高粱饼子是主力。饭桌上有些变化，能吃上炒菜的时候比以往多了。有一年春天，居然吃了好几次我梦寐以求的裹腊肉，只是没有白面饼，用的是棒子饼子，供解馋，不管饱。

大铁锅新贴的饼子，黄灿灿一层焦脆的饹馇，飘着新秋天然的香气。饥荒年代，这已经是上等吃食。说起来还有个故事，新媳妇过门，婆婆让她贴饼子。早晨饭吃得稀松，到晌午早就饿了。饼子熟了，忍不住先偷吃了一个。那婆婆对新媳妇不放心，觉得上桌的饼子少了，就去数贴饼子的锅印儿。数来数去，还真少一个，于是沉下脸来审媳妇。儿媳妇要面子，不敢承认偷嘴，又拿不出那个饼子，就跟婆婆来了个脑筋急转弯。她说：娘啊，这饼子真真没错呀。七个畦八个背儿，七个饼子八个印。她这么一绕，还真把婆母大人给绕进去了。

那天傍晚放学晚，回到家，娘已经把饼子贴熟了。娘的眉眼里透着高兴，她把饼子一个个从锅里拾出来，又猫腰钻到案板床儿底下去拿什么东西。那里，有好几个坛坛罐罐，酱坛儿俩，韭菜花儿坛子一个，攒鸡蛋的罐子一个，盛腥油的罐子一个，另外，就是腌腊肉的坛子。

娘居然捞出了整整一方子腊肉。她把肉切得薄薄的，就像我那次在邻居家看到的一样。拿起一个个饼子，从一头儿

*291*

起刀剖两片，尾部却不断开，把腊肉仔细揣到热腾腾的饼子中，家里人人有份儿。饼子的热气把腊肉中肥的部分融化掉，腊汁渗到饽饽里，咬一口，香得流油儿。从此，我以为腊肉最好的吃法，就是新出锅的棒子饼子揣着吃。白面饼裹腊肉、火烧夹肉，都太浪费，也太奢侈。

腊肉做馅儿，非常提鲜。我吃过黄韭、片粉、豆腐丝、腊肉末饺子，还吃过干马齿苋掺腊肉丁蒸的包子、干白菜腊肉丁团子。偶尔一吃，再难忘记。

腊肉是那个年代的稀有物品。之所以称"腊"，盖与腌制的时令有关。多数人家，只有过年才肯买点点肉，除了留包饺子馅用的，其余都煮成方子肉，过年吃些，剩下的就腌起来，预备着待客人或者家里有个大事小情。煮肉，一般都定在腊月二十六。十斤八斤花糕肉，斩切起来却大刀阔斧，每块切好的肉，都有四五寸见方。那边锅底下已经架起劈柴，红红的火舌子蹿出灶口。肉不能煮得塌了架，也不能生。烧火、看锅颇有技术含量。软硬正合适的方子肉，熬菜、做回锅肉、做鸡瓜儿菜、做蒸碗儿，都有好的品相；腌肉的话，更是重要一环。

从赶集买肉，到煮肉、腌肉，看着大人们忙来忙去，好吃喝儿吃到嘴里，更吃到心里。春末，腌腊肉的坛子就空了。嗐，本来也没腌儿方子肉呢。过了春天，再见腊肉的影子，就得到红白事上了。娶媳妇，腥卤面条儿或饸饹；埋人，小米干饭、豆腐脑儿，卤汤里滚着几粒腊肉丁，配几叶香菜或小菠菜。这时用的腊肉，叫腊肉，实质上只是煮熟的肉，几乎现煮现用，少了那个秘密的腌制过程，味道要薄很多。只是人们平日难得见荤腥，没工夫品呷，几碗面或干饭早进肚了。作为谈资的，多是放的肉多还是少，主家抠门儿还是大方，日子紧巴还是殷实。

石家庄时有开腌肉面馆儿的，到太行山区去旅行，也见到腌肉面招幌。有次到鹿泉出差，在温塘小镇上吃过一顿萝卜干、腌肉大包子，那包子的气派、口味，与家乡的差不离儿。看来，腌腊肉不独我们郭庄。只是人家把老风味做成了买卖，我的乡亲却几乎把腌腊肉的事给丢到脑袋后头。而今村里有卖鲜肉的超市，家家有冰箱，买肉不差钱，谁还闲得没事弄个腌肉坛子？

每次回老家，我们还能吃上腥卤浇饸饹，是大爹大娘、嫂子弟妹特意准备的，比吃席面要费周章，借饸饹床儿、动大灶不说，光煮方子肉，就是个麻烦事。大爹大娘老了，盼我们常回去。

## 冬 干 菜

马齿苋，是最好吃的野菜之一。嫩时挖来凉拌或做汤，爽口下饭。雨水勤的话，满院子满地红梗绿叶小黄花，三五分钟能挑一篮儿，拎回家洗净焯水晾干，留着冬天吃干菜。

郭庄人管干马齿苋叫长寿菜，总在大年三十晚上用它包

293

饺子，说是吃了延年益寿。干马齿苋，蒸包子、包饺子都好，一般配着白菜和七肥三瘦的肉馅。没肉也成，多放熬炼好的鸡油、牛油、大油。干菜吸油，没油不香，不出味道。馅料搭配得好，那长寿菜包子鲜而不腻，慢慢品咂，后味里是淡淡的土地和阳光气息，仿佛四季在味蕾上灿灿生花。

不独马齿苋，凡是干菜都别有滋味。立冬至小雪，正是晾干菜的好时候。马齿苋过季了，但长得不饱满的白菜，切下来的萝卜缨子、胡萝卜缨子、蔓菁缨子多得很。拾掇间闲屋，穿几趟绳子，把帮儿菜、缨子稍加整理，只管晾起来就是。晾菜，要阴凉透风，不直接见阳光。这样晾好的干菜，水分没了，叶子、茎梗却泛着淡淡的绿意。到深冬，敛藏这些泛着淡淡绿意的干菜，菜香也悠悠淡淡地浸满屋子，心中便漫上几分春天的意思。

干白菜、干缨儿菜，吃起来很便利，以沸水煮过再浸泡一二小时，捞起控干水分，改刀，炸花椒油，然后以葱花、姜丝、干辣椒丝炝锅，炒匀即可。咸香微辣而有嚼劲的炝干菜，就新棒子面饼子吃，就棒子面红薯粥，皆为绝配。至于烙饼卷干菜，那是神仙般的饭食。

干白菜做馅也好，只是要调和适量的熟肉丁。切熟肉丁，最好挑带皮、肥瘦相间的方子肉。方子肉是过年时家家户户都要煮的，加盐放坛子里封着，能吃半年。萝卜干儿做馅，条理的方法跟干白菜相似。

我们家原来还晾茄子干儿、豇豆角干儿。可以生晾，也可以熟晾。熟的，做菜更软；生的，需要炖时间长些。蚝油茄子干儿，豇豆角儿干烧腊肉或小炖肉，都是可以上席面的。

这些年，村里晾干菜的少了，城里几乎没人晾。一则冬天买鲜菜很方便，二则各式干菜都可以在市场买到。或者馋了，去趟农家菜馆，便可大快朵颐。但我还是喜欢自己做点儿干菜饭。一个人在厨房里拾拾掇掇，一屋子煮干菜的香味把人笼在雾气里，胡思乱想，天马行空，饭还没好，陌上桃花已冉冉发。

晾干菜，不独因为日子艰难。我见过徽州人晾南瓜干儿、霉干菜，见过太行人家晾萝卜干儿、北瓜干儿、柿子干儿。西北人家没见晾干菜，却晾杏干儿、桃干儿、葡萄干儿，专门在敞亮的田地里盖晾房，一排排的，蔚为壮观。

红白黄绿的收成，切了片，编成辫，穿成串，铺在筐箩中，挂在树梢上，置于闲房里，看一眼，心里都是满登登的丰饶。

# 芽　菜

灯下漫坐，拣豆子。圆圆肥肥的豆子落在青瓷碗里，嗒一声，嗒一声，如更漏，岁月清响。

拣豆子，发豆芽。入秋后的功课。如读书，荒几天，心虚，气短，没着落。

红豆、赤豆、青豆、黑豆、豌豆、花生豆，都可以用来发豆芽。大棚精细菜，还有香椿子、萝卜子种出的芽苗。我独爱侍弄绿豆和黄豆，跟着母亲、外祖母、祖母学的，没有刻意，只是习惯。习惯就是爱。

豆子淘洗干净，水润润的，像换了一件鲜亮的外衣。鲜亮的豆子，招人稀罕，如亲人，瞧得眼睛里亮亮的，闪着泪花。

发豆芽，也叫长豆芽、生豆芽。不识字的外祖母，口语里却常掺杂文雅的书面语，长豆芽，她单用一个"发"字。发者，古汉语词典有一种解释：舒也，扬也。甚合我心。发豆芽，把干干净净、圆圆胖胖的豆子，盛于大盆，土陶盆最佳，陶瓷次之，不锈钢又次之。注入清水，没过豆子四指，盖上盖子，避光。黑暗有唤醒灵魂的力量。豆子饥渴，咕嘟咕嘟摸黑儿喝水。喝饱水的豆子，三魂七魄聚齐，雄壮，饱满，印堂闪光。

一颗豆子从豆到芽的第一次飞跃，筋舒骨活，事物由量变到质变的积累，水，是复杂生命过程的媒。发豆芽，要有眼力见儿，比如，喝饱的豆子，要及时滗掉盆里多余的水。过犹不及，人吃太撑，有撑死的；豆子喝多水，也会死，沤了，几等于胎死腹中。这时的豆子需要安静，细笼布，过遍水，稍拧，不干不湿，给豆子盖上一层被子，再盖上盖子。盖上盖子的盆，是间小黑屋子，隔绝，寂寥，有豆子和豆子相互陪伴，相惺相惜，并不孤独。孤独，是人心成长必不可少的境界，在豆子，在植物，还是要来自群体的慰藉和依靠。他们在赶路，比着肩，努着劲儿，喊一二一的号子。黎明来临，尖尖小芽破壁而出，是一颗豆子从豆到芽的第二次飞跃。小小的芽，竖起生命的桅杆，从此山重重水迢迢。

吃芽菜，是不是一种残忍？自己亲手发好的豆芽，又亲手做来吃，戕杀。千百年来的食物链条如此，女娲抟土造人的地方，也是粟的发源地，人吃粟、吃黍、吃豆、吃稻，也吃小的动物，鱼、鸡、羊。黑格尔说，高贵的人不一定是贵族，罪犯不一定是凶手。此处适于此言。把种子发成芽菜，以供食用，是祖先智慧的创造。我们一生，要吃下多少植物的种子、植物的芽、植物的茎叶花果！为生命延续而取食，不是罪过，但我们应该心怀感恩，心怀虔诚，心怀光明。感恩是一种美德，虔诚方有福报。

297

在我们双楼郭庄，发一手好豆芽是一个女人的本分。那时熬冬，煤火取暖，入夜，止火，连骨头都要结冰。发豆芽，最怕冷。女人把豆芽发在灶火台的后头，暖在火炕的炕头，最软和的被子蒙着，像是伺候月子，伺候新的生命的启程。发豆芽的晚上，母亲做饭要多加一把柴，外祖母跟瓦盆里的豆子伙盖一个被窝。庄稼人不把感恩和虔诚挂在嘴上，她们只是按照上一辈传授的秘法，安妥行事。发一盆豆芽如此，种庄稼，种菜，栽树种花，无不如此。溽暑，大太阳发疯地烧烤着大地，烤人，烤庄稼。玉米咔吧咔吧拔节，红薯蔓子一宿蹿一米。母亲到玉米地里抓虫子，汗珠子往眼睛里灌，玉米叶子把裸露的胳膊拉出一道一道血红。给红薯翻蔓子，顶累人的活计，蹲踞，猫腰，太阳对着脊背，身上生起火炉，衣服的汗渍湿一遍干一遍，干一遍再湿一遍，开出一朵一朵花儿，汗花覆盖了衣服原本的纹理和颜色。母亲说，人误地一天，地误人一年。母亲内心笃实，我们在她翼下，生得安稳。

　　豆芽有无数的吃法。清韭炒双脆，双脆，就是绿豆芽和黑木耳，五行占三，颜色也好，不贵，但体贴。绿豆芽，性情敞亮随和，随便搭配，炒饼丝、蒸包子、炝辣椒、炒海米，不轻贱自己，也不攀附巴结。黄豆芽中，最美味的是豆嘴儿。黄豆发起来刚拱出针鼻儿似的小芽，我们叫它豆嘴儿。卤咸菜炒黄豆嘴儿，是母亲的拿手菜，加一个红辣椒同炒，咸香，微微辣，好下饭，满满一罐头瓶，刚带到学校第一顿饭就见底，与同学分享，母亲不怪。煮杂面汤，下两把黄豆芽，出锅时再放一小撮芫荽叶，最简单的饭，我能吃两碗。

发豆芽菜，简称"发菜"，"发"在这里是动词，谐音"发财"。村里娶媳妇聘闺女，都发一盆豆芽，就连丧事也发豆芽。生老病死，生命代序，发财发家，福禄寿喜，是庄稼人很朴素的祈愿。父亲过世，堂嫂给我们做了几天饭，天天黄豆芽炒白菜。那是我一生中最难以下咽，也最难以忘怀的饭食。

夜深，窗外下弦月升起来，银钩似的一弯。想起饭馆儿有道菜——海米银钩，其实就是小虾米拌绿豆芽，名字倒是好听。自个儿发的芽菜，月舞银钩，是真切的人世欢愉。

# 韭 花 帖

　　杨凝式（五代时期书法家）若穿越到现世，"吃货"的帽子也是戴稳的。有一天他午睡醒来，肚子里空空的，正好有朋友送来一盘新腌的韭花酱，灵机一动，来一顿韭花酱佐小肥羊的大餐，充腹之余，铭肌载切，马上给朋友回一封感谢信。于是，《韭花帖》诞出，千年流传，字底依然有一股子韭菜花冲鼻子的鲜香。

　　涮肥羊蘸韭花酱，确实绝配，不独杨凝式，重口味的北方人都稀罕。从秋到夏，哪个涮园也离不开一罐香辛的韭花，最好是秘制。卖酱菜的人家，必有腌韭菜花的好手艺。

　　在肃宁西北乡，韭菜花属于民间。

　　处暑一过，飘飘洒洒的秋雨为溽热的天气挽了一个松松的结。大田里玉米棒子挤挤挨挨，红薯秧子密匝匝，风中微漾关于收成的秘密。在芝麻的青碧和谷子的青黄之间，一畦畦朦胧的青白，如雾如花，花中雾，雾中花，那便是韭菜和韭花了。如果你走近细细打量，一簇韭花是精巧而迷人的。它独特的香气，甚至引来无数的野蜂和蛱蝶。

　　但农人似乎无暇打量这精巧迷人的韭花。他们要趁着韭花最好的时候，采摘上市，或者自家取用，做一瓮上好的韭花酱。

腌韭菜花是一个盛大的仪式。街头的石碾早早已经有人用清水刷洗了七八遍，干净的青石碾盘、青石碌子，在银光乍泄的阳光地里，神情格外俊朗。妇女们趁着早饭后的一点儿工夫，把趁夜打点好的韭花、香梨、苹果、姜块、青红辣椒，用大盆端了，在碾子这儿集合了。推碾子，是个重体力活儿。此刻，婶子大娘、姑嫂姐妹，你帮着我，我帮着你，调笑嬉闹，叽叽嘎嘎，早把劳累忘到了九霄云外。不等太阳升到村里老槐树的树梢头，家家户户的韭花酱都磨得了。一盆盆绿莹莹的，穿过街巷胡同，回家添盐装坛装瓮，韭花的辣香，香梨苹果的甜香，满屋子满炕都是。似乎，人们腌制的不是韭花，而是整个的村庄。

村庄里，韭菜花与小肥羊相遇的日子无多，它作为一道正菜，也是唯一一道正菜端坐于餐桌首席。干冷而单调的冬日，贴一锅棒子面饼子，蒸一锅红薯，就是一餐好饭。幸而有一碟苍绿咸香的韭花酱，咬一口金黄的饼子，以筷子蘸一点儿韭花，也能吃得鼻尖鬓角渗出细密的汗珠。韭花酱杂面汤，堪为珍馐，清水下杂面，杂面条是自家手擀的，刀工又细又匀，下到锅里，如游龙过江，两沸，入韭花酱、芝麻油，胜过江南的阳春面，可惜亦不常有。

造韭花酱的手艺，无师自通，或许当年一个冬天接一个冬天的韭菜花就饼子，把一副神经都腌透了。早市里选韭花，半骨朵儿半花的不选，多籽少花的不选，只要一簇花中只一两朵结籽的那种，洗净，控干水分，配熟透去核的广梨，细刀切了，再置入石臼慢慢捣碎，辣椒是一定要加的，米椒、牛角椒都不要，只拣七寸长半红的线椒同捣，还有粗盐，装到小瓶子里，密封，一月后可食。这样的韭花酱，我有时会用来拌一盘卤水点的嫩豆腐。或者，择一个阳光如银的午后，去送给一位如我一般迷恋韭花酱味道的好友。

更多时候，我的秘制韭花酱是放在餐桌上清赏的。餐桌也是书桌。翻书翻到困倦，就想着给朋友写一封书信，问问今年的韭花酱滋味如何。当然，想想，也就罢了。若修书，是发 QQ、电子邮箱、微博，还是发微信朋友圈呢？《韭花帖》是属于杨凝式也只能属于杨凝式的。全天下人吃了1000 年韭菜花，却只有一幅天下行书第五，而不能有第六、第七……

# 喝 豆 沫

矮条桌，大板凳，粗瓷老碗外沿一圈蓝釉。叫一碗滚烫的豆沫，两手捧着不停倒腾着碗的方向，喝一口，再喝一口，边喝边看路边的风景。这样看看喝喝，特踏实、特香甜。

卖豆沫的人说，他是邯郸峰峰矿区人，家乡的豆沫好吃又地道，配烧饼、馃子，都好。没有烧饼、馃子，就两个玉茭饼子，外加一碟糖蒜、韭菜花，也不错。豆沫可是好东西，过去女人坐月子才能喝上一碗。

一碗好豆沫，半透明，乳黄色，里边稀溜溜泡着花生豆、黄豆碎、海带丝、绿菜叶、胡萝卜丝和小粉条，热气袅袅，扑入鼻孔，含着熨帖的香气。筷笼旁边碟子里有芝麻盐，随便加。店主人这么说，大家却替他小气起来，只取一点点，顺着碗边撒进去。豆沫菜疏的醇香遇到芝麻盐的浓香，真个是一加一大于二，简直让人按捺不住。

熬豆沫是个不省心的活计。前一天晚上炒了茴香子、八角，水发了黄豆、粉条，择选了小米，洗净了海带。五更起床，凉水泡小米一小时，煮好花生豆，备好红绿菜丝。拐子

303

小石磨，泡好的小米掺上茴香子和八角打成米浆，黄豆剁碎。起锅烧水至翻小花，黄豆碎、细粉条、花生豆、海带、红绿菜依软硬次第下锅。将熟，米浆兑水，入锅同熬，边熬边用手勺搅动，20来分钟方好。豆沫中放的花生米，要选沙土地出产的，香、糯、透灵。

　　某次去邯郸公干，入住宾馆，这家的豆沫，好看，也好喝。盛在大不锈钢桶里，跟玉米粥、南瓜粥、皮蛋粥并排放着。盛豆沫的大桶旁边，还特地备了小碟芝麻盐。看当地朋友喝得香，我也禁不住诱惑，来了两碗。这碗秀气，白瓷，薄而透，也是邯郸本地出产。小碗喝豆沫，配有羹匙，但我不用。我坚持两手捧着转圈喝，心里一派欢愉。

　　跟豆沫差不多的另一种小吃，叫菜豆腐，也称豆腐子、小豆腐，邢台的清河、南宫都有。有一年，我到清河采访，每天早饭只喝菜豆腐。一桌一盆，我不喝得勺子刮盆底不罢休。做菜豆腐的菜，是老干菜。发泡好，切细丝，素油炒透，水发黄豆跟熟花生豆、核桃仁一起用石磨打碎，弄成小米大小颗粒。黄豆末儿、小米、老干菜加盐同煮，熟了就是菜豆腐。菜豆腐的工艺比豆沫更粗粝，但两者用料差不多，都是就地取材的庄稼饭。

　　邯郸、邢台一带产粟，也产菽。以小米和黄豆作为主料来吃，有历史。宾馆斜对过儿，是邯郸博物馆，博物馆再往北走，有丛台公园，东门就开在中华大街上。丛台，也称武灵丛台，相传为赵武灵王时期为观看军事操演而建。朋友说，古赵王城就埋藏在地下深处。我常想，如果这里不是富产金灿灿的小米和大豆，赵武灵王搞胡服骑射的底气怕就差多了。这么说起来，这一带的历史，着实离不开一碗好豆沫。

不管历史多么悠久，豆沫毕竟是一种亲民的吃食。品尝豆沫最好的方式，恐怕还是坐在街边小店，两手捧着粗瓷老碗热豆沫，不住地倒腾着碗的方向，喝一口，再喝一口……

# 粥 还 热 着

舅舅说，李姥姥已经殁了，没有活过101岁。是交小寒那天还是交小雪那天殁的，电话里听不太清楚。总之，说不行就不行了，头一天晚上还喝了一大碗棒楂子粥。她原本是想熬过冬天的，熬过冬天，院子里新栽的棠李子树就开花了。棠李子树开完花，小娃家的小子就该考高中了。小娃是李姥姥的孙子，李姥姥只有一个孙子。她老人家一直巴望着见到重孙子上大学，娶媳妇。

李姥姥极喜欢熬粥喝。就算是大年初一，别人家吃饺子、熬肉菜，吃得满嘴油光，李姥姥也还是要熬一锅粥。这锅粥，她自己喝，家里人人都喝。她说，过年，腥水大，更得喝点儿粥克化克化。李姥姥日子过得不穷也不富，年五更里熬粥，顶多落个"怪"的名声。她也不怕别人说她怪，母子俩过日子，不跟谁家格外热络，也不下狠结仇，挣工分吃饭，天黑了大门门闩一上，自家一个世界，挺安静。她跟我姥姥处得好，是个例外。可能因为两人都是打年轻守寡带个独苗儿过吧。

我家跟李姥姥隔着一道院墙。院墙很低，中间有几块坯碎了，形成一个不宽也不窄的豁口，有时候我姥姥和李姥姥站在墙根底下说话，俩人胳膊肘都挂在豁口上。从她们俩的交谈中，我发现李姥姥在熬粥之外，比我姥姥更会做好吃的。比如"油汁饼""卤面"，这样的字眼，我就是从李姥姥嘴里听来的。冬日里，天黑得早，睡在冰凉梆硬的被窝里，百无聊赖。但"油汁饼"这样的词语，让我入睡前的思维变得格外肥沃膏腴。姥姥说，烙油汁饼没什么难的，就是把肥肉切薄片加作料生腌，平摊在饼坯里，烙饼时，肉片里的油汁见热之后慢慢浸出来，渗到饼里。油汁饼是真好吃，外焦里嫩，咬一口，香得舌头疼。姥姥光说不练，李姥姥却隔些日子就烙油汁饼。她跟姥姥隔着墙头说会儿话，扭身就回屋了，她说，面饧得差不多了，今儿晌午娘家来戚，烙油汁饼熬点儿粥。我便很留心李姥姥家的炊烟，试图从四散的烟气中捕捉到一丝丝油汁饼的滋味。结果，只捕来满耳朵的喧阗，七姑八姨，男男女女，欢喜而亲热。李姥姥孤儿寡母，娘家却支脉蓬勃，又走动多，胡同里的邻居和生产队的人，有谁想放肆，心里自己就弱下去了。

　　我一直盼着李姥姥有一天会从院墙的豁口上给我递过半块油汁饼，但是没有。我产生这样奢侈的念想，是因为李姥姥时常会给我一点儿好吃的。小孩子也一样，惯着一，自然就想着三，惦着五。那时，他们家还没有添娃娃，舅舅刚娶的媳妇，羞涩又勤谨。我姥姥忙不过来的时候，李姥姥常从豁口把我接到她家，一边做活计，一边给我讲笑话儿。有外边亲戚寄来的糖果，李姥姥给我吃过，玻璃纸包着，彩色软糖，比村里小卖部一分钱一块的土糖洋气多了。树上的棠李子半青半红，她拣最好看的摘了给我玩儿。桑葚子，半边树黑半边树白，她问我想吃白的还是黑的，我说不吃黑的也不吃白的，我要吃红的。红的，就是黑葚子将熟未熟的模样。红的酸掉牙，黑的、白的甜掉牙。

李姥姥熬粥，用小棒楂子，先冷水潋，等大锅里水烧到嘎嗒嘎嗒翻大花儿，再倒进楂子，灶腔里猛填柴火，火苗子突突响，金黄的楂子在巨大的水汽下滚成浪花，滚一阵之后改细火，咕嘟咕嘟叫成好看的泡泡。粥快黏稠了，把苜蓿芽、菠菜叶或榆钱、车前草嫩叶细细切了投进去，翻两个小开儿，粥香、菜香渐渐纠缠到一骨堆儿。粥盛到碗里，飘着星星点点的绿，一晃一晃的，馋人。李姥姥说，苜蓿芽粥有明目的功效，菠菜粥吃了好出恭，车前草粥祛痰火。不同的菜熬不同的粥，对人有不同的益处。现在想来，她的识见，在当时整个村子里是先进的、独有的。

喝粥，就着红咸菜，是上讲究的吃法。我们家和李姥姥家都这么吃。李姥姥卤的红咸菜，筋道，咸里透香，像卤肉。三岁那年，我偷吃，一下子躺出了气管炎的毛病。打那以后，我姥姥和李姥姥逢晾咸菜就防着我，比防小黄还严。小黄是李姥姥家的猫，馋，很会捉鱼。小黄捉的鱼，有一次被李姥姥给我煎着吃了。小黄因此不待见我。

村里还有跟李姥姥一样天天喝粥的人。比如，二增。二

增是个光棍儿，住胡同顶头一间独屋，没有院子，院中间有
棵大奈子树。奈子树的花骨朵艳红，春天里，小孩子时常爬
到树上，骑坐着粗大的树干，揪花儿玩。大奈子树好像从来
没有结过果子。它没花的时候，便跟二增的独屋沉入深深的
寂静。到了饭点，二增敞着门，圪蹴着身子往灶里填柴火。
他家炕里插锅，烟囱不好使，一做饭，屋里屋外狼烟地动。
二增天天熬粥，一来他不怎么会做饭，懒锅灶；二来熬粥省
粮食，他挣的工分少，粮食一年接不下一年。二增跟胡同里
的人来往也不多。他在生产队里掌什么事，我现在都想不起
来了。看场？看青？似乎都不是。他有亲兄热弟，各立门
户，几无来往。二增像村里一条影子。不知道什么时候，独
屋没了，大奈子树没了，影子也没了。妇人倒是常常说起二
增的锅，每次熬粥每次煳，也不刷锅，积了老厚老厚的锅
巴。一口六印锅，剩下的堂堂儿，也就容下一两碗粥了。

　　儿时记忆里，村里荷姥姥熬的粥也给我留下深刻的印
象。荷姥姥会熬粥，她家的粥好喝。我喝过她熬的山芋干儿
粥、蔓菁干儿粥、胡萝卜干儿粥。她家的粗瓷蓝边大碗，喝
一碗，还要再添一碗，第三碗喝到一半，心还想喝，肚子却
已经赛小鼓儿。山芋干儿粥，尤其好喝得一塌糊涂。跟棒楂
子一起慢火煮透的山芋干儿，又甜又面，有一点儿嚼劲儿，
比李姥姥家北京亲戚捎来的点心还好。荷姥姥还熬过一种籴
籴粥，炒熟的棉花籽拍碎，加盐跟细白棒子面和在一起擀成
片，切半拃长拇指宽的条儿，粥煮半熟时下锅，拿马勺轻轻

搅动,籴籴片飘起来,再添把柴烧一下就可以吃了。籴籴这东西,越嚼越香,却凭你有再锋利的牙齿也嚼不烂。荷姥姥教给我,嚼吧嚼吧来口粥,咕噜一下囫囵咽到肚子里。她只给我吃一碗,多了不让吃。

我问姥姥,为什么不给我熬山芋干儿粥和籴籴粥,她老是岔开话头儿。她还要我保证,以后不再喝荷姥姥家的粥。她一说,我马上应。再去荷姥姥家里找小妹姨玩,她家的粥,我照喝不误。我的小伙伴们,都喝她家的粥,我为什么不能喝呢?荷姥姥家的锅很大,比八印都大,好像是从做铸铁锅的地方特制的。有一年,小妹姨的父亲出河工,用小车推回来这口锅。为了安这口锅,还请长青太姥爷重新盘了一回灶台。荷姥姥孩子多,最小的小妹跟我同龄,最大的一个,都有20来岁了,说了河对岸村子的婆家。中间的几个孩子,两个上初中,三个念小学,都贼有饭量。荷姥姥疼惜孩子,她总是整个胡同里做饭最早的。我们放学时,她家烟囱早就白烟袅袅了,于是直接跟着小妹姨奔了过去。有时候粥还没熟,就跑到条案旁翻饽饽篮子,篮子里总归会有一些吃的,蒸山芋、棒子窝头,运气好时说不定还有葱花烙饼、净面馒头。

"你荷姥姥家不是开粥铺的,他们家那十来张嘴还喂不饱呢,你别去跟着折腾了。"姥姥扯着我的耳朵叮嘱,从没有过的严厉。我不吭气儿,接下来还是去找小妹姨,见粥喝粥,见啥可吃的,拿起来就吃。李姥姥待我也很好,但我却从来不敢翻她的饽饽篮子，在她家半天玩下来，乖顺得像小黄。小孩子也懂得看人下菜碟儿。

下雪天，荷姥姥家的窗玻璃上结出好看的冰凌花。我和小妹姨、芳、霞，趴在窗台上看，比赛谁看出的图案多。荷姥姥也凑过来看，她说，冰凌花是西王母半夜里画的仙境图，要仔细看方能看出门道儿。记住图案，闭上眼睛待会儿，就真能登入仙境，看到那些唱歌跳舞的仙女了。荷姥姥的话，我们都认真了。几个小脑袋凑在一块儿，分析哪里是南门，哪里是北门，哪里是西门，哪里是东门，哪里是玉皇的宫殿，哪里种着仙桃。然后按照荷姥姥的指导，端坐在炕上闭上眼睛。

仙女没有降临，院子里响起杂沓的脚步声。窗玻璃上的冰凌花不见了，隔着窗子，我们看到小妹姨的父亲和她的四哥、五姐回来了。他们推了一辆独轮小推车，车梁两侧是两条鼓鼓囊囊的大麻袋。那是两袋子饽饽！荷姥姥从西屋拿了两个大笸箩，几个年龄大点儿的孩子把麻袋抬进屋，哗地倒进笸箩里。有半个半个的高粱面窝头、棒子面窝头，两掺面的烙饼，也有一两个白面馒头，甚至还有两个枣花糕。有的饽饽放时间长了，表皮皲裂，像荷姥姥冻裂的手。有的已经结出绿霉，弥漫着微微的酸味。我和小妹姨还有芳、霞，我们只盯着那几个枣花糕，它们在这两大笸箩破烂饽饽堆里，那么鲜艳、出挑，鹤立鸡群。枣花糕最终成了我们的零食，这次不是我们自己拿的。荷姥姥笑哈哈地从饽饽堆把它们拣出来，吭吭掰成四份，一份给芳，一份给霞，一份给我，一份给小妹姨。多少年之后，我还记得拿到那块枣花馍的情形。那时，我们 4 个小姑娘都是 8 岁。村里常有"要饭的"，背个布袋或者提个篮子，或是跑单的老头儿老太太，或是拖儿带女的中年男女。但我从来没有把这样的人物跟荷姥姥一家联系在一起。他们家其实也到了要饭的地步，即使到了讨要的地步，荷姥姥也没有厌烦过我们这些胡同里蹭吃蹭喝的孩子。至少，她没跟我们撂过脸子。

胡同里的女人聚在一堆，常对荷姥姥说长道短。在她们的嘀嘀咕咕中，我知道了一些荷姥姥的故事。她做姑娘时，"疯"得不行，为了看个杂耍、听个书什么的，十里八村地跑。十六七岁，针线活儿一点儿学不进，只会拾柴割草的粗事。爹娘没办法，就让亲戚带到天津找个人家嫁了。结果她还是"疯"，满世界跑着看捏泥人，设法儿弄一点儿钱去吃耳朵眼儿炸糕，男人管不了，下狠手打。她受不住了，偷偷跑出来，一路要饭吃，真逃回来了。荷姥姥 20 来岁嫁到我们村，接连生了 10 个孩子，丫头片子多，带把儿的少。还是不会针线，她的孩子穿百家衣。荷姥姥干活儿不惜力，在生产队出猪圈、挑大粪挣男人工分，在家奶孩子收拾屋子打扫院子，养一圈两三头大肥猪。但她缺心眼儿，不会算计。

荷姥姥有个头疼病。她的病，过个一两年就犯。一犯了病，疼得满地打滚儿，翻白眼，要死要活。小妹姨的姐姐半夜跳墙到我家，敲窗棂，喊我姥姥："大娘，大娘，快起来吧。俺爹叫你过去，俺娘快不行了。"不管是白毛风呼呼刮着，还是大雨哗啦哗啦灌着，我姥姥立马穿衣起来，腿脚利索得像个年轻女人。姥姥说，荷姥姥得的是馋病。她带着胡同里其他经过事的女人，东凑西凑整半碗白面，给她做麻油片汤荷包蛋。一碗热腾腾的好吃食喂下去，荷姥姥额头上冒出细小的汗珠，脸颊浮起红晕，蝴蝶斑显出几分俏皮。小妹姨她爹，借来二信的水管焊的自行车，差人到县城里买大火烧揣猪头肉，顺带着也买一包去疼片。荷姥姥被人围着，伺候着，好吃好喝待承着，到了天黑，病就完全好了。她又开始抱柴火烧火熬粥了。当夜幕黑黑地拢住小小的村庄，她家的粥香已顺着烟囱飘满整个胡同。

庄户人家一天三顿粥，连个油星子都见不到，谁能不馋呢？但所有人都把"馋"字藏在肚子里，养成馋虫，馋狠了，想想过年时的饺子、煮方肉，咽几口唾沫，也就算了。唯独荷姥姥，把馋给生成一场病，闹得轰轰烈烈，成为一个村子的轶事。当然，这样的轶事，过不了多久人们也就忘了，有人又弄出了新鲜事。有个叫红欣的孩子，熬了一锅老鼠粥。红欣有点儿傻，十八九岁了，有爹没娘，她爹心眼儿也不多，老实本分，差点儿没有被划入缺心眼儿一类。有一天，红欣她爹没在家，这红欣一个人，不知怎么在炕尾的棒子囤里逮了只老鼠，心下迷糊，就把老鼠宰了剥了，煮了粥喝。红欣喝饱了粥，到当街闲溜达，她很兴奋，逢人就要讲说一遍她擒鼠煮粥的英雄故事。她两眼放光，不厌其烦地叨念着：你家喝过老鼠粥吗？老鼠粥真香！

红欣熬老鼠粥的那天，我家晚上没动烟火，当然也没熬粥。我们胡同的人家，几乎家家止炊。我姥姥说，她恶心得厉害，头晕。她一说，我也感觉恶心，浑身乏力。后来，小妹姨告诉我，她娘也恶心、呕吐，家里没做晚饭。

胡同里忽然少了炊烟，连天空都嫌闷得慌。猛然间西北方向跑来一片黑壮的云彩，一个闪劈来，天裂开了一道口子。又一个闪劈来，天又裂开了一道口子。我害怕得不行，流着眼泪，又忍不住去看闪电。再次的白亮闪过，我似乎闻到李姥姥家烟囱有小团干净的烟气，那烟气中有淡淡的芫荽混合着棒子面的香味。接着，滂沱大雨压下，烟气和粥香就都淹没了。

李姥姥把熬菜粥的秘方教给红欣了。她还教给红欣穿莛秆盖帘、炸馓子、纳割绒。缺心眼儿的红欣，后来嫁了个不错的女婿，女婿在东北的林场里工作，随迁了户口，去林场上临时班，似乎再也没有回村。

荷姥姥比李姥姥小10多岁，却比李姥姥殁得早，只活到了89。我姥姥殁得更早，只活了80。姥姥殁了之后，好长一个时期，亲邻时不时托人给我往石家庄捎棒子楂子，她们以为我是天性爱喝粥的。其实，我更想吃李姥姥的油汁饼，还有荷姥姥的大火烧揣猪头肉。

# 饕　餮　记

　　刚毕业那会儿，我跟我那帮兄弟姐妹，没一个不是馋虫附体。到市里采访，完事也就晌午了。单车返回西二环外报社驻地，必定是一只眼睛眯着，一只眼睛睁着。眯着的，看红绿灯。大太阳银晃晃，红绿灯倦嗒嗒，眯着的眼睛也看迷瞪了。睁着的那只眼呢，看哪儿，看路边哪。那时候，红星、燕春、中和轩、省招、白楼，都是大庄儿有名的酒楼。马路如同串烤串儿的签子，把这些名楼还有那些不知名的包子铺、牛肉罩火烧、川菜馆、烧麦馆、过桥米线店串到一串，一路看过来足以喂饱一双没见过啥世面的眼睛。半小时车程，涎水得咽下半斤。到报社，对过儿有个小卖部，8 毛钱来包上汤伊面，跑步进办公室，急赤白脸泡上，香酽的味道霸满整个房间。等着面饼发胀、软烂的工夫，水笔已噌噌噌在格子纸上爬出二里地。赶稿子兮，乐而忘饥。

　　时而变着法子解馋。比如，集体吹牛。安兄说，他们老家出产栗蘑、栗蘑、板栗炖山鸡，活活馋死过半条狗。怎么说是半条狗呢，狗的岁数太大了，啃不动骨头，倒被鸡骨头给卡嗓子眼儿了。农村里没给狗取异物的外科手术，卡嗓子眼儿的狗只能自生自灭了。老勤在广州待过，一讲起南国的早茶，连眉毛都舞动起来，光那几十种的小笼包、小甜点，就让我这个没出过省的冀中乡下人惊讶不已。我老家早晚饭，都兴喝粥。"早茶"两字，并非第一次听说，心下曾嘀咕，大早起肚子空空，咕嘟咕嘟灌一肚子茶水，肠子都得洗烂喽。听老勤这一讲，原来早茶不是茶，还有粥有汤有数不清的茶点，数不清的讲究，数不清的世故人情。第一回参加这种食谈会，我听傻了。轮到我说，心里一紧张，我居然说我会做烧坛子。"烧坛子"仨字从我嘴里蹦跶出来，我自己先吓了一跳，瞅瞅他们，居然也有点儿吃惊。一个谎言扯出来，就得用无数的谎去圆。他们果然催问，什么叫烧坛子，烧坛子咋个烧法，坛子里盛啥物，不然哪天你露一手。其实，烧坛子长啥样，我根本不知道。只是打小常听我姥姥说，我三爷会做。烧坛子，又叫坛子肉。取带皮五花儿一份、猪腿肉一份，切方子，氽水后烧糖色，然后入坛，加料包、清酱、黄酒，以阔荷叶蒙住坛子口，最后糊上胶泥密封。坛置小火炉上，炉火昼夜不熄，三日后开坛，醇香绕梁，九日不绝。三爷鼓捣烧坛子的时候，距离我出生还有20年。据说那时三爷刚辞了北京拳师的差回到村里，拉一帮后生习武、唱戏，煞是热闹。到我出生，三爷的房里，红缨枪还有一杆，挂在墙旮旯，肉坛儿却真真的无踪可寻，只有一堆药瓶子、药鼓子，铺排在大红漆的大躺柜上。这时候的三爷，是个看嗓子的乡村郎中，相传他一鼓子药面儿吹到病人的嗓子眼儿，可以药到病除。我不说三爷，只添油加醋、天

八月黍成

马行空地说烧坛子。在食谈会诸君看来，这烧坛子竟比红楼贾府的茄鲞难度不小。凭我们几人之力，吃顿烧坛子，也只能停留在天方夜谭阶段。

解馋的法子里，最实惠的是吃蹭饭。当然，有人想蹭，也得有人情愿被蹭。报社似乎有不成文的规则，有家的请没家的，先来的请后到的。请的自然，吃请的也自然。晚间或周末，几个单身骗腿上车子，一阵风骑到了某位同事家。不拘饺子、馄饨、排骨炖菜，呼啦啦围桌一坐，直吃得山呼海啸。吃来吃去，同事的家属也熟稔了，何嫂、洪嫂、卢先生、李兄，好多的人，分开几十年，一提说起来心窝子还是热烘烘的。蹭饭最多的，是去赵大姐家。赵大姐是我们头儿，也是我老师，豪爽干练，家境也富裕。她家先生做砂锅鸡翅拿手，我们一个姑娘两小伙儿三个人过去蹭饭，硬生生把一锅鸡翅半釜米饭吃得底朝天，连一滴汤汁也不剩。何嫂家的排骨炖菜好吃，她一遍一遍地从大锅给我们挑排骨，吃到最后，她自己一根排骨也没吃到嘴里。到安兄家是喝粥，虎皮椒、花生米、酱猪手、榨菜丝，有时候还切一碟火腿肠，添菜，回碗，再添菜，再回碗，粥过五巡，菜接八回，竟撑得站不起身。

起哄，敲同事竹杠，下馆子，必是路边苍蝇店儿。那时槐安路还没打通，从报社往南走一站地，有个小馆子擅长烧带鱼。无论谁请客，一定点一道。有个小伙儿，还在店里办过婚宴。小伙儿的大学同学会唱京剧，毕业后分配到电视台主持戏曲节目，三年两载的，红了。小伙儿办婚宴，请来同学主持助兴。参加婚宴的人，烧带鱼也顾不得吃了，光直着脖子看主持人。

逢赵大姐值夜班，就是我们几个单身的节日，几乎天天晚上陪她吃小馆子。现在想来，也未见得大姐愿意去饭馆，是我们一张张小馋嘴迫着她去。快到饭点儿，我们就闪到她办公室待着，有一出没一出闲扯，三句话不离"饭"字。大姐说，走，咱去吃饭吧，我们即刻蜂拥着往西二环饭店走。西二环饭店，开在二环路和工农路西北角，小二层楼，生意兴隆。那里的老板娘都跟我们熟了，一挑帘子进去，免费茶水 30 秒端上。这种泡茶法，在香港作家李碧华那里是经营粗放的范例，在这里，则是一番待客的热情。三四个人，三四个菜，酸辣土豆丝、鱼香肉丝、大锅菜、花生米，每人一碗米饭。吃到菜不留汤、碗不剩粒，耳热腮红，嘴唇油光，大姐就去结账。一次，她得了外稿费，请我和小吴到一家新开张的菜馆，菜馆的名称忘记了，菜系也没考证过，馆子的气派却是难忘。那天，我们要了一钵莲藕炖排骨。食器是长方形的，上口略宽，玉白色、莹润细滑；菜属于汤菜，藕的刀工讲究，斜切小块，象牙白，排骨取小排，剁寸段。一钵汤上来，汤色奶白清淡，藕软糯，肉鲜香，一会儿就吃得见了底。上菜的女孩儿，着印花中国蓝的斜襟上衣，头上是同色的帕子，水灵得很。从此，说到南菜，便想起那钵莲藕炖排骨和那个端盘子的少女，甚至因此培养了对厨艺的钟爱。

新报社在富强大街的科技大厦办公，刚刚创业，号称庄儿里市民报老三。那时候，老大、老二已是青春好年华，老三却刚丢进炉子里想要浴火重生。租借的办公地点连个食堂也没有，200多号人，午餐、晚餐从记者到老总都得自己四处打食。也见样学样，硬着头皮给夜班叫过几天外卖，吃不起，也就悄悄取消了。

梁老板常自带一瓶辣椒酱，中午叫个外卖盒饭，在总编室透明办公区用膳。抬眼见一个他赏识的记者，敲玻璃招呼进去，一勺子辣椒酱挖下去送到记者饭盆里，算是奖赏。汪总编，拿年薪，常请人到饭馆吃饭，大部分时候自己找食儿吃。吃得多的，是旁边街上一家河间驴肉火烧铺。他不亲自去，总是让人捎，也总忘了付钱。上网上到午后一点多，开门，逮谁就喊："嘻，给捎俩'火烧驴'，只要火烧不要肉。"驴肉火烧，本就语法不通，只是达到了炫耀驴肉美味的功效，到了他的"火烧驴"，就更加不通。他的吃法，我始终不明白，是川人不喜驴呢，还是要省银子。到了富强大街的川菜馆，汪总的话就格外多起来。夫妻肺片、开水白菜、腊肉干豆角、重庆辣子鸡，每一道菜的前世今生，他都能唾沫星子四溅讲上一两个小时。这让我回想起当年的食谈会光景，不由得慨叹人生几度风景轮回。

科技大厦往北往西，是这座城市的商业饮食业核心地带。国际大厦、渔人码头、新燕春花园酒店、皇冠大酒店、避风塘，豪华酒楼林立。不过，那是别人的菜，与我等无关，早过了馋虫附体、见饭馆儿就涨涎水的年龄。入我眼者，只有报纸、报亭和无时不在发生的新闻。

梁老板请客，在育才街的锦山火锅城，规模不小，无星级，24 小时营业，羊肉品质不错。我请客，专找所谓的特色小馆儿，槐北路老北京炸酱面、西大街羊大碗、范西路胖子麻辣烫，还有报社对门的金山饺子王，屡去屡失望，屡失望屡去，不是服务质量差、上菜慢如牛，就是餐桌上有"小飞机"、菜底上有头发。老板请客少，我请客却多，算是承吾师之风。

报纸辟了一个版，专门晒编辑部的故事。很多人写"吃"。有位兄弟姓曹，他写吃面，说小王牛肉拉面的分量足，三元一小碗、四元一中碗，上盖牛肉一两片，飞刀切的，薄如纸，芫荽管够；有一家状元面，汤鲜味腴，五元一例，不管饱；胡同深处的面摊儿，一块五一小份儿、两块钱一大碗，就是鸡蛋卤和肉丝卤一个味儿——咸。那一年，编辑记者的一周食谱，一个"面"字加上定语就基本可以概括了：热面、凉面、炒面、方便面。不怕费事，跑到槐中路口，有个"九龙珍珠包子"摊，肉的三毛一个、素的两毛一个，男生吃五个肉的、女生吃五个素的。我常用眼睛估那包子的斤两，五个，全重不足两百克。原来，帅哥美女的骨感美，全靠一碗面或五个珍珠包子调理。

报社迁到长征街。老板总犯嘀咕，办报是个高投入、高风险的买卖，这要一拉开架子"长征"，到哪站是个头儿啊！

不久，换了新社长，年轻轻的却儒雅持重，在待人谦和方面跟老社长如出一辙。他请编委们吃饭，在石门公园旁边的"三字禅"，素膳，却吃不出素，泡椒凤爪、东坡肉、红焖肘子，主料都是上好的植物蛋白，色泽、口感、味道与同名的荤菜兄弟惟妙惟肖。那是我吃过唯一纯粹的素席，说是佛门开的馆子。吃饭的时候一心都在听人说些极度烧脑的事，素餐并未激发禅意。或者，饭即禅，不同人有不同的禅境。

长征街报社楼下有一个餐馆，布衣坊，川味。土豆丝，一小份儿两块五，小碗米饭五毛，确实是布衣价格。这个时期，大伙儿下馆子次数多了。我曾经点过外卖，拿回家糊弄人，别说，这道便宜菜还挺叫好。2005年过春节，我们家的年夜饭，专门预备了布衣坊的酸辣土豆丝。记者把这里当成了报社餐厅，有人每顿一道一块钱的酸辣粉、一碗米饭；馋了，四块钱一只蒸丸子，肥猪肉的，贼香。

我从家带饭。五楼有一间会客室，备微波炉，供编辑记者热饭。我带饭，汤菜里要滴点芝麻油、香醋，微波炉里一转，满楼酸香。一些男孩子、女孩子就跑过来，很夸张地翕动鼻子。饺子、粽子、菜饼子、酱牛肉什么的，我都是带双份儿，以备品尝。冬天，我们部门的人，常一同吃中饭。美女们愿意吃我做的羊杂汤。熟羊杂，专从清真寺街买的，我一般不要那些肺呀、肠子啊，只要羊头肉、羊肝，自己搭配，再拾掇些绿豆粉丝、大白菜，备点芫荽末、姜蓉，香油、醋、胡椒粉另找一小盒盛着。午间，我们常去抢广告设计部的微波炉，大号微波炉专用塑料盆，加满食材和清水，大火力一通乱炖。这肯定算不上最正宗的羊杂汤，却总让一桌子人吃得鼻尖额头沁出细细的汗珠儿。

这一年，我们做了怀孕救子的系列报道。晋州白血病男孩儿小贤一家的故事，通过我们而家喻户晓。救助小贤，成为那个最冷的冬天里，一座城市最暖心的话题。后来小贤与新生的小妹妹脐带血配型未成，但小贤的父母都自愿成为骨髓捐献志愿者。报社的日子很艰难，工资时常欠着。年关，民生记者饿着肚子赶写为农民工讨薪的消息。

与布衣坊为邻，味蕾上的记忆总是热辣的。这份热辣，真得感谢我们所有吃过的花椒、麻椒、小米椒、大海椒和七寸红。